缺失苹果的高原

陈晓雷散文作品选集

陈晓雷 ◎ 著

长春出版社

全国百佳图书出版单位

图书在版编目（CIP）数据

缺失苹果的高原 / 陈晓雷著. -- 长春：长春出版
社，2024.8. -- ISBN 978-7-5445-7529-4

Ⅰ.Ⅰ267

中国国家版本馆CIP数据核字第202424SJ80号

缺失苹果的高原

著　　者　陈晓雷
责任编辑　黄立芹
封面设计　宁荣刚

出版发行　长春出版社
总 编 室　0431-88563443
市场营销　0431-88561180
网络营销　0431-88587345
地　　址　吉林省长春市南关区长春大街309号
邮　　编　130041
网　　址　www.cccbs.net

制　　版　长春出版社美术设计制作中心
印　　刷　长春天行健印刷有限公司

开　　本　880mm×1230mm　1/32
字　　数　260千字
印　　张　12.125
版　　次　2024年8月第1版
印　　次　2024年8月第1次印刷
定　　价　69.80元

序

孙少山

　　与陈晓雷初见面时我并不太喜欢他，觉得他有些太张扬，喜欢喝酒，喝上酒就唱歌儿……我是个很拘谨的人，可以说他与我的性格是格格不入。后来我知道他是蒙古族，心里也就觉得这个性格不错了，是典型的蒙古人的豪放，不是有些人那种借酒装疯的"潇洒"。他到哈尔滨来，给我介绍了很多朋友，比我这个常年居住在这座城市里的人认识的朋友还多，这不能不让我佩服了。我向来认为人与人之间，第一印象往往不准，一见面就让你喜欢的人往往到后来处不好，而初次见面别扭的人，往往到后来会发现很多好处。晓雷的为人又一次验证了我的这一观点。

　　对晓雷散文的认识也是如此，前几年读过他的一些散文，没觉得什么好，有点儿浮。近来又读了几篇，感觉大不一样了。但是我要为自己辩解一下，不是我以前的感觉错了（我相信我对文字还是有点儿感觉的），而是他近几年进步了。进步得让我有些吃惊，前后判若两人。我认为散文的写作最重要的一点是要目光向内，感觉自己，不要向外，浮光掠影。目光向内，即使一枝一叶也能荡气回肠；目光向外，即使写得风云激荡大气磅礴也难让人的心灵为之震颤。晓雷近年写的文章，我觉得他就是经过了一个由目光向外到目光向内的转化，说起来是很简单的一件事，却是有些人一辈子都转不过来的弯儿。

在《高原流水》这篇散文中，晓雷写了他与妻子从相见相识却又千回百折数年不得成功的故事。他第一次见到这个姑娘时立刻就产生了一种手掌抚摸在姑娘脸上的感觉，当然这是一种错觉，其实他什么也没敢做。后来却一次次地有人介绍总不成功，有一次他去相见却给对方一张报纸挡住了。千辛万苦到又一次真正面对时，他的感觉是"喧嚣的世界在一瞬间平静了"。这只能是作者当时最真切的感觉，是任何大家也无法想象出来的。一种归属感？一种疲惫感？一种幸福感？一种安全感？什么都有了。这就是真爱，爱到极处是一种无言，爱到深处人孤独。

最精彩的文笔还在后面，虽然见面了，双方也都产生了好感，但一直没有捅破这张窗纸，也就是没有一个确实的许诺。直到有一天他们一起去播种土豆，"……休息的时候，我们一起走上山岗，眺望刚刚萌绿的草原。在一个避风的山坡上，我们发现了一丛野杏树，粉红色的杏花正怒放着，沿着山坡望去，那里是一片杏花的海洋，争奇斗妍，热情洋溢，把旷野的草原一下变得生机勃然……身边的姑娘突然喊：'晓雷，快看——野杏花开啦！'这一声呼喊回荡在天地间，直入灵魂。我感到全身燥热，默默难言，双眼满浸泪水，望着茫茫的草原，起伏的山岗，我想起了英国诗人彭斯的吟唱：我的心呀在高原/我的心不在这里/我的心呀在高原/追逐着鹿麋/追逐着野鹿/跟踪着獐儿/我的心呀在高原/不管我上哪里……我看到了山岗下一条亮晶晶的小溪正欢腾地流淌着，猛然悟到：二十六岁的我，拥有了属于我们的爱情，她来得正是时候。我拉着我的蒙古族姑娘的手，向杏花开放的山岗走去……"。这是真正的神来之笔！没有明确的语言表示，更没有什么"我爱你！"之类的誓言。相反，这是一句与激荡的感情毫不相关的话："晓雷，快看——野杏花开啦！"何况这句话还是在那样的一个春天的鲜花开放的草原上说出来的。口是心非，顾左右而言他。然而，诗情画意，美，莫过如斯。读到此处，我只能感叹。我明白了，我们在电视电影上常见的那些缠绵的爱情表白"我爱你！"原来都是假话，即使不是假话也是苍白无味儿。我以为到此就应该戛然而止恰到火候，而下面又想到英国诗人的诗等倒是有些显得多余了。

　　童年总是美丽的，即使苦涩也会带有一种令人留恋的酸甜。晓雷在大兴安岭的那段童年生活给了他无尽的写作源泉。山林、冰雪、木棍篱笆、寒冷、荒凉等，都让人感觉到了萧红《呼兰河传》中的气息。这就是北方，北方的风光，北方的风情。更让人心动的是这荒凉地域里那些纯朴、善良的人们，《黑土老屋》里那个郭爷爷，在中国20世纪阶级斗争严酷的特殊年代里，敢把劳改分子领到自己家里，自己却要跑到外面住宿，为的是能让"瘦高李"和千里探亲来的妻子在一起过三天日子。这是一种丰富的人情，这种丰富的人情味儿却体现在一个平凡的老山民身上。以至于那个女人临走时，哭着只想叫他一声亲爹。读到这里谁能够不心动呢？

　　读晓雷《外祖母和高原香酱》这篇忆旧散文，我的心里一直都有种酸酸的感觉，几次差点儿流下泪来，也许是因为我的青春年华也是在东北的山林里度过，也许是我的母亲也是一个小脚的妇女，也许是我的许多童年时光也常常闻着母亲的酱香度过，也许是我曾经领略过大兴安岭那荒蛮而美艳的风光……早年我的妻子也做过大酱,在风雪呼啸的日子里,屋里烧着火炉,年轻的她就在忙碌着做大酱了,那些程序和晓雷文中所写的一样。文学就是这样,只有它能唤起你记忆的时候才能让你感动,这一点它和音乐不同,音乐是直达生命灵魂的,它不需要中间的媒介。晓雷的散文让我重新回到了童年,回到了昔日那些年轻的岁月。

《吹口琴的铁匠和他的俄罗斯母亲》里那个流落在异国他乡的俄罗斯老太太令人感动万分。"我经常看到夏奶奶站在晨曦中,站在晚霞的映照下,甚至站在冬日洁白的雪地里,痴痴地望着远方。她的蓝眼睛闪闪发光,有时还看到一行泪水,沿着她的脸颊流下来……看到这个情景,我们一群在她身边走过的孩子谁也不敢大声说话,好像谁也不忍心惊扰奶奶的梦,我们都知道夏奶奶又想她的白色小洋楼和胡萝卜教堂了。我看到夏奶奶的身影常常被晚霞染得通红通红,这景象把我弄得心里一阵阵的激动,有一次我远远地看着她渐渐变弯的映在夕阳中的背影,自己也流了泪……"我有一个煤矿的伙计,他的母亲也是俄罗斯人,他说老人家临死的时候只有一个要求,就是把她葬在高山上,她从那里能望得见俄罗斯的土地。这种执着的思乡之情是一种本能,一种动物皆有的本能。越是本能的东西,越是能感人至深啊!

这里我还要特别说说《卜留克高原》这篇意蕴丰厚的散文。当年在东北,我每次走进大兴安岭都会不由自主地想起两个人,岭东迟子建,岭西陈晓雷。一条大道在林中穿行,静悄悄无一人,你会觉得天地间只有你一车一人,这条大道就是只为你一人铺设。荒无人烟，只在此情此景中你才能最深体会。然而就从这荒蛮之地里走出去了两位作家，你说奇不奇？莽莽林海无边无际，凛冽清澈的溪水淙淙其间，你猛然醒悟，这是两个精灵，大兴安岭的精灵，从这林梢上扇动着黑色的翅膀而去，把这大森林的清新、荒蛮和凄凉播撒给中国的文学界。

我小时候吃过卜留克，有人手里拿一个圆形的绿色的，既不是萝卜也不是土豆的东西问我，你认识吗？我当然不认识，那人叫道——卜留克！我也像晓雷文章里的众人那样兴奋地叫着——卜留克！卜留克！太奇怪的名字了。只不知道为什么至今没有在中国推广开来，因此它至今也没有一个汉化的名字。如辣椒，如西红柿，都是外来品种，很快就有了汉化的名字。卜留克应该是甘蓝的块茎，我见过它的叶子，很像甘蓝叶子。但我一点儿也不记得它的味道了。它没有推广开来，我想其味道并不如晓雷说的那般好吃。在晓雷的记忆中味道是那么美，大约是因为揉进了晓雷童年的回忆味道，童年的记忆总是那么美好。直到今天读了晓雷的文章，我才知道卜留克的来历——原来这是一个俄罗斯名字，怪不得舌音这么重。

我深深地感动了，卜留克其实是一个凄惨的故事。红色政权把沙皇一家大小二十余口枪杀在地下室里之后，又驱逐了沙皇政权的所有旧官僚和贵族，他们大部分流浪到了中国的哈尔滨。而远东地区的一小部分地主和富农在黑龙江完全封冻的时候，趁暗夜踏着冰雪越过了这条大江，潜入了对岸大兴安岭的密林中。那时候大兴安岭荒无人烟，直到1958年铁道兵把铁路修到加格达奇的时候，他们还认为是进入了一个完全无人的地域。那群流亡到大森林里的俄罗斯人过着几乎与世隔绝的生活，背井离乡，远在异乡他国，生活的艰辛不难设想，但他们生存了下来。离开故乡的时候，不知道是哪个揣上了一把能在高寒地区生长的蔬菜种子——卜留克。官僚和贵族们把欧洲文化和建筑带到了哈尔滨，于是就有了秋林红肠和黑列巴，还有圣·索菲亚大教堂和果戈理大街等。是沙俄的地主和富农把卜留克带到了中国东北。这卜留克在一个大兴安岭生长起来的孩子的童年记忆中留下了美妙的印象，于是就有了这篇美文。但这是一个无比凄美的故事。唉，卜留克，卜留克……

《柞枝篱笆邻家》让我读来特别亲切，当年我家的篱笆就是像文章中薛家那样用柞树棍子中间三道横梁扎起来的，很结实。不过我用的不是柞树枝，而是胳膊粗的小柞树。为什么要用柞树而不是桦树？柞树抗腐朽。晓雷的家刚搬到这个村子里，素不相识的邻家薛姨立刻带着孩子前来帮忙，她说："众人拾柴火焰高，真高兴咱们两家成朋友成邻居啦！来，让我们帮你家收拾东西！"接着她和一对儿女立刻动手收拾散放在屋地上的东西。多么爽快又是多么纯朴善良的一个女人！在乡村，这样做什么都不求，只想帮助别人的妇女非常多。她们不是信徒，也不是为了向某某学习，更没有领导让她们这样做，她们几乎是本能地愿意给别人以帮助。说实话，我只在乡下见过这样的女人。在城市，越是有文化有知识的女人，越是没有这种行为。我常常觉得城市其实是最不适合人居住的地方，在这里，人与人之间变得陌生、疏远，甚至是厌烦、仇恨。

晓雷和我一样，也是在乡下和山里长大，又在是乡下和山里生活过的人，他对乡村生活极端留恋的情感洋溢在文章中，但我们都不得不生活在这个城市里。这是一种无奈。

2019 年 4 月　青岛

注：孙少山，著名作家，著有小说《八百米深处》《榆神》，散文《沉重的落日》等。

目 录

第三辑　融雪高原

附　录　师友评说

第 一 辑

我思我在

人在岁首

　　临近新年之际，我心里感到有许多事要做。首先想到用何种方式感谢帮助过我的亲朋好友，用什么方法弥补我在往昔岁月中留下的遗憾，又用怎样的形式感恩养育自己的这座美丽城市。我想来想去，自己毕竟是以笔为生的人，只能以做文章来表达自己积蓄许久的情怀，于是，我想到"美丽吉林"这四个字。

　　围绕着我生活多年的吉林大地，我觉得应该把首篇文章就定位在我安身立命的地方。我静下来仔细思考，自己在吉林生活，总该知道吉林美在哪里吧？我努力排除年终岁首堆积脑际的纷乱与干扰，在此刻凝神诘想，我却意外地发觉自己此前从没认真深思过这近在咫尺、利在自身的问题。

　　我曾在自己的文章里写过："你在哪里落生，哪里就是你的故乡，你在哪里生活，哪里就是你的家乡。"现在想来，我对自己生活三十多年的家乡——吉林长春，该坦诚地说声：对不起，我的家乡！这不算大也不算小的歉疚之感，在我心中萦回多日，直到今天我才猛然悟到。我不能原谅自己这种失误，我的家乡竟然在自己认知世界里出现"真空",出现"灯下黑",出现不能容忍的"盲区"。这种反常现象,让我吃惊,让我瞠目,甚至让我于内心生出无法原谅自己的隐痛,这感觉如原野觅食的牛羊,忘了给自己生命的草原,这恰似饮水止渴的人们,忘了艰辛打井的前辈。沉思良久后,我认识到,这种遗忘若再往前跨出一步就是堕落了,我要抑制自己下滑,振作精神自我拯救,好在我还有机会"亡羊补牢",我尚有时间来改正自己此前未曾思悟的缺失。对我而言,这是对自己人生的梳理与反省,"我思故我在"——这醒来的提示,无疑是我的精神穿越与再生,把对家乡的美好认知,融入自己的心灵,这难道不是自我人生境界的一种升华吗?回答是肯定的。

我从心灵深处"定位"我这立命三十余载的"家",努力发掘我的家赋存的自然之美、人文之美、历史之美。

我的家不是平放在那里的地图,它是隆起于北中国的一座坚固脊梁——长白山的故乡,三条大江从这里聚万条溪流,飞越天池,跨越山岗,浩浩荡荡奔向东方……江畔早年初见人,江月年年照古人,突厥、渤海、女真、蒙古、高句丽,这些依水而活、靠山而居的古老北方民族,就是这片平原山巅大地的万物灵长,他们在绵绵厚厚的天然植被中孕育,在莽莽苍苍的大森林里繁衍,与冰雪相融,与草木共生,与百兽相伴,与万鸟和鸣,借助风雪成长,吸纳地气强壮。我们的祖先燧石取火,驭牛耕田,乘着片片扁舟,劈波斩浪驶向天边一片辽阔的海洋——这高挺的长白山,这肥沃的黑土地,铸造了一条生机勃勃的北方人类文化源流……我是这里的子民,我是鸭绿江、松花江、图们江的万千水滴。我们中华民族的北方大美。

我的家在广袤东北大平原腹地，这片黑油油的土地，孕育的河流清澈，矗立的山川秀美，茂密的森林茁壮，肥沃的田畴流金，豁达的人民真诚。古往今来，这里人杰地灵，朝鲜族、蒙古族、满族、汉族多民族聚居，形成了热情、硬朗、刚毅的吉林人性格，在无声外表之下蕴藏一颗滚烫的心。男人们各个豁达智慧、豪爽勇敢，女人们各个直爽热烈、贤惠善良。多民族的人们，在同一片土地上生活，气韵相通、彼此衷情，血脉融合难分你我，日久年深风俗习惯互为影响，遂演绎成火辣辣的关东风情、硬邦邦的东北性格……昔有爱新觉罗、嘎达梅林、杨靖宇、张学良，今有王大珩、唐敖庆、公木、王肯，无论他们属于家族，还是属于个人，他们都是这片黑土地的杰出代表，就连他们的世代子孙，都在构建我家乡的人文品格。后来者执着有序、勇往直前、造福家乡的精神，如猎猎旌旗昭示着我们，要练就我们的胸襟，如广博的东北平原，要构筑我们的精神，如高耸的长白山脉。吉林之美美在山水，吉林之美美在人心，吉林之美美在绵绵不绝的创新精神。

吉林这片热土承载我人生三十余载，置身于养育之恩的吉林长春，我愿同更多朋友一道，来为吉林多做长宜子孙的善事，这是一项饱藏人文精神的事业，必须众人拾柴，火焰才更旺盛。我意识到，不懂得感恩的人，就难以发现美，不会感知美的人，就很难理解善意；失却信仰、眼前迷茫、内心浑浊的人，就不可能活出精彩人生。

由此，我进一步认识到，忘却对自我生存环境的认知，其实是在助长一种生存行为上的倒置，为确保自己不滑入浑浑噩噩、庸庸碌碌的沟壑，为防止自己精神低迷，为避免自己行为跌入虚行度日行列，我要从现在做起，全程激活我的心灵感知器官，疏通我的末梢神经，共担探知觅美的责任，在感受吉林、抚慰吉林、理解吉林、融入吉林的时段里，自觉成为发掘吉林大美的有心人，把爱自己家乡的感情，化作一种实实在在的行动。

我乐于承担这个神圣责任。

让我们一起来发掘这片养身之地的美好，一起来思悟这片圣洁沃土的博大精深，一起来关注这片丰厚大地的富饶神奇，一起来开凿长白山赋存的生态人文精神，一起来塑造吉林社会生活的祥和幸福。

作为被吉林融合为家乡人的我，深知感恩吉林大地，还要深知回报映衬美丽吉林的广袤中国。

含金贺卡

　　故乡呼伦贝尔的朋友寄来一张小小的贺年卡，画面是《梦里草原》，主色彩五种：绿、白、蓝、金、红。在碧绿的草原上，近景是散放的马群，中景是珍珠般的羊群，远景是渐推渐远的绿黄蓝三色地平线……这画面让我的鼻翼间飘萦着大野芳草的醇香，抬头望着窗外的皑皑白雪，身处东北中部大都市的我，迅即周身发热，深藏心底的思乡之情，如通电的光源喷涌而来，一下便覆盖了我。

　　这张来自故乡的贺年卡，让我对写贺年卡这件持续了三十多年的事，生出了一丝沧桑感。这件做起来简单的小事，却让我从中悟出一番人生的感叹。

　　最初，写贺年卡是伴着青春激情的。面对一张小小的贺卡，想把对远方朋友的所有美好祝愿都写上，写热爱人生，拥抱爱情，写立大志，干宏伟事业，写学英雄，把青春奉献祖国，甚至于解放全人类，都可能成为我们的一份不可推卸的责任。这时段的贺卡像口号，像誓言，像诗歌，像燃烧的火焰，激动、豪迈、煽情，好像我们的一张薄薄的贺卡就能拯救一个世界。此时的贺卡，简朴而粗糙，小气且"空白"面极大，我们能把自己的向往，能把对朋友所有要说的祝福话都写上，短则三五十字，中则百余字，长则二三百字，我们把贺卡上大片"空白"都写完了，还觉不过瘾，意犹未尽……写贺卡要占去一周时间，甚至更多，写贺卡数量在100份到200份之间。每到新年将至，写贺卡绝对是我的一件大事，每每写完如释重负，快乐悠然。

三十五岁到四十五岁是写贺卡的中年期。此时我们已拥有渐丰的人生阅历，品尝过成功的快乐，体验过生活的艰辛，感悟了创业的不易，对自身人生目标有切实的评估了。我们的浪漫和激情，已不在天上恣意飞翔，双脚行走在大地上，头脑的"思想"成熟了，行为不再张扬，行动不再激进，人生走向不再"多轨制"，渐变"双轨制"，甚至浓缩为"单轨制"了。

早年如诗如画的思绪蒸发了，青春翻腾澎湃的冲动凝定了，少了幻想，多了实干，少了虚浮，多了深入，人生之旅走向务实，走向创造，走向拓展……于是，写贺年卡的词句变了，可能是首格律诗，可能是组四六句，还可能是两句"对仗"词。我给作家朋友写过"心中人间悲喜情，笔下风起云烟暖"，给知心友人写"时光长短难为秤，相知无须话语多"等等。

这年龄段，人成熟了，表达意境深厚了，词句讲究了，这是思考的祝福。这时我发现写贺卡的数量明显减少了，由200份锐减到100份以内。写贺卡减少的过程，是二十载人生历练演进的收获过程，是自己与友人间的相互选择、相互淘汰。这是筛选结下的生命金链条，这是友情的升华，含金的友谊弥足珍贵。

一个人能二十余年坚持给朋友写贺卡，这不是一般人所能做到的，他须知晓友情滋养人生的价值，认识其区别动物属性的精神价值。

当今，贺卡不光形式上华丽明艳，多姿多彩，关键是"现代"的设计和印刷，把个性化的"我"给挤没了。原来可以写上的龙飞凤舞的字，不管漂亮清秀的，还是丑陋难看的，总归是写贺卡人秉笔直书的，就像自己的亲人，日久不见，此刻"见字如面"了，必然洋溢出久违的亲切感。

现在的贺卡把中国节日常用的"拜年话"全印在上面，并把原来的"空白"填满了，这方便了当"官"的友人，人家在签名处给朋友签个手写体的名字，就像给足了对方面子。亲切感没了，友人陌生了，贺卡变成了装饰和多余。贺卡把写卡的人逼到了尴尬的角落。每到此刻，我就越发怀念早年的老贺卡，因为在简易贺卡的"空白"处，仍然留有当年友人写下的真心话，时过三十年，仍笔画留香，温暖着我的心。

天命之年写贺卡，就是把散落的珍珠串起来，每想到一个名字，心中皆有藏宝之感。今年，我在"藏宝"时段写贺卡时，突然有个骇然的发现：早年和昔日的鲜亮、激情、豪迈，甚至于自认为深邃且富哲理的词句儿不见了，最常用的只有四个字，两个词组了，即"康健""安顺"。再看数量，写罢的贺年卡不足 50 份了，我被自己惊着了，愕然片刻，我自问，是我江郎才尽了吗？是我悲观沉沦了吗？是我疏远朋友了吗？是我看破尘世了吗？还是我被纷乱大都市弄得迷失了人生方向？

经过心灵对友情的重审，我认识到，上面提的问号都不存在。人生要去伪存真，要从复杂走向简洁，人生像秋日的天空，到了收获时节，浮云、杂念、虚伪，注定要消散的。

今年写贺卡时，我悟到：要写真话，要让贺卡珍藏人间越来越少的真情，写贺卡是对自我人生的庄严检验。

临巅遐思

　　六月上旬，我刚从云南西双版纳的热带雨林里回来，还未来得及思考那片浓浓的绿色，一转身我又走入长白山的莽林中。尽管这转身并不"华丽"，然而这次行走于长白山群峦中，却把我以前的长白山记忆，化整为零，打碎重构了。于是这座曾经多次登临的高山，这片我曾数次融入的大野之绿，再次与我有了鱼儿畅游于水的深度融合，这登山的点点滴滴，遂在我眼里连成线、连成片，在我的心里铸成坚挺的"点"。这"点"像冬日的炉火，像黎明的星辰，像心海鼓满风的白帆，我被簇拥着驶入这苍远浓绿的山海中。

　　一边行走，一边穿越，我的心灵随着这满山的翠绿，被浸染得暖意融融。我的遐思，随着蜿蜒的山脉，被延伸得很长很远。不知不觉中，我的心悟和神思同时酵化，我发现自己过去对这片土地和山野的认知，仅留于表象，仅识于表层，仅定格在"看山是山"的原点上。

　　现在想来，早些年那种多观赏、少感悟的行走登临，既浪费了时间，又浪费了体力，所谓收获似乎都未关联到精神层面。最为关键的是，我尚不知道体验与融入的关系，更不知道融山与神，悟山与人的妙处……这次长白之旅，让我天灵顿开：原来感知自然之美，是需要融入人生的，是需要思想参与的，是需要认知和拓展的，这就是人与山并行互感的物我升华，即借临山之机，提升自我人生品质。

当我再次走进这座绵延不绝的长白山，我仿佛与北方旷达、多姿多彩的山区四季屡屡碰撞、多方触摸，这种在半天中走过全年四季的反常规现象，由我和一群作家朋友们亲身体验。从西坡登临长白山，连乘车加步行，不足三小时，由炎夏一步跳出，在猝不及防间，又一步沉入酷冬，这跨越的"连环季"，不仅让我们身体感应失衡，也让我的精神遭遇挑战。在途中，我没有时间思考，只有投入地感受，长白山不可或缺的隐形动感因素，像流星，像闪电，像河面月光，要靠自己回想，要靠自己发掘，要靠对灵感瞬间闪击的捕捉，往复回旋，对比遴筛，我方能在心里还原那种快捷迅逝的发现之美，中国东北第一高山雪峰的雄壮，海拔两千多米高山托举一池圣水的神奇，万千细流穿越丛林峡谷，汇聚成三条大江的豪迈……

我们的登顶行程，可形象地概括为"以四极对应四季"。

登长白过四季，踏上第一极——走平原。东北平原的田畴，豆苗扑地，玉米盈尺，杨柳遮阴，满目绽绿，望不尽的旷野，拥揽着苍莽的山峦，回眸远方的地平线，似乎都向它投来温馨、敬畏的目光。

登长白过四季，踏上第二极——上苔地。山野中，绿渐淡，地渐黄，阳坡已融雪流痕，阴坡仍残雪固守，缓坡圆润的黑褐色山体，与片片圆形积雪对比强烈，那圆套圆的黑白曲线，看上去很像西方现代派的绘画作品。山岗上亭亭玉立的白桦，刚刚吐出翠绿的嫩芽儿，让我联想到俄罗斯大画家列维坦笔下的那些力美超拔的白桦。偶尔，还能看见松树、冷杉、柞树下面的琥珀杜鹃，翘着浅黄、淡粉的脸庞，迎着阳光微笑，它们有意拉着春风的裙摆，让它慢些走过，让自己享受沐浴，让春意于这里多多流连。

　　登长白过四季，踏上第三极——上山肩。这里大片的紫松墨柏肃穆挺立。一丛丛的岳桦林，像紧贴山体的内衣，在山坳里拥裹着坚挺的山腰，在山脊风口前匍匐而卧，用顽强的枝干护佑着险些被狂风掠走的泥土……从低角度往上看，这些兵阵般的岳桦林，韧性刚毅，生机勃然，像泰戈尔的诗，形容它们伸向天空粗细不等的枝，是"长在天空的根"。岳桦吸纳空中最洁净的养分，抵御高海拔最酷烈的风，代价是牺牲苗条的身姿，以变形和畸形的惨烈创造属于自己的立身之美，进而赢得坚强的生存权利。岳桦知道自身被扭曲是不自愿的，而保持自身洁白却是自愿坚守的，时刻保持从未失色的标准，是自己横亘的信念。当自己弯下腰身时，发现自己与土地接近了，与根下残雪相融了。岳桦林知道，巧用自身优势，借以向肥沃的土地倾诉衷肠，向保湿的白雪表达恋情，向醒来的山川坦陈锐气，遂而愿意与松、柏、杉、柞相唱和，躲避匆忙赶来的春风，渴望畅饮满山朝露。

　　在这寒暖对接的山肩上，最悲壮的"换季"大戏，正在这里上演，护冬与争春无情厮杀，目的是确立自己的坐标方向，不管山上山下，还是天上地下，这满山的森林，遍野的植物都在努力着，探索着自我的生存空间，以立求存，以小拓大，大到一望无际，远达海角天涯……这簇拥人类行走的长白山，传递着照亮心灵的信号：坚守磨砺，是自然与人类立身立命的法则，坚持以此，岁月的刀剑会钝折，亦会退却。

登长白过四季，踏上第四极——临巅悟池。我站在山巅之上，我看到山峰侧翼，所有的树、草、花皆被蓝白色的冬之火焰吞噬，山脉雪紫相间，天池银蓝冰盖。我眼前映现着幽思远古的大荒山，十六座高峰各显峭奇，兀立中粗犷畅达，清冷中饱蓄雄壮，沉寂中力拔超群，冰雪中一派泰然……此刻，我眼前矗立的即是中国大地长白山脉第一高峰——白云峰，它怀抱拥揽着冬眠中的世界海拔最高的火山湖——天池，俯瞰这片银蓝色的冰湖，它像与太阳辉映对话的明镜，银光闪发，颇具磁性感应力，我感到一缕丝丝升腾的暖气流，正从我心间流过……我在夏日的长白之巅，在火山岩石的丛围中，在风刀刺骨的寒冷中，在高山冰雪的冲袭中，体验着没有植物，没有绿色，没有飞鸟，没有苍鹰的极限高冷，我的身体险些成为老山神放飞的风筝……我周围林立的那些高傲沉默的山脉，在一条条、一片片、一圈圈白雪的装扮下，俨然偌京戏台上的花旦故事，似四郎探母、打渔杀家、像霸王别姬、单刀赴会……精彩纷呈，活灵活现。这里的山脉会演戏，这里的石头会唱歌。

六月的山巅，春与雪共融。我见到，在离主峰不足百米的雪坡下，贴着白雪山体裂开的缝隙下面，一溪亮亮的雪水，正轻轻流淌着，听似没声息，看似灵动激越，它匆匆地奔向坡下银蓝如盖的天池……我顿然悟到，这淙淙汇流的小溪——就是松花江、鸭绿江、图们江三条大江的源头，它们从小到大，从雪溪到江河，一路千万里，不知不觉中，就把东北山川大地灌溉养育，悄无声息中，就把北中国众多民族孕育成熟……长白山巅与人类共舞。

这莽莽的群山，密藏着一个永恒的课题，它似圣洁的绿宝库、丰厚的哲学大师……人类世代为之求索，以期生生不息，福祉丰盈。

梦幻家园

在喧嚣的大都市，人们渴望把自己的家安放在一片田园地带里，随时享受田野气息，人们渴望在自家门前，有条随时光流动的河流，有片明镜似的湖泊，家在森林怀抱中，家在湖水簇拥中……

一

我已居城三十余载，心里始终珍藏这个长持不衰的向往。这些年来，它从幻化而生，到日渐明晰，它像我心灵的一片田地，日日见绿，年年见长，渴望拥有一间"内化于心"的理想居所，渴望拥有一间"外化于形"的窗子会"呼吸"的田野美居。

我的这种"渴"从未间断过。

我从青年走到中年，再由中年而渐近老年，然而，随着时光的无情流转，我看到的却是一个与心灵感知相悖的世界。

我居住的城市人口数量暴增，人之多，挤占了树的空间，挤占了人行道、自行车道等边缘地域。楼盘密度陡增，楼的多，割裂了天的空间，楼的密，阻隔了心的互通，楼的厚，压迫了肺的活量。

我们的生存活力锐减。

我们每每行走在钢筋水泥的"森林"里，除身体拥挤燥热、胸腹喘息困难外，连始于我们心灵的想象欲望，都像折断翅膀的鸟儿，连飞翔的本能都将消磨殆尽……于是我感到，那个曾经多姿瑰丽的梦幻家园，现在看来该是多么奢侈、多么缥缈、多么空泛。这充满渴望的梦幻，开始让人们失眠，让人们失望了，感觉中我们再也看不见它，再也抓不到它了。

在我的美居梦幻里，那曾经离我并不遥远、并不超常的理想家园，如出走月亮的美丽嫦娥，未离我越来越近，相反与我异向而行，她似乎越行越远，留给我的是冷漠，决绝，遥遥无期，还有无尽无边的渺茫、沧桑。

月亮淡出了，嫦娥寂寞不再舞蹈，天还没亮，美女走失了，唯独把我留在迷失与虚幻的梦呓中了。

二

我常常想，在这寸土寸金的城里，连一小块净土都找不到，人们去哪里寻觅梦境中的理想田野，理想家园呢？

我知道，与我渴望相同的人们很多，不止十人百人，何止千人万人。从生活表象看，向往自然与现代融合、园林与古典融合、东方与西方融合、快节奏与慢生活融合的人们越来越多，追求"舒漫静雅，风清水柔"家居意境的人们亦在与日俱增，群体态势越显越众，这即构成了人居向往与现实资源间的新矛盾新价值取向。

当城里人的想象资源，被数倍剧增的人群一并分割成若干小块儿，理想中的市民城居境遇与蓄养空间的矛盾则层层凸显。此刻，人们的城居向往，皆被禁锢起来，已再无拓展的空间了，甚至连视而不见的有氧气体，已被那些"看不见的手"围囿而固化。我们似乎成了时间与空间的囚徒，我们的畅想空间，仅能依据假想"窗口"的大小而确定，这就像晨曦天幕的星辰，天渐明星渐稀，光渐弱星渐小了。

这种驻留美居意向的弱化，这种期盼美居梦想的流逝化，不能不说是我们这代居城人最无奈于现实的悲哀，这种向美受阻的精神跌落，无疑是一种妨碍文明行进、固化心灵的无形悲剧。

我们对自己未来家园，都没有畅想了，无异于遭遇冰霜袭击的极限质变，我们仿佛被软禁于茫茫无边的暗夜里了……

三

今年秋天，一个偶然的机会，我走进了长春伊通河畔南溪湿地公园侧翼的几个居民小区，这里与我上述的描述和心境截然相反，这里处处弥漫着舒逸、古韵、现代、典雅的气息。

尽管此时已是深秋，湖畔与楼舍间，树丛与路途间，风景与建筑间，门楣与庄园间，萦绕着一缕重重的人文气息，这与我前面畅想的家园，有了极其相似的吻合。我一边观察，一边体验着，一边比较，一边以心感受着，真的让我猝不及防，还没过三刻钟，我却意外地与这座"城外庄园"有了精神层面的深度融合。

这伊通河畔，让我惊愕；这南溪湿地公园，让我欣悦。

我沿着河堤路漫步，岸上有绿地、树林、楼房、场馆、庄园，这里很像欧洲文学的童话世界，那些哥特式的尖顶楼房，门庭精雕细刻，石墙厚厚实实，既彰显了西方古老历史，又饱纳了东方现代文明。

此刻，河畔仍禽鸟比翼，萦回于楼舍与庄园间。

看得见鸟儿翻飞，听得着鸟鸣啁啾。湖面映着午后的阳光，闪闪烁烁，波光粼粼，四周形形色色的楼房倒影儿，曼舞在水面上。随着阳光变幻，那些斑斓绚丽的光影，像台上的舞蹈造型，时而独舞，时而双人舞，时而又是热热闹闹的集体舞，千姿百态，变幻莫测……看来，这里的人生大戏刚刚开始，离整台会演高潮的到来还有很长的路要走，后面的才最精彩呢！

四

在这里，可以看到那些河岸上的精致美居，它们最能抢夺人们的眼球。这些建筑的精彩篇章，要比水中的霓虹倒影儿更实、更美、更富诗意。

我立于河畔回头望，一条条通向分属宅区的曲幽小径，恰似无数条河流在自家门前穿过。小路两侧是披金的白桦树，绽红笑脸的小枫树，还有那些频频向路人施礼的梧桐树。这些种类不同的树，像众多亲朋好友组成的新婚迎亲队伍，其神态温文尔雅，内里早已满蓄喜悦，似乎满满的庄园都散发着把新娘娶回家的欢喜气儿、新奇劲儿。

我站在小山岗向东望，连着曲径幽深的后方，那一条条无限生机的景观带，方的、圆的、菱形的，大小适中，交相互动。那一片片姿容万千的绿地广场，花坛、雕塑、标识，置配合理，增呈旺势。

那一排排精美时尚的楼房，小型、中型、大型，关乎大众，对接精英。选房子就是放飞心情。那一个个古典别致的门庭，那一座座富丽典雅的庄园，传承欧美古典，再现贵族精神，重塑中华民族的振兴气派……

五

在伊通河畔的每座美居门前，我很快被那些尚未长大的小枫树感染，它们红脸笑绽，恭恭敬敬把我迎进崭新的家。

这家的客厅，穹顶开阔，与苍天比肩，这里视野开阔，主人敢有飞翔的想象，这里就是翱翔的天堂。

这家的书房，超越微型殿堂，三方临窗，面壁书香，举头探星光，神思遐想，旖旎万方，心怀宇宙遨游最自由。

这家还内设咖啡茶庄，简朴典雅，陶冶情操，养性修身，放达神灵，这即是：苦中觅香品生活，浓淡相兼好岁月，看似简简单单，实则红红火火。

这家的窗子，不在其宽大，不在其奢华，其妙处在它融阳台而明亮，更关键的是，我们立足家中央，一眼就能抵达那湾灵光活现的伊通河水，让我们瞬间联想到蔚蓝的海洋。

在伊通河南溪湿地公园新居生活的人们说，我们要改变这座城市的人居理念，更要助力长春人树立敢于创新生活的新理念。

傍晚的伊通河，与霞光融成一片橘红色，不管是湖面绿地，还是楼舍庄园，都弥漫在浓浓的暖意中。此刻这片水域，正白桦流金，枫枝飘红，秋水怀春，金秋勃然。

我几乎不敢相信，在老城长春竟然有这样一座与"现代喧嚣"格格不入的城外宜居家园，一种久违了的亲切感，带着乡野的清风，向我扑面而来。

长城断想

关于长城的信息，最早留于记忆中的，是外婆给我讲的《孟姜女哭长城》的故事。一个对人生尚未开蒙的男童，竟然被凄美的思夫真情打动了，为这对不能团聚的小夫妻怅然心痛良久。可童年的我却不能理解，连千军万马都挡得住的长城，怎么就让这个可怜的弱女子给哭倒了呢？

心里想的问题很多。孟姜女的丈夫修长城为什么不回家，难道他不知道自己的媳妇，想他想得直哭吗？孟姜女为什么不能面对丈夫哭，偏要对着冰冷的长城感天动地地哭呢？尽管她哭到了天昏地暗的极致境界，也没能见上丈夫一面，难道这个世界没人知道她内心的痛楚吗？在我的眼里，这厚重的长城就是这个饱受折磨女人的最恨。

我觉得孟姜女是天下最不幸的女人，实在值得同情。

上小学后，老师仍然讲这个故事，说孟姜女是黎民百姓遭受统治者欺压的代表，她丈夫是千千万万个遭受奴役的封建统治的牺牲品，长城是给普通民众带来长期痛苦的渊源。长城是古代统治者的象征，长城被孟姜女哭倒的"哭"字里，有极端痛恨的意思。这个故事好像藏着一个预言：百姓厌恶的年代，注定要被民众爱戴的时代所更替，这是社会和历史发展的一种必然。从这个角度理解，孟姜女故事里的长城倒掉，就不能理解为颇具迷幻的神话了。那里蕴含着一个时代的深层思考。

在后来的学堂里，先生们讲长城是我国历史上最为伟大的文明，是五千年封建社会的典范杰作，是当今中华民族千秋屹立的标志，是世界人类历史的文化遗产。于是，就有了毛泽东的"望长城内外，惟余莽莽"和"不到长城非好汉"的豪迈，就有了"用我们的血肉，筑起新的长城"这首气壮山河的《国歌》，就有了《话说长城》《保卫长城》这样的电视、电影，还有许多以长城为借代的比喻，最著名的如说解放军是"钢铁长城"，还有借长城形容中华民族为"东方巨龙"，还有借长城之名为自己商品大打品牌广告的长城牌葡萄酒……总之，长城成了雄伟、坚强、文明、悠久、自豪的代名词，长城好像一尊比宙斯还强大的神。

二十世纪八十年代，一部电视片《河殇》，对长城发出了"异响"，其声音振聋发聩：长城是懦弱、退缩、保守、闭关锁国、不敢出击的象征！是保留中国古代传统文明，还是追随世界先进发展趋势？是保留中国固有思维发展模式，还是"奔向蓝色海洋"，融入全球文明？一时间，打破了国民对长城的亢奋的、坚固的、积极的、自我感觉良好的定式精神赏评的价值观。国内知识界为之哗然，这种独出心裁的审视来源于知识界，亦让知识界大感愕然，这种扬弃传统的逆向思维成了那个时代的标识。好像不从长城的架构中淘得新思维，就妄为知识人。

是的，痛思地醒来，深思地发现，就是要唤起个体之彻悟，唤起群体之大悟。从这个角度上说，长城的静默，亦是一种绵长不绝的沉思。

二十世纪八十年代末，我和一群中戏同窗爬上北京的八达岭长城，这是我此生首次登临长城，同学李颖为我以长城为背景拍的小照至今珍藏着。时过二十余载，2009 年 5 月，我在天津朋友的引导下，有幸又一次登上津郊蓟州区的长城，当我面对静静矗立在那里的长城，端起相机寻找最佳角度，准备为长城拍照的时候，我的脑海里突然蹦出一句新发现的话：拍她很有难度，必须找到属于自己的角度，更难寻觅的是，这个角度就在每个人的心灵深处。

不管遭到怎样对待，长城仍一言不发。看，那沉静立于山巅的，与群山融为一体的灰褐色山峦，就是长城。

大仲马与先贤祠

刻在法国巴黎先贤祠大门顶廊上，有一句著名的话："祖国感谢伟人。"

2002年11月30日，似乎是法国人民一个不能忘记的节日，为了这一天，法国总统希拉克盛装出席并主持这个独特的迁灵枢仪式。

如果不看到这条让我震惊的新闻，谁也不会相信法兰西共和国礼兵的肩上，抬着的灵枢是一位出生于200年前、逝世132年的人，他就是法国十九世纪大文豪亚历山大·仲马（大仲马）——这种以国家的名义举行的迁灵国葬仪式，是法国人民赐给这位备受世界爱戴的大作家的最高荣誉。

这个新闻事件已经过去两年多，而它却驻留在我的脑海中，挥之不去。先贤祠是与法国大革命同龄的著名建筑，是法国历史上获得杰出成就伟人的安葬地，也是活着的人们认定的"人生最伟大的归宿"。法国历史上的69位为祖国创造巨大贡献的伟人长眠于此，这其中仅有5位作家，他们是伏尔泰、卢梭、雨果、左拉、马尔罗，从中可以看出法兰西人民把作家留给世人的精神遗产看得极其重要，这就是法兰西的不同于其他国家的文化风格，甚至可以说是一种超自我的现代文明。之所以能创建这种举世瞩目的文明，这是国家政治民主、国民进步、国势兴盛的标志。这个现象的出现，亦要经过几百年的陶冶和锤炼，方可达到其不可比拟的文明高度。这是人类先进文化向纵深挺进的胜利。

我总在想，什么财富是个人的？什么财富是奉献给祖国的？我曾无数遍地苦思过，最后的答案只有一个：献给人类的科学、文化和精神财富。记得小时候，父亲说，人的一生很短暂，你在人间走一回，关键是要给你的人生选择什么样的路，哪怕你的奋斗只给人类留下了一点点精神财富的灵光，人们是会永远记住你的，不管你活着，还是死后……过了而立之年，我才明白父亲当时语重心长的话。想想我走过的路，读过的书，才真正感悟，哪一个伟人不是耗尽毕生精力，才取得了推进人类走向文明的成就，从凡人到伟人，这些人的精神，是永不会消逝的，这是推动人类不断进步、不断走向文明的基本力量，更是人类创造辉煌灿烂生活的走向标志。我挚爱的俄罗斯大作家契诃夫一生只活了四十四岁，这位作家离去的日子距我今天的生活已经一百多年，而他的小说刻画的许许多多的艺术形象，却永远活在我们的现实生活中，切尔维亚科夫（《一个官员的死》）的胆小怕事，奥楚蔑洛夫（《变色龙》）的诡计多变，约纳·波塔波夫老人（《苦恼》）伴马儿而行的孤苦，以及《跳来跳去的女人》中的浮浪女人奥莉加，被黑暗生活变成精神病的医生安德烈·叶菲梅奇（《第六病室》），对外面的世界充满好奇和渴望的男孩儿叶果鲁希卡（《草原》）……这些文学画廊里的人物形象，活生生地影响着我们的人生和当今社会生活。这就是作家对人类文明的独特贡献，人们也会因此而记住他们的名字。这正是伟大俄罗斯的骄傲。

在我们今天的生活中，也有许许多多尚未成为"伟人"的伟人，他们是巴金、陈景润、路遥、周克芹，我们的社会尚未给他们应有的荣誉，但作为生活在今天的人们，曾经被他们的激情感动过，中国曾被他们感动过。不该忘记历史，更不该忘记那些推动历史前进的人。这样的例子，在身边还有许多，我生活的城市长春就有科学家蒋筑英、诗人公木等，他们虽然已逝去，可他们的精神却与这座城市同在。作为这个城市的市民，我为拥有和他们相同的生活空间而骄傲，我们的城市更记住了他们。我来呼吁，请为我们的英雄们塑一座雕像吧，不但我们的城市不能忘记他们，我们的祖国也一定会记住他们的……

让法兰西的名言，也回荡在我们的周围：祖国感谢伟人。

人生四悟

感悟苦难

面对苦难人们似乎应该有两种情形，一种是自觉寻找苦难，在痛苦中磨炼自己，这是主动感悟人生的处世态度；另一种是命运遭遇苦难，在平静中承受折磨，这是从心理到意志自我人生完善的过程。其实把握其中的任何一种形态，我们的人生路都会走得有滋有味儿，所有的消极和困难都会化解，我以为这便是积极充实的人生了。

从记事的童年开始，我心里就总有个驱之不散的阴影，身为工程师的父亲是地主的儿子，我自然是地主的孙子了。"文革"时期，正在读小学的我常常收到各种登记表，看到同学在表格里填上"贫农""雇农""中农"等字样时的自豪神态，我的心里总有一种隐痛，精神上的耻辱如铅一样重。我从不在学校填表，回到家里一遍一遍地向父亲求证我们的成分到底是什么，问急了，父亲说："你爷爷是地主，要我填表'家庭出身'栏可以填地主。我十四岁参加革命工作，你是我的儿子，你就填'革干'吧。"于是我带着蹊跷的心态填上这两个似懂非懂的字，每次交表的时候我的心里都苦涩不堪，委屈至极，眼睛从不敢同老师对视，怕抑制不住眼泪流出来。

　　二十世纪六十年代末，因是蒙古族，父亲被怀疑是"内人党"而银铛入狱，而关押他的正是他以青春作代价带领工人建设安装的甘河纤维板厂，它是大兴安岭第一座木材深加工现代化大工厂。父亲身为囚徒，我家的社会地位骤降至最低点，朋友疏远，邻居们躲避，连我唯一的叔叔都不敢到我家来，街上见了我母亲连忙躲闪。几十天未进肉丝儿的我们，听到别人说"肉"字，眼睛都冒绿光，一天母亲终于弄来大约二两猪肉，我们兄妹三人在荧荧的烛光下围坐在炕上看母亲剁饺子馅儿，那是我见过的肉馅儿最少味儿最香也是我未敢吃饱的一顿饺子。母亲说要给爸爸留点送到牢里，我便不敢再同弟弟妹妹抢饺子吃了，并主动承担为父亲送饺子的任务。在牢房的前厅，那个扛着大枪的人非要我把饺子给他，意思是他可以转给父亲。我是个"犟种"式的男孩，非要亲自交给父亲，于是扛枪人和我争抢手中的饭盒，我被两脚踹出门外，饭盒被抢去。第二天再去见父亲，知道他"尝到"了两个饺子，多数则被看牢人分吃了。后来父亲出狱，我同他说到这件事，他一点儿没激动和愤怒，却安慰我说，人生总会遇到意想不到的苦难，在平静中承受苦难才是成熟的开始。这件事让我铭心刻骨，让我感悟至深的是父亲面对苦难的人生态度。他是一个普通的知识分子，之所以能走出山野，走过草原，走过矿山，走进省会大都市，虽人生历经苦难，却完成了忠贞不渝的人生目标，一定就是靠这种面对苦难的平静处世态度。

1977年，为谋个铁饭碗，我从地上的"知青"，转到地下当了一名矿工。现在想来，内蒙古高原大雁煤矿的井下生活，是我人生的一段苦难岁月。身处千米矿井下，潮湿阴冷挺得过，让人骇然的是瓦斯、冒顶、透水、跑车，事故像小鬼儿索命般地与我争夺生命。一次在掌子面处理事故，一块脸盆大小的青绿色岩石擦着我的肩头落在脚下，把身边的师傅吓得目瞪口呆，后来想起极度后怕，就是苹果大小的岩石，也足以让我去见阎王了。再一次是我在"上山"的巷道行走，忽听上方传来"哗"的一声响，我的潜意识判断是"跑车"，忙把身体贴在巷壁上。一排装满料石的矿车擦着我的后背风一般地狂奔而下，接着就听下方传来了响亮的碰撞声。我到现场看，被惊出一身冷汗，18节翻倒的矿车横躺竖卧，料石乱七八糟堆满巷道，足有15米的巷道被撞塌了，电线杆子粗的坑木被拦腰撞断。如果不是我一瞬间躲闪快，一定人尸皆无，与小鬼儿攀亲去啦！那段岁月每天如同摸着阎王爷的鼻子过日子，苦难和失去生命的危险每天都与我相伴，我硬是与大多数的矿工一样挺着腰走过来了。而这时我却越发感到改变命运的渴望紧逼着我，工间工后的闲暇时间我玩命地复习高中没学好的课程，三年后我靠自己的拼搏爬出了幽深的矿井，读大学，当干部，做新闻记者，自我确立的人生目标正一步步实现着。我想，是苦难让我感悟了追求的价值，没有苦难就没有成功。

命运告诉我们，遭遇苦难谁也没有办法躲过去，那么退也是活着，进也是生活，我为何要停止追求呢？我觉得还是选择平静承受，选择充满韧劲儿的进，才是明智的人生。

精神克病

早晨，我醒来忽觉右耳耳塞，耳道里面发热，肿胀难耐，刚想用手指抠一抠，想不到无名指上竟然沾上脓水！我知道，自己的老病——中耳炎又犯了，这是近两年来第二次发病。

中耳炎是常见病，而我这从小得的病，几乎伴随我小半生了。说到这病，我便想起许多往事。外祖母在世时，每次得病都是姥姥给我淘弄药方。记得最清楚的一个偏方是用猪苦胆焙白矾，再擀成粉面，用卷起的纸筒装上粉面对准耳朵眼儿用嘴吹气，把药粉送进耳朵眼儿里，过一段时间再用过氧化氢清洗，再往里吹药面。当年的这一切都由我姥姥来做，从购药，到配药、用药，姥姥做得十分精细，就像个慈眉善目的老菩萨。尽管这病常引起半边头痛，由于有姥姥坐在木头小板凳上，为我耐心地操持着一切，我烦躁的病痛用不了多久就会悄然离去。后来，姥姥回辽西老家了，我也长大了，知道怎样预防，怎样控制耳朵进水这档子事了，也就很少发病了。即使这病偶发，也多是由于心情和精神压力造成的。病是既奇怪又压迫人的东西，它有时就像荒原上的狼，最先攻击孱弱的动物。我遇到外部的打击，精神承受不住，心里的痛苦过大过重，疾病这只狼就开始悄悄地盯上我，它到我身体的原野上游荡，伺机寻找下口的机会，这只狼在专注地窥视、探索它的切入点。它每次都在我最脆弱、孤寂，甚至难以自拔的时候出现，它盼着我倒下，期望着把我像羔羊一样吃掉。凭我的毅力和信念，我是深知倒下的危险的，我坚持着，每一次都踉踉跄跄地走过来了。然而这只狼没有放我而去，它偷袭我的薄弱部位，先得病的是牙龈，狼先在那里下口。牙床肿了，牙龈发炎流脓，我为此付出的痛苦是不能咀嚼食物，厉害的时候，半边脸红肿着，像含鲜桃儿一样。这种情况常持续三五天，我吃药打针，默默忍受着，并不把它看得太重，咬咬牙就挺过去了。

后来，身上的这只狼发现攻击我的牙龈并不能阻止我去追求自己设定的目标。1990年夏末秋初，我调往省城长春受阻时，这只贪婪的狼盯上了我的牙，它想让我痛上加痛，想打倒这个不服输的犟汉子。他在内蒙古大雁煤矿不是生活得挺有意义的吗？干吗非要来长春干什么事业？它站立在十字路口上，虎视眈眈地盯着我，在我的弱势防卫区死死地咬上一口，我无所畏惧昂着头走过来了，它被我击败了，只好无奈地沉寂了几年。经过生命的数度循环，它又找到了下口的突破口，即我的耳朵，因多次得病，这个部位成了敏感区、薄弱区，而且是打击我精神的要害部位。1987年的冬天，是我精神生活的荒芜期，妻子巴拉去天津上学，我和刚近周岁的女儿相依在草原小镇，父女俩蜗居在煤矿一幢幽静的小楼底层里。每天照顾幼小无知的女儿，独自上班，没人伸手帮我，又不愿说出心中的苦楚，我便以极强的自制力承载着精神生活的漫长孤旅。我在一年前刚刚尝到家庭生活的欢乐，突然又让我回到被"冷冻"状态，于是我的精神上出现了真空地带，出现"瘀血"地带——我的右耳发炎了。这时我身上那只残酷的狼又出现了，它向我发起攻击，我被这大虫儿咬得极惨，先是牙痛，后是耳肿，再后是面部神经受伤。我眼睛难睁，见不得光，泪流不止，在床上辗转难眠。那一刻，我的头脑里似乎没有了夜晚的概念，总有一缕刺眼的光在往返流转，就像太阳只烤着我一个人，似乎自己很快就变成一只烤鱼干了。第二天早晨照镜子，我发现自己嘴歪眼斜，成了个怪物，像个面目狰狞的魔鬼。我感到自己的五官失控，闭不上眼睛，调动不了嘴角和面部肌肉，吃饭无法咀嚼，喝水顺着嘴角流到前襟上，连基本生活都成了问题。隔日听一同学说他的父亲能治此病，我忙去他家求医，老汉一边嘴上说着没事可以治好，一边拿出一片锋利的钢片儿刀，在我口腔内的右腮和左腮上划割出数道口子，鲜血四溢，我的口腔如喷泉，喷出大口大口的血水。本来就咽不下饭，现在连动动舌头都疼痛难忍，于是我绝食了，仅靠喝水维持生命！这个不是医生而自封为医生的老汉，害得我的两腮如面包一样红肿。我痛苦不堪，死的心都有了，那时就想：如果我这时死了，就不遭这样的罪了，那该多好啊！人在最痛苦的时候是渴望死亡的，因为死亡能给人带来宁静和解脱。

　　我精神的痛苦，引来了饥饿的狼，它想从我的最弱处下口，然后直接吮尽我的脑髓，想让我在一阵麻痹中失聪，一阵昏厥中倒地，直至死亡、消逝。我仅靠微弱的精神顽强地抗争着，坚持每天去医院，让大夫把无数根银针扎满我面部的所有穴位。最初的半个月，银针刺进我的皮肤，就像刺在麻袋上一样，没有丝毫的感觉，20天后我感到了针刺的轻微一痛。大夫面露悦色地说，你快好了，已经有感觉了。就这样，我整整坚持了40

多天，经历了难言痛苦，才让自己的嘴和眼睛回到原来的位置上。我脸上的肌肉也可以动了，我从狼的嘴中夺回了自己。

精神和肉体的伤痛让我感悟：人的病是精神引起的，精神健康，肉体自然强壮，若精神和肉体伤病同发，生命就像脆弱的线一样，一挣即断。

保卫自己，首先要保卫自己的精神不被豺狼偷袭。

善待自己

我正在读《王蒙自述：我的人生哲学》，这是一本令人难忘的书。

作者总结了自己大半生的人生阅历，涉及为人、处事、哲学、文学、历史、仕途，谈得十分动情，真乃人生之精髓，思想之大成。我喜欢这样的书。我总在想，我们的作家如果都能这样深思生活，梳理人生，善待读者，那么，今天属于我们的精神家园则会丰厚无比，属于我们的时代亦会融入当今人类文明发展的主流之中，融入更为广阔更为文明的人类社会进步之中。

王蒙先生起步于文学，受难于文学，二十世纪五十年代，先生的小说《组织部新来的年轻人》让先生誉满文坛。成名快乐的情绪尚未散去，他马上又被残酷的现实击打得跌入命运的低谷。文学带给他的是人生的惩罚，16年下放新疆，历经磨难，苦乐并存，他并没有就此沉沦，他把自己的生活同钟爱的文学血肉相融，创造了许多属于特定时代的文学形象。他们对生命充满了爱惜和敬畏，他们对苦难充满了坚韧和乐观，他们对人生充满了渴求和信心，这正是我们的作家以文学这面镜子反映、刻画、赞同、倡导的一种积极向上的人类进取精神。

王蒙先生在《我的二十一条人际准则》一文中写道："永远安然坦然，心平气和，视分歧为平常，视不同意见的人为现实的诤友或候补诤友，而不是小气鬼般地一见到意见不一的人就如坐针毡，脸上红一阵白一阵。"这段话让我们感到了作家比宇宙宽广的胸怀，乐观的人生态度，豁达的精神境界——这来自艰苦生活磨难的感悟，这来自人生命运深层追问的思考，这无疑会给今天的读者带来值得借鉴的人生经验，尤其为当今的年轻人树起了少走弯路的风标。在新疆的那十余年，先生不管是当农民，还是当小干事，不管是当记账员，还是当"王大队长"，从没有悲观失望，从没有对文学和生活产生过半点怀疑，而是虚心向当地人学习维语，学习生活，很快成了伊犁地区最快活的人、最精明的人，受到了老百姓的由衷爱戴。这就是王蒙的积极人生——善待生活的人，生活必然厚爱于他。

正是那样的人生阅历，才使王蒙先生磨砺为中国的大作家成了一种不可阻挡的必然。这样说来，文学让人迷恋，文学让人受难，文学让爱她的人们变得更加坚强，变得心胸更加开阔。王蒙先生命运的轨迹，正是文学为其拓宽的多彩人生、绚丽人生。先生在这本书里写满了这样的感悟，这是文学伴随生命，转而又馈赠给人生的一种超然物我的精神升华，这即是留给人类的苍茫大地、碧蓝天空、浩渺宇宙、深邃思维……先生在其曲折的人生中体悟了这一点。他说"多一种享受，多一种人生"，其实他身处苦难也是以"享受"的态度来乐观对待生活的；他说

"思想美丽，学习着也是美丽的"，这告诉我们人类必须不断地强化思维，才能化解一切阻碍和困难；他还告诉今天的读者"人生即燃烧"，可以从中认识到人生若进入了忘我的境界，其创造力既能改变自己，亦能改变社会，更能改变世界固有面貌……王蒙饱蘸生活的琼浆，饱蘸生命的激情，以青春的热血，以诗人的豪情，以作家的执着和生命的代价，为读者创造着属于我们这个时代的精神食粮——我们应该记住王蒙，中国应该记住王蒙，世界应该记住有这样一位中国作家。

当今人类社会缺少精神食粮的饥饿程度，远远甚于盈满于口的各种时尚快餐。拯救人类灵魂的重任，远比救助人类的肉体更重要得多。

我愿凡俗

三十岁之前，我还是不服输的男人，面对灼人的诱惑，怎甘落于他人身后呢！

我的上进心和拼劲儿，不允许自己只羡慕同龄人耀武扬威，不允许自己只看别人进步，而自己却原地不动。为此，我毫不犹豫地走上千万人竞过的"独木桥"。

我曾一度经不住诱惑，为此陷入无限苦恼中，那些困惑的日子，就像天空中没有了太阳，眼前迷茫，度日如年，心间如压着磨盘般沉重。

当今社会的人们，除崇尚金钱外，更能让许多人引以为荣的，莫过于走仕途之路。我的欲望无以挥发，本该主业为文，却主业荒废，副业无形，似乎连感觉器官都显出了迟钝。我不承认失败，更不原谅自己。我为何不能成舟？我一遍一遍地问自己，一遍一遍地梳理思绪。

分心走仕途，难得见分晓。看到行进于此路的朋友，伴着市场经济的变幻，像卓别林电影一闪，即变穷酸为富贵了。时过三载，小腹高涨，满脸油亮，打官费电话，请客用招待费，这样的官气，一夜升华数丈……这个剧变，本身即是强大诱惑，无数人为之奋斗去了。这"权"和"钱"，二者可兼得的"事业"，丝毫不比明星和大亨们档次低，还多出几许优越感。在世人的眼里，这是成功的人生，更是至高无上的"精神胜利"。

当时的认识是：我哪怕做个应声虫、哈巴狗，这是忍辱负重；哪怕做个卑躬屈膝、丧失自我者，这也是卧薪尝胆。只要成于仕途，我在众人面前，既不失心理平衡，又在同仁友人前扬眉吐气了，这才是自我价值的完美体现。

我不愿浪费生命，也不甘心总做他人的啦啦队员，我更不愿留下"三十有梦化飞烟"的哀叹。那时，好像我所做的一切都是为了虚浮的面子，是做给别人看的。那时的我，还不知道属于自己心灵的召唤究竟是什么。我在跟着世俗走，我在跟着别人的感觉走。只有激情，缺少理智，不会思想。这即是那时的我。

我在追求的路上，没有了自我，机器般地充当着"工具人"，为虚浮的形式转，为无为的重复转，为凝固的人生转，常常是全天忙下来，疲惫不堪，而我却不知自己都干了些什么。自己的眼前总是沉溺的混沌世界，我好像是郁达夫小说《沉沦》中那个茫然的留学生，惶惶然不知走向何方……

　　十年忙碌过后，一个叫屠格涅夫的俄罗斯老人，在梦中与我对话，敲通了我的天灵盖儿。他问："你想跨过这道门槛，你是否知道等待你的是什么？"我不知怎样回答，而我身旁的姑娘，却镇定地代我答道："知道……我做了准备。我能忍受一切痛苦，一切打击。"我清晰地听懂了这超越时空的对话。

　　我那颗躁动不安的心，终于沉静下来，好像一个长梦醒来了。

　　在这难熬的隐痛中，我第一次怀疑自己的时候，即梦见了属于我的另一个黎明。

　　梦断时分方觉醒，我再次看清了眼前的缤纷世界。

　　我想：平静地应对世界，难道不是属于自我的成熟吗？

　　度过难眠之夜，我看到了黎明的微光，这是引导我实现自我跨越的召唤：人生大路千万条，发挥自我的创造价值，就要走属于自我的人间正道。

　　我认识到，绵延不绝的人类长河中，仕途之路荆棘丛生，留下了太多的悲剧人生。为此屈辱求荣者有之，为此折戟沉沙者有之，古代、现代、当代，从至高无上的皇帝到豪气冲天的志士，都曾给后人留下了值得回味的历史教训。吴敬梓笔下的范进，鲁迅先生笔下的孔乙己，在昭示着后人此途曲折，不可完全托付人生，至少不能让历史曾经创造的时代悲剧再延演下去了。

　　一位名人说："文章千古事，官任一时荣。"由此想到了司马迁，其"究天人之际，通古今之变，成一家之言"的著史人生，就是不为仕途所累的完美人生。我的一位师长说得更直白："历史只记载皇帝宰相，五千年文明史，州以上的官吏不计其数，都是过眼烟云。唐人金昌绪平生只留下二十字的唐诗《春怨》，后人吟诵了几千年，这才是不朽。"

　　站在今天的高度，我们是否可以这样劝慰为仕途所累的人们：它是旧时代与新时代更迭衔接错位时形成的"大峡谷"，切莫跌入这个深渊。人生之路众多，色彩纷呈，一切适合自己的，又乐意为之奋斗的路，都可能是通向成功的路。只要找准属于自己的人生坐标，就可以跨越一切困扰自己的苦恼，实现积极的人生价值。

　　痛定思痛，我生出了跨越"大峡谷"的壮志，面对变幻莫测的世界，我要超越虚浮，摒弃媚俗，追求真实。

　　我的行为亦可渺小，亦可平平常常，亦可起起伏伏，这却是属于我的朴实无华的生活节奏，也许这些由小变大的坚实步伐，可以转化为实现我人生价值的一次超级跨越……

　　在即将迎来的新年里，我仍愿这样生活下去。

怪动的思绪

——来自生命和理想的诘问

一

为什么要有理想呢？就是因为他对现实不满足。越是在艰难的环境中，人追求理想的愿望越加强烈，他对理想的想象，就更加丰富、绚丽。现实生活常扭曲人的心灵，搞乱人的理想，而人是要靠自己的想象来弥补现实的不足的。

当我的思想和行动，违背了自己的主观意志时，寂寞和苦恼常常困扰我，这时理想的世界总闪出耀眼的火花：追求的脚步，胜利的喜悦；美丽的草原，峥嵘的山峰，清亮的河水，奔跑的江流，翻腾的海洋；古老的宫殿，雄伟的长城，高耸的楼房——像黑夜的星星，时刻不停地闪烁于我的理想世界里。这时，我会忘记一切，孤独的情绪、苦闷的思想全都消散了。我扪心自问，这些奇怪的念头是怎样产生的呢？是生活，是现实的生活使然。总想着明天，才不会停止努力；总往远处眺望，追求现代的文明，并不等于生活奢侈。只有堕落才是寄生虫的儿子，才是腐败、空虚的繁衍。我们时刻不能忘记劳动，它是根治堕落和腐化的良药。

如果把理想比作太阳，生活就是因为有她才有生机。人类像自然界的一草一木，离开太阳，生命就会枯萎，甚至于死亡。如果把理想比作晨雾，那么，她就会在太阳升起的时候而败落，死亡是她最终不可摆脱的下场。

理想离开现实，离开劳动，就成了空想，这是生存者最为不幸的悲剧。

二

记得俄国作家果戈理说，你几天没写日记，那么就写你为什么没写，写到没有可写为止。我觉得让我不能及时把一天的见闻和想法写出来的原因，就是情绪不佳。心存不静，没有思考，便没有发现，对身边的事情没有认知，便放过了可记写的东西。发现才是塑造理想的开始。

人们生活在自己非常熟悉的环境里，有时对熟知环境里所发生的一切，并不比别人看得清，理解得快，相反的是旁观者看得清，理解得快，认识得最深。

这是什么原因呢？看来要想认识周围的生活，就必须跳出这环境，就像一个海里游泳的人，想往远处看，必须站在高出海面的礁石上或海岸线上。

理解生活，是需要相当的思考时间的。离开身边的一切，时间越长，你的思考就会越深越透。尚未认识的东西，要用积极的态度对待它，决不能站消极的立场上去看它。以积极的态度面对生活，才会在充实感悟中有所发现。

　　生活在欢乐、幸福中的人，大概很少回味他昔日的苦涩生活。而生活在苦闷之中的人，却有一种压力迫使他去思考。如果把思考只限制在自己生活的小圈子里，那么这种思考给人带来的可能是夜郎自大，甚至会迷失方向，随之而来的可能就是烦躁、不安、空虚、渺茫。如果让自己的思考跃出自己的小圈子，在人类世界的文明国度里寻找，就会忘记空虚，生活充实，他就会忘记苦恼，追求在理想生活的怀抱里。此刻目光锐利，心胸开阔，周围的一切也都变得越来越美好、越来越幸福了。

　　追求总容易在欢乐中止步，在欢乐中酣睡，甚至毁掉。这样，他就是在踏步走，前程和理想也会出现危机，理想则有可能成了空想。

　　在幸福之中，应该想到超越现实的将来，应该想到实现将来延伸的具体步骤，让现在的幸福作为将来更幸福的起点……

三

　　当我独自坐下来的时候，我常感到无形的苦闷包围着我，这时，我似乎就是充足了气体的玻璃瓶子，再施一点压力就会爆碎。

　　自己独处的时候，苦恼时时伴着我，只有和朋友谈天说地的时候，我的"玻璃瓶子"便变成了透明的气球，尽管此时的自己轻飘飘的，生命虽然不能承受之轻，但也必须学会"享受"。

我常想：这种度日的苦恼，何时才能消散呢？

现在，我解脱苦恼的办法即读书。我要拼足劲儿读书，先把自己的藏书读完，并从中选自己喜爱的书反复读，把精美的句子记住。一天里，唯有读书的时候，让我忘记了伴随周身的孤寂，好像世界只为我而存在，我感到了属于自己的幸福。

短篇小说《我遥远的清平湾》的作者史铁生是一个下肢瘫痪的北京人，这篇小说描写的是他当年陕西下乡的生活情景。作品用诗一般的语言，融景于情，变乡土气息为其艺术精华，主人公破老汉是贫瘠的土地上生活着的有心人，他不为贫苦而沮丧，因贫苦而越发变得善良美好的灵魂，在世人看来，他的一举一动是可笑的，但那正是当时社会生活的真实反映。恶劣的外部环境，要强行扭曲人们的心灵，而人们的宝贵心灵是决不会被贫穷扼杀的。这篇小说的情节似乎并没有内在联系，呈现给读者的是画面感，把它们连接起来看，就成了我国二十世纪七十年代初北方的农村风俗画、田园牧歌，让读者从感受美中去认知丑。它不以情节奇而制胜，却以情致的美来感化人，展示了文学艺术的劝善作用，颇有俄国大作家契诃夫名篇《草原》的味道。

小说人生，就是描写我们身边的"这一个人"，这里的民族，这里的土地，这里的花和草，这里人们的精神流动。

四

文学艺术陶冶人的性情，铸造人类的思想，给人类以力量和欢乐，更重要的是给人类以美的享受。

就一些所谓的"艺术"表现而言，看上去是拳打脚踢、枪去刀来、呜嗷喊叫的东西，算不得艺术，为看这样的"艺术"而浪费时间，还不如看街头卖狗皮膏药的。

我国的文学艺术，是有自己的优良传统的，如故事的人性美，感情丰富，语言华美，耐人寻味，如《红楼梦》《三国演义》等等。那么，为什么我们现代的作家们，写当代人的感情就显得蹩脚、生硬，毫不感人呢？还是缺乏深思，更主要的是没有找到人类共需的美。

好的文学艺术，应该给人类灵魂深处以美好的启迪，并让人类从中思考，叩问自己的灵魂。托尔斯泰的《安娜·卡列尼娜》，肖洛霍夫的《静静的顿河》，苏联影片《两个人的车站》《这里的黎明静悄悄》，美国奥斯卡获奖影片《辛德勒的名单》《英国病人》《金色池塘》，日本影片《感官的王国》《追捕》《远山的呼唤》《血疑》，就是这样的有精神、有灵魂的好作品，它们必然冲破种族和国家的界限，让人类共同从中享受到挖掘生命内涵，升华人类精神的美好启示。

五

文化人常把"斯文"看作自身的修养和生命的价值，其实外表的斯文是轻飘的泡沫，强装斯文是极其痛苦的，不要总有"我比别人强"和"我能做得更完美"的想法，反而应该考虑别人哪里比我好些。

把面子和金钱看得太重，我们的生活就会轻松不起来。我们要生活得真实，就不要总给自己的面子留下虚幻的空间，不要自己的兜里没钱，却总装出一副有钱的样子，不要给自己带上沉重的精神枷锁，活得朴素、真实，并不等于寒酸。保持向前走的意志，保持自己心态的平静，我们才能生活得快乐起来、幸福起来。

在纷繁和多彩的世界中，让自己持"莲花"之态，度过漫长人生，有这样的品德相当不易，让这样的境界贯穿始终就更难了。中国的许多文化人，为面子和名誉所累，甚至为之而把自己的人格扭曲、打碎，扯烂斯文，露出本真的丑陋。我们的社会为失去这样的"良知"而尴尬的同时，更渴求真实的文化人，有血肉有灵魂的知识人，他们才是承载生活、承载历史的原动力。

六

刘再复先生在《天涯独语》一书中，呼吁作家保持童心，他深情地写道："童心不是幼稚，不是无知，童心是不屈不挠、不死不灭的正义的精灵。"

作为成年人，我为先生一腔深情感动，进而想到了当今社会生活的残酷一面：一个成年人保持童心永驻，在现实生活中是行不通的。只要有童心在，必然在外表上有所流露，就有可能给正常的生活、工作带来极大的障碍，如果我们总像孩子一样天真，你便被视作永远的不成熟，一生的弱智，残酷的现实就会把你"吃"掉。然而，我们应该相信，童心是可以在精神世界长驻的。坚持童心的存在是艰难的，但是只要有童心在，一切都会变得轻松起来。人们脱离了生存竞争的紧张后，存在于精神世界的童心，可以使争斗的人们恢复善的本质，使人性得以张扬。

童心可以"举重若轻"。我认为保持童心，不应是作家、诗人的专利，亦应是普通人深藏的财富。越是在生活艰难、命运波折、追求茫然的时候，越应该让童心来分解我们的沉重，消解我们的胆怯，恢复我们的激情，实现我们人生的梦想。

童心，可以使社会造就的行尸走肉恢复人的本性；童心，可以让黑夜迎来黎明……

行舟书海　叩思人生
——深夜散读札记

　　德国哲学家叔本华说:"读书逾多,或整天沉浸于读书的人,虽然可借以休养精神,但他的思维能力必将渐次丧失,此犹如时常骑马的人步行能力必定较差,道理相同。"

　　读书是为提高自身能力,提高自己的生活品位,但一定切忌死读书,疲劳读书。这如同饮食,暴饮暴食就会消化不良,狼吞虎咽亦会影响身体健康。读书要有适时的选择,要读而适量,读有所思,读有所得,读有所停,切不可盲目读,胡乱读,玩命地读。读书带来的负效应,会让人形成本本主义、教条主义,甚至于极端主义,虽不会对人体健康构成伤害,却能贻害人们的精神世界,有可能损毁一个时代。

　　二十世纪六七十年代,社会只提倡人们读有数的几本"正面"教科书,而且只是政治读本,于是,那个社会就形成了固定的思维模式,极"左"的思潮弥漫了二三十年,我们的祖国就此停滞了几十年,那个经济生活荒芜、社会生活狼藉的时代,是中华民族的一个大倒退、大悲剧。当然,强迫人们去读不愿读的书，是社会的政治因素造成的，所以，传统意义上的"开卷有益"，是在你选对了书的前提下。

二

作家张贤亮在其《小说中国》一书中写到中国思想界的一种独特现象，即"思想游离现实"，实质上"思想和实践是两层皮"。其实，中国的思想、文化界，许多人热衷争论的"理论"，其理论和思想是分离的，常使理论变成了空谈，几乎丧失了对现实生活的指导意义。

我认为，不管是何种理论，首先是在思想和实践的指导下总结出来的，其理论的基本点是指导现实社会，引导人类生活走向完善和美好。除此以外，一个成功理论的功能，就是诱导人们认知未知的世界。探索、思考和创新理论三者应相提并论，理论和实践应互为促进、同时行进，这才是促进社会发展的根本保证。中国的当代社会，总结理论的人不在少数，而拥有思想的人却不多，追求创新理论，创新实践的人就更少了。当今的中国，最缺少的是在科学思想指导下的实干家，这是我们的社会经济生活发展缓慢的主要原因。

三

张贤亮先生认为，当今中国社会的"精神贵族"，是领导社会精神和思想的群体，他们代表着民族和国家及这个时代文化精神的最高水平。

我觉得，这个"贵族"群体，与普通人的差别，主要反映在文化精神的不同上，其自身的文化底蕴，是其个性形成的主要因素。其气质和智力亦与常人千差万别，他们身上除点滴遗传因素外，主要是后天培养的，有主观的努力，有环境的影响，还有对知识理解的深浅，对知识吸收的多与少等，这些都是"精神贵族"不能忽视的因素。不凡的气质不仅表现于外在，更表现在精神的张力上，那些看似表面的东西，实则是有较深的文化积累、较厚的精神沉淀做支撑的。应该说，超常精神境界的诞生，亦是一种超越规则的创造，是深思苦思的结果，是智力与激情燃烧的涅槃过程。而这些"贵族"们的气质和智力，内在是相统一的，而外在的联系并不见得相一致，因为人们有时要伪装一下自己，这是常常迷惑一些人的表象。

精神贵族的基本素质是高文化素质，同时又是具有创造性的群体，自觉为社会的文明进步而时时追求、探索，其价值取向是正义、创新。

四

几年前，我读王小波先生的杂文集《我的精神家园》，他写道："要重建精神家园，恢复人文精神。"我由此想到："什么东西才能使'恢复'了的人文精神，得到最好最快最有效的传播呢？"我个人认为，应该是成功的写作。

让我最兴奋的事，莫过于写一篇自己满意的短文。后来随着年龄的增长，感到每读到一本让自己极喜爱的书，被那种阅读的快感而搅动得情绪兴奋，似乎笼罩在一种长久不散的"震波"中，于是，我认识到，自己最需要的，不是饮食穿衣，而是文化的浇灌、精神的慰藉。有品位的人，在某种程度上是靠精神活着的，没有精神的活着，连死都会失去意义。有了精神的着陆点，我们在死的时候，才能真正闭上眼睛，呈坦然之状。如果人们只为填饱肚子去活着或者死去，那么，就等于失去了精神的支撑点，生活变得苍白而无意义了。我敢说，肉体饱和的人，会因精神的饥饿而阖不上眼睛——因为文化和精神铸造人类的灵魂。

中国的一些"星"们，看似人文精神的代言人，其实，他们中文化修养深厚者并不多，艺术家不是吹出来的，他们应该是当代人文精神的传导者。当今，我们的"星"们，最缺少的是厚重的文化底蕴，靠人捧，靠投机，靠偶然出了名，上去不多久，便原形毕露了，"星"们误认为"追星族"是奴隶式的崇拜者，于是开始对"追星族儿"施以浮躁、疯狂，甚至于精神诱导，这看似周瑜打黄盖的"愿者上钩"，其实是在误导我们的年轻人，甚至让一些年轻人成不了"星"，而变成了精神病。悲乎哉！我觉得，对艺术家塑造的成功的艺术形象，予以恭维是可以理解的，而对那些浅薄的"星"们，无须过分崇拜，应处之以平静，施之以常态，才算当今社会的一种进步。我们知道，人类的各类明星，其主要功能是人文精神的承载者和传播者。

五

刘再复在《天涯独语》一书中，曾发出"我是谁？"的叩问，他写到俄罗斯诗人叶赛宁的话："我将永远不能和自己讲和，我对我自己是陌生的。"其实，我们自己就是开拓不尽的资源，不要脱离了自己，总在客观上找原因，多审视自己，无数遍地追问自己。强势就在我们自己身上，富矿亦深藏于我们自己体内，我们不了解自己，就像我们不了解大海一样。坐岸观海，只是眼前的海，我们看不到海的博大，更想象不到海洋广阔而激荡的意境。我们总在问询大海，她却从不回答我们，似乎她就是人类永远的母亲。

六

诗人徐敬亚随笔集《不原谅历史》，是一本文字优美、思绪跳跃、内涵丰富、诗与哲理相融并存的诗体散文。用一般的、传统的阅读方法，是不能读尽作家要表达的底蕴的，这不是一本大众读物，而是文化人的精神佳品。作者反传统的表述，或者叫逆向思维表述，文章的艺术魅力如生发了飞翔的翅膀，其热力总在眼前灼灼燃烧。读该书，应有二法：一是夜深人静，边读边品味；二是放声朗读，依字面而渐进诗人的精神世界。他写道："一个窗口，不应该仅仅成为被凭栏远眺的壁上方洞。聪明的，有知觉的窗子，应该是会思考，会吞吐，会呼吸的窗子。"（《为一座城市指点迷津》）。这样的文字，能没"鬼力"抓人吗？

热读札记二则

雪寒心暖

今天是二月二，星期天，我和妻子都休息了。

午后，突然飘起了大雪，雪片儿好大，满天飞舞，只一会儿大地就全白了。我不知从何时养成了喜雪之情，每见到纷纷扬扬的雪花儿，心里就生起愉快、欢喜的情绪，这大概是我出生于大兴安岭的关系。

我坐在屋里，读苏联作家艾特玛托夫的长篇小说《风雪小站》。这位吉尔吉斯斯坦族的著名作家，是享有世界声誉的文化使者，其作品的现代性和抒情性，曾经迷倒了一大批读者。关键是他的作品让世界知道了吉尔吉斯民族，以及这个民族精神生活的美好、丰富。其著名作品《裹着红纱巾的小白杨树》，写一个男孩子和年轻女老师的纯真、真挚的情感，像一篇情意绵绵的抒情散文，像一杯浓烈的绍兴老酒，真有所谓"酒不醉人情自醉"的味道。不管谁，只要有过一次这样的阅读经历，就会记住艾特玛托夫的名字。

后来，我又陆续读了《白轮船》《花狗崖》《查密莉雅》等著名的中篇小说。近一时期，我又掀起读艾氏作品的高潮。

我喜他作品的抒情性。他总是把草原的风光和人物的心情、命运结合起来写，人物用不着说过多的话，通过最先见到的景物描写，就可大致预知故事的结局。《查密莉雅》写第二次世界大战时期，苏联后方小村庄，一个伤残士兵和一个年轻村妇查密丽雅的爱情故事。小说反映了战争给人们的生活和命运带来的重大影响，试图告诉后来的人们，战争可以毁掉一个世界，但它还能重塑人们的精神世界，给人类以更多的机会。

我喜欢他举重若轻的表现手法。他的小说几乎篇篇都是重大题材。他从小处写起，在不知不觉中推出重大主题。《花狗崖》从家族为一个男孩基里斯克举行"成人礼"出海猎海豹写起，到后来小船迷失航向，爷爷、爸爸、叔叔为了家族唯一的男孩能活下去，把船上仅剩的一小壶淡水留给了刚步入成年的基里斯克，后来三位亲人相继饥渴而亡，大男孩靠着那点淡水，以弱小的能量，顽强地向前划船，终于找到了生命的彼岸——"花狗崖"。小说寓意深厚，荡气回肠，作者挖掘出生命的延续不止，生命永不泯灭的深刻主题。

我喜欢他所展示的童年视角中的现实世界。艾氏特别愿用"童年视角"展示成人世界，这也许是作家希望自己的作品探索生活本真的艺术追求。这个笔法常把人间的真情发掘得酣畅淋漓，甚至到了极致。《白轮船》这部以诗意和寓言韵味而享誉世界文坛的文学名著，写一个弃儿的精神世界，写他对人间冷暖的感悟，从而揭示了一个时代、一个社会的精神文明。作者用孩子的纯真视觉，把社会的复杂深层，一层一层地剥离开来，暴露出来。读者正是通过男孩的无暇心灵，重温了成人世界。

我喜欢艾氏叙述语言的流畅和优美。作家这方面的天才是可以同大作家契诃夫媲美的，其语言通俗质朴，有生气，读着朗朗上口，从不故作高深，表现明白如话。

我喜欢其作品的现代意识。艾氏几乎很少使用别人用过的表达方式，常有创新，现实、历史、传说、寓言自然成了他艺术的立体空间，现在读的《风雪小站》和早期读过的《断头台》，就是把现实、历史、传说三者编织得最为精美的典范。别看它们是长篇小说，读者可以任意拿来一段读，都会有意想不到的收获。它们看起来都是可以独立成篇的。今天，我们可把艾氏的作品当故事读，明天可当散文读，合起来可当史诗吟诵，拆开来读，即是一段段缠绵悱恻的抒情诗。上至航天，下至小狐狸的命运，他都写得美不胜收！

我读完艾特玛托夫的《白轮船》那天，在日记上写道："这是近一个时期以来我读得最尽兴的书，作者以诗人的气质和笔法描写现实、历史、风俗、风光、寓言，既是民族又是现代的优美组合。其语言流畅，朗朗上口，句式优美，描写大自然，抒情性强，可与他的前辈大作家契诃夫相媲美。散文式的叙述方式，现代派的表现笔法，以孩子的视角和想象为主，现实与客观的融合，达到了出神入化的境界。写孩子的想象，既合少年心理，又使艺术气氛在此升华。我敢说，这部小说和另一部中篇《花狗崖》，得诺贝尔文学奖当之无愧！而后一篇小说，具有强烈的世界性和人类性，可以与美国作家海明威的《老人与海》相媲美。仅就这个作品而言，我觉得他比海明威略胜一筹。这两部作品，我读得晚了些，该早读，它们为我提供的文学借鉴意义很大，它们让我知道了怎样打破传统的写作模式，找到更适合现代人心理的写作手法。我要把这两部作品同米兰·昆德拉的《生活在别处》《生命不能承受之轻》放一起，作为终生通读的书，尤其是《花狗崖》，要经常读。"

艾氏作品中的人物命运，很多与中国人相似，所不同的是，他能把那些"政治年代塑造"的人写得那么有人情味、人性美，让我们回味无穷，深思久远。

叩思灵魂　永拒沉沦

早在八年前，我读了契诃夫五千余字的短篇小说《香槟》，就被这篇内涵丰美、回味绵长、意境诗化的小说征服了。据我在不同阅读时段留于书页的"批眉"显示，这篇作品我读过七八遍以上。

1887年，年仅二十六岁的契诃夫在年初《彼得堡报》上，以"安·契洪捷"署名发表的这篇极富魅力的小说，情节简单：在大草原深处的小火车站上，常年于此生活的是年轻站长尼古拉夫妇。囿于偏远荒芜中，小两口表面衣食无忧，精神却极端孤苦。丈夫处于青春勃发期，对边地生活"没法克制和摆脱烦闷"，倍感"生活乏味极了"。直到新年来临，妻子年轻的舅妈娜达里雅来他家过年（实为避难），该美妇的意外"加入"，让小夫妇冰冷的心灵忽遇雷电，家之生机乍现，人生立呈陡转旺势。

我阅读此小说时，便自知又"发掘"了一颗个头不大、品质极佳的珍珠，其含金量可同《嫁妆》《苦恼》《出诊》《父亲》《宝贝儿》等名篇媲美。这是契诃夫写草原生活不可多得的"金短篇"。我略做赏析以飨读者文友。

身处荒凉，不甘孤寂，是本篇小说的基本立意。作为站长的"我""当时正年轻力壮，血气方刚"，周围20俄里内没人家，没别的女人，"我"靠看过路车窗里的女人影子消解寂寞。这写出环境的"荒"，也点出男人的"渴"。"我"打发日子只有靠掺麻醉剂的白酒，才"感觉不到一个个钟头和漫长的日子怎样过去"，却仍不能平复那颗骚动不安的心。"我"痛惜时光流逝，慨叹"青春断送"，这即是人物"心绪"的深层展现。不与荒凉寂寞合作，就是觉醒与抗争。

思绪伤感抒情，基调坚拒沉沦，是本篇小说最饱满的艺术看点。主人公心境不顺，是由偏远与荒凉为其障碍所致。这片草原的"野"与"空"，是物象世界在他心里的放大折射，是与他的渺小孤独呈对应态势的。他的心境与客观世界不断发生冲突，这便是"寒冷的远方，漫漫的长夜，豺狼的嚎叫，就像噩梦一样压在我心上"。还有他的自怜与感叹："我的勇气、胆量、热忱都白白糟蹋了"，其内心的情绪是沉重的、忧伤的、抒情的。此刻的年轻站长正陷在荒凉无助、空旷无边与人生悲凉的伤情痛思中，这是小说人物呈现给读者的亮点——尼古拉对香槟泄漏的不详异兆并没听之任之，他的四次"天问"，即在深思反悟，追索自身病源，包括对孤苦现实的非认同、对美好生活的迫切期盼。对现实不满就渴求改变，对命运不服就要抗争，不顺应天命，就是拒绝沉沦、探求前路。

强化氛围要素，意蕴回味悠长，是本篇小说最具审美技巧的匠心表达。作家把"我"的心绪，写得凄婉伤情，绵里藏针，其悲凉心态，一览无余，其求索追问，亦不依不饶。这类"两极性格"的人物，给读者留下超强的印象。在荒原上，尼古拉的"排寂法"有三：一是黑夜暴走，二是观赏过路车窗的女人，三是喝掺麻醉剂白酒。主人公因被命运无情地抛到大荒原的小站上，过着虫子般缓慢的生活，其满腔愁绪导致其所见世界皆不顺眼，"月光叫人无处藏身"，连杨树都像"穿着白布尸衣的巨人"，他的"青春白白断送了，如同没有用处的烟蒂"。然而，这苍凉中的小"我"，却心藏微光。当时的俄国批评家米哈伊洛夫斯基称赞《香槟》说："他笔下的一切都是活的：浮云同月亮悄悄地低语，大铃铛哭泣，小铃铛欢笑，阴影随着人从火车里走出来，这种别致的、也许带有泛神论色彩的特色，大大增加了小说的美，证明作者具备饶有诗意的胸怀。"这里所指的胸怀，即是作家为他的小说人物注入的一抹"亮色"，尽管这束光亮极其微弱，却足以暖化天下读者的心。

契诃夫以香槟酒做"伏笔"，这两瓶只在新年方可享用的香槟，在偶发不详泄漏异兆后，意外引来"分杯酒"的美丽舅妈。故事突兀发展，此处的香槟酒如燃火引信，又似激发女人放光的"照明弹"，自此另一种新态势的生活就要打破小站的宁静与苍茫了。这是小说人物和我们都同时感到的：呼之欲出的新生活将来临，只有强势求索的人生，才有资格拥抱新生活。

这是作家的艺术智慧，他不但把小说里沉寂的主人公拉出了幽暗荒原，还让我们在阅读的反思中发现了人生的彻悟之美。

站在巨匠的肩上

——读《上帝死了》

一

尼采说好的作家特征是："他们喜欢被理解胜过被赞美；他们不为世故的和过分尖刻的读者创作。"我想，作家的悲哀莫过于读者不知其所云。让作品同读者的心灵沟通，这是好作品的起码标志。若作家能让读者同自己的心灵沟通，无疑他的作品就是优秀的。不要小看读者，作家应该努力了解和掌握读者的心理需求。作家创作的作品是一片水域，而读者应该是这片水域中自由游动的鱼儿，水越深，越丰富，鱼儿腾跃的空间就越大。

二

尼采说："一个人必须放弃那种总想和大多数人达成一致的不良癖好。"是的，一个人的个性就该与他人不同，若总是与他人相同，也就无个性可言了。我们可以想象，天空中的云彩都是一个样子，那么彩云的美就丧失了。不去寻求相同，更应该留住不同的东西，那可能就是个性之举产生的萌芽，这其中也许孕育着一种创造未来的积极因素。

三

尼采说："一个可尊敬的科学家完全有道理认为自己属于优良的种族和优良的血统。"我以为，血统是自然的河流，性格的形成有血统的基因。而种族是有两个含义的：一个是社会的，另一个是自然的。前者是人的性格的助长剂，后者是人的生理流程，性格形成的主要原因是社会促成的，本能的长出是生理决定的。

四

尼采说："我们必须像母亲一样不断地从痛苦中分娩出我们的思想，同这种思想一起分享我们的热血、心灵、激情、快乐、情感、痛苦、良心、命运和不幸。生活对我们来说意味着，将我们的全部，连同我们所遭遇的一切，不断地化为光明和烈火。"生活给我们一切，但一切又不是摆在我们眼前的闪闪发光的珍珠，这需要我们从中不断地挖掘、捕捉到其中最有价值的东西，如果我们做到了这一点，这就意味着生活已经给予了我们。其实，我们的生活就连接着痛苦，如果我们没有从中感到生活的痛苦，这就说明我们的生活已经处于停滞状态了，思维处于麻木状态了，人的生活即后退到了危险的境地上，持续就等于死亡。我们活着，关键是思想要活着，思想对人生的搜索像雷达，一刻不能停止，这才是活着的生命和人生，不然我们的生存价值就无从说起。

五

尼采说："在知识中的每一次收获，每一次进步，都是勇气的结果，是严于律己、净化自我的结果。"我以为"净化自我"就灵魂而言，是一次新的升华，它可以促进人的自我反思，达到从"痛苦"中感受欢乐的独特境界。这是一种付出，也是一种觉醒，我们是渴望这种自我净化的。在收获的背后埋藏着艰辛，陶醉在进步之中，正是退步的开始。我们爱事业，我们爱真理，真理有时是一种诱惑。古往今来，多少仁人志士为此洒尽一腔热血，却在迷茫之中徘徊，损失了属于自己的珍贵生命。当真理被别人或某个政治集团利用，或者被披上华丽而肮脏的外衣时，志士们就浑然不觉地走上了悲剧的坦途；真理也愚弄那些把她当儿戏耍的政客和伪善者，真理诚实地对待每位钟情于她的人。想让真理证明生命个体的成与败、得与失，我们必须为真理付出超人的代价。

六

尼采说："人们本能地认为个人的存在是强大的，在个人的存在中他才具有生命，这一切都是人的自由的要素。"从自然因素说，人是不相同的，而相同的只是生理因素。认为自己"存在是强大的"，显然是精神上的自我，正是这种自信才会让人感到平等的含意。生活告诉我们，把一切都放在比自己渺小的位置上，才能战胜所有阻碍生活、阻碍发展的因素，这样的人才算具有了真正的生命，才具备了创作生命价值的可能性，才会对自由的意义感受得最深。生命同自由是同胞兄弟，一方相离，定疏泄另一方的血脉和精神，她们的生命会同夜幕的降临一道把世界变成黑暗。

七

尼采说："各种知识的力量，不在于其真理的程度，而在于它的年代，在于它们的体现，在于它们作为生命的条件的特性。哪里生活和知识表现为矛盾，哪里就绝不会有任何严肃的争论。否认和怀疑在此被认为是疯狂。"生活的水准和知识的高低是成正比的：知识贫乏的年代，就不会有高质量的生活；生活水平提高了，知识的断面就会自然扩展、增加。当生活和知识脱节时，生活就进入了非正常状态。

当人们认识到知识是生活的一种需要时，那么，这个时代和人们就进入了理智认识自己的阶段。当人们意识到自己身上缺少知识，需要补充"营养"时，无疑这是时代的一种醒悟。英国的工业革命，法兰西的资产阶级大革命，意大利的文艺复兴，德国的狂飙运动，俄国的十月革命，乃至二十世纪七十年代末，中国出现的改革开放，就是这样推进人类和民族发展的醒悟，这是知识和人类互进的契合点。知识的存在本身就该服务于人类和社会，这即体现了知识存在的价值。

八

尼采说："善属于特权阶级，而恶属于乌合之众，就像沙堆上的颗粒。善与恶在长期内是高尚与卑贱、主人与奴隶的代名词。另一方面，人们并不把敌人视为恶，因为他能够报复……那些伤害我们的人并不被视为恶，相反那些卑鄙者倒是恶的。"我们的敌人智商越高，越能锻炼我们的能力。敌人是"创造"强者的摇篮，敌人是自我完善的对立者，对敌人除用智慧消灭，还需用武力消灭。在敌对的同时，敌人也有可能消灭我们，敌人也是智慧的个体。他们不是恶的主体，因为敌人有时也代表正义，哥白尼、伽利略则被当时的统治者视为敌人，并被处以极刑，然而人类历史的进程证明，这类"敌人"却是真理的化身。我们应该把敌人和卑贱者区别对待，把敌人当作成就自我的阶梯，成功的背后也有敌人的"功劳"。卑鄙者则不同，他们从来不从正面出击，他们的行动常常躲在背后或在暗中进行，其手段是卑劣或损人的，为达到其不可告人的目的，他们以吮吸其对手的血液为乐，以伤其对手的精神为荣耀，卑贱者是灵魂的腐败者，人们看不见其行动，只能感到其腐臭味儿和残酷的逼近，如同变质的水，饥渴本身就是危机，喝下这类表面丝缕无异的水，危机即刻变成危险……正义之士常在不警觉中被卑贱者残杀，岳飞之死、戊戌六君子遭屠等，都是卑贱者的成功"杰作"，这是历史的警世之作。

为了不让更多仁人志士再流血，对卑贱者不能留有丝毫的仁慈，除做到预防、警惕外，还必须及时揭穿，并毫不留情地打击，直到把他们消灭干净。做到这一点无疑是对人类的极大贡献。

九

尼采说："每一种迷信的习惯都是在对某些偶然中错误理解的基础上形成的，它强制形成了传统，并由此产生了与之相符的习惯。个人把自己从习惯中分离出来是危险的，这种分离对于团体的危害比之对于个人的危害更严重。"一种或某种迷信的产生，是人们对这类事物放弃寻求、探究、理解的滞留现象，同时也是一种惰性行为。当迷信出现时，人们对此的认识只有两种：一种是随同制造并相信它，于是人们便自我解脱了，这是精神胜利法，这是追求文明进步的一种停滞；另一种是放弃、揭穿迷信，找到代替它的信仰，这是人类智慧的发展和社会的进步。时代的进步常常伴着个体生命的牺牲，迷信和落后是前人用血泊冲刷，并使其得以净化的，尽管有时个体生命在强大的社会世俗面前显得那么渺小，但是无数个渺小汇总在一起，就是推翻一切的伟大壮举。

十

尼采说："我们的良心内容是我们的童年时期经常被我们所崇敬或惧怕的人不讲理由要求我们做的所有东西。"如果良心是为某人或某个团体代言，良心就有了危险性。良心有了为谁服务的前提，那么良心的正义就开始丧失了，其人生的价值就在逐步贬值。良心有自然的一面，更有社会的一面，良心是社会知识的集合，只靠自然属性来衡量良心是有局限性的，甚至有时失却偏颇，导致出现失误。社会文明和文化的进步，常常推进人类的良知，扩展和增加正常人良心的内涵，是人类永久的责任：良心是需要修养的。良心是需要塑造的，良心是更需要维护的，只有保持了良心的正义性、完美性、圣洁性，社会才能越来越美好，人生才能越来越美丽。

十一

尼采说："道德就是对习俗的服从，无论它是什么种类的习俗。然而，习俗是传统的行为方式和评价方式。在没有传统要求的东西中就没有道德；被传统决定的生活越少，道德领域就越少。"其实，道德的形成是人为的，道德常约束人的行为，同时也扼制人的创造性。尤其是对不适合社会发展的一切习俗都应该放弃，尽量让自然的东西受制于道德的约束少些。约定成熟的东西形成社会习俗，习俗的一成不变就升华成了道德，道德反过来约束人的行为。有很多道德的规范和行为是陈腐和落后的，随着社会的进步，这些不适合人类历史发展的道德规范，就该被扬弃和废除。

生活与文学的随想

　　生活是制作完成的风筝，而文学则是推撑风筝飞行的风儿。从我知道生活不仅仅是活着这个至关重要的问题时，文学就成了我追求生活质量的支撑点。文学如赤条条的夏娃，其魅力摄人魂魄。表现人类精神的延伸，永远是文学的使命。我爱生活，在生活中发现文学；我爱生命，在生命中求证文学。与文学相伴，我才能拥有自己人生的最佳着陆点。

日记与文学

　　我的日记是我生活的记录。我上初中的时候，开始学习写日记。那是文字生涯的婴儿时代，一句话，一个段落，就是一天的历程。现在看来，那是文字符号，那是难以解开的孩提之谜，裸体的娃娃在哪里爬行，都显示其无与伦比的纯真和美好。

　　1977年夏天，我走上社会的第一人生驿站，在内蒙古呼伦贝尔草原当了一段短暂的"知青"，然后又潜入大地千米深处当了一名挖掘"太阳"的矿工，这才是我人生日记的开始。那些留下来的文字率直、硬朗，正如我年轻的体魄健硕、粗壮。那是一个时代的口号，如"为祖国贡献青春"这句话，常在我的小本子上闪闪发光，那是一个朝气蓬勃的小伙子的誓言，那是他一点点积累的汗滴，那是他一串串浅显的足迹……我知道这样的记录，开始化作我人生旅途的歪歪扭扭的脚步，于是我告别了白纸式的单纯，我的一个时代结束了。

我的日记诞生了感情的种子，留住了生活的感受，文学在这里萌生。"我在泥泞的巷道中穿行，溅起的污水和我脸上的汗水汇合，我看不到自己的脸，却感到了污浊"，我开始了细腻的体验，有了以文达意的色彩，世界就我个人而言有了属于自己的独特感受。我对发生的一切开始有了自己的判断，这个变化是由"记录"到"记文"的实质性转变，这是我从参与生活到主宰生活的一个标志性转变。这时的日记才有了个性化的人，有了日渐丰富的思想，有了渐长胡子似的成熟，有了大千世界的毛发，有了大方位的人生。翻看二十年前的日记，至今让我怦然心动的，依然是青年男女情感历程的记述：当知青时，一个善良美丽的姑娘在背后关注我的一言一行。小城读书的冬日，看见雪地上围着红围巾的女同学，笑着走过的一瞬间的心灵震颤。宿舍的午后，一个姑娘对我喃喃细语，当我告诉她自己已另有所爱时，她流泪走去的背影，似乎让我有一种永远抹不掉的负罪感。结婚成家后，爱妻去天津读书，不满周岁的女儿也离开我到千里外的长春奶奶家。在内蒙古高原上的小城里，我过着孤独、清冷的日子。寒风猎猎的长夜里,我的爱心思念越甚,坐卧难眠，披衣立窗前。皓月当空，诱我真情难抑，身为年轻男人和小爸爸的我，悟尝体味不尽高原之夜的凄苦，按捺不住心中的激情，伏案写下1988年最后一天的日记：

　　……家里空空的，孤独又把我抓住了，这种情绪的变化，让我越加想念妻子和女儿。我羡慕邻居家的欢乐气氛，向往邻家儿女投入父母怀抱的一瞬间。夜里我睡得很晚，床上是凉的，躺下许久也睡不着，妻和女儿在我的眼前和脑海回旋，想的竟是那些难以忘记的高兴事。等我收住精神的"马"，自己就如同沉入了无底的深渊，我不害怕，只觉得冷，就像赤身裸体走在雪地上一样。这种难以自拔的思念引来的孤寂，让我许久许久平静不下来。想写作的情绪消散了，想读书的兴致消退了。此刻是我精神的最痛苦时期，冷漠的是我，跨过冷漠的还应是我。我平平静静地走过了一九八八年！我坚信，只要生活着，我那颗追求的心就不会泯灭。我感谢书籍，是她给了我精神的力量，情感的滋润，给了我恨，给了我爱，给了我战胜一切的勇气。书籍伴着我，为我赶跑了许许多多落寞时光，是啊，书籍是我现在的情人和爱人，我从她的身上感到了温暖。

　　艰难的日子总要过去，亲人总要团聚的，那便是我生命的又一次闪光。

　　在银白的雪地上，

　　我总能看见你火一般的身影，

　　温暖正给那颗孤寂的心盖上厚厚的黑土……

　　冬天的情思在做春天的温馨之梦，

　　金圆月挂在我的窗口，

我正望着远方走来的你，

两双无言的手握紧一个愿望：

雪融深情黑土地……

分离就不是完整的自己。

……

这是我带着感情记写的生活，也是我向生活寻求文学的开始。

日记诞生文学，那是不容争辩的事实，古老的《一千零一夜》，那是长篇日记；大诗人歌德的《少年维特之烦恼》，那是最忧郁抒情的日记；大作家屠格涅夫的《猎人日记》，那是旧沙俄农奴制的挽歌；鲁迅先生的《狂人日记》，那是呼唤新时代的呐喊……

日记是文学之母。

我的日记越写越细腻，情感越梳理越复杂，生活越记载越厚重，日记越写越有瘾。生活给日记以魔力，我成了日记的俘虏，日记成了我的情人。于是，我的文学在日记中诞生，不管是我写散文，写诗歌，还是写小说，那都是我精神舒展的另一种外延。

读书与文学

人类的未曾哺养的心灵是干涸的土地，书籍是浇灌心灵土地的雨水。

读书生活——这似乎是专家教授的专利，如果书籍的知识只给几个人读，那么她的功能即失去大半，这是著作者的巨大悲剧。

我真正进入读书境界，是在 1976 年以后，"极左"时代结束了，一个新的读书时代到来了。除中学课本上读过的鲁迅先生的《一件小事》《社戏》《故乡》等作品，给我以文学的"初吻"外，把我带入长篇世界的第一批书是《林海雪原》《战斗的青春》《烈火金刚》《苦菜花》《红旗谱》等等，而且这些书都是借来看的。后来我在北京邮购了这批书，那天师傅看我抱着一摞书显出高兴的神态，可当他看清都是故事书时，一脸冷漠地批评道："光看故事能活吗？要看技术书！"这是我疯狂看故事阶段，除了崇拜杨子荣、李铁、肖飞、朱老忠、赵星梅外，更爱看里面的爱情。当我看到小白鸽偷看 203 首长写"万马军中一小丫"的情诗时，好像我自己的脸也发热，心里怦怦直跳。最爱看的是女游击队长许凤和叛徒胡文玉的爱情。汉奸赵青利用妹妹小鸾诱降胡文玉的情节，把我看得长吁短叹，不但对胡没有恨起来，反而替许凤有些惋惜。王东芝、王长锁、宫少尼三个男人和一个女人杏莉娘的爱情与阴谋的故事，环环紧扣，让我激动，让我慨叹……放下书的时候，我感到了书的美好，感到了书是个非常有趣的世界，这个再造的空间，有山有水有河流，有人有事，有善有恶，有战斗有爱情——这是文学把我带入的第一个境界，我的精神开始了和文学最初的对接。

当年，在呼盟草原大雁煤矿的工作是艰苦的，入井一身汗，出井一摊泥，而我和好友王维信、孙绍华工作之余，有相同的精神生活——热爱文学——这使我们觉得生活得比别人充实。

三个人常一起交流各自读到的书，发现好作品互相推荐，不久我们的视角就集中在《人民文学》《作品》《青春》和《小说选刊》四个刊物上。刘心武的《班主任》、陈国凯的《我应该怎么办?》、张贤亮的《灵与肉》、孔捷生的《姻缘》、莫伸的《窗口》、孙少山的《八百米深处》、陈建功的《飘逝的花头巾》、路遥的《人生》《平凡的世界》等新小说，让我看到了一个崭新的文学空间，这是我用心来感受当代文学形象的开始。许灵均的命运是曲折的，他被抛掷于荒野，以牧马为生，生活贫穷，精神孤独，却有幸福的爱情。高加林、孙少平命运的起伏多难，是与我们这个时代同步的。接着又读到了张承志的《黑骏马》《心灵史》、莫言的"红高粱系列"、刘恒的《伏羲伏羲》、张贤亮的《男人的一半是女人》《习惯死亡》等等，我觉得这些小说的最大变化是通过个性化的人生经历，表述了时代与人的摩擦与碰撞，人的个性化精神与社会生活的矛盾冲突。这些小说让我看到了时代的丰富和荒唐，看到了那些有血有肉的可触可感的人物——我体验到了文学的丰富性。那么这个形象为什么会是这样的命运呢？我开始在文学的引导下思考社会生活。这是我面对文学第一次严肃认真地为文学而思辨，正当我在一片迷茫中时，我读到了路遥在《早晨从午间开始》这本书里写的话："作家的劳动绝不仅是为了取悦于当代，而最重要的是给历史一个深厚的交代……最渺小的作家常关注成绩和荣耀，最伟大的作家常沉浸于创造和劳动。"我被这位为文学而苦死了的作家打动，我让魔鬼一样的文学诱惑，再无法脱身了。这时候，我才知道我应该读更多更多的书，那里的世界比我的世界宽广。

　　1982年的夏天，我从千米大地之下挣扎着爬出矿井，又拼来了个读书的机会，我像牛犊子进了菜园子——就是拼命"掠"读，读普希金的《上尉的女儿》、巴尔扎克的《高老头》、屠格涅夫的《父与子》、司汤达的《红与黑》、福楼拜的《包法利夫人》等。这些大师们的书，让我感悟到了社会的多重性，人物的复杂性、性格的多样性……文学记录刻画了大千世界，文学表现了鲜活的人类生活，文学挖掘了人生的变幻和深邃。这些书让我感到天上的星星亮了，大街上行人的眼睛深沉了，人类不再是好与坏的两个营垒，命运不再是成功与失败的固定模式，我也不再是为活着而度日，而是为生活而开拓。

　　我从学校第二次走向社会，我从草原小城一步步走进省城，走进北京这样的大都市，是书一路领着我前进的。我一路读下去，叔本华的《生存空虚说》、尼采的《上帝死了》、莫泊桑的《一生》《漂亮朋友》、托尔斯泰的《复活》《安娜·卡列尼娜》、契诃夫《草原》《第六病室》、罗素的《婚姻革命》、纳博科夫的《洛丽塔》、米兰·昆德拉的《生活在别处》《生命不能承受之轻》等等。大师们的哲思高论、田园牧歌、生离死别、奇异爱憎，无不反映人类社会生活的深奥，人类思维发散式的个性化发展和生活节奏的快速转换。读书让我眼亮，读文学书让我心胸开阔。如果没有书，我就变成黑夜没有灯的汽车；如果没有书，我就变成航海没有罗盘的船；如果没有书，我的心就变成没有淡水的荒岛。

　　于是，在与大师们对话的同时，我的心灵也获得了丰厚的雨露，我开始了自己的文学旅程。

电影与文学

我小的时候，特别爱看电影，不知道电影就是立起来的文学，更没想到电影会同我日后热爱的文学"握手"。电影是化作生活的文学。

那时，我家在大兴安岭上的小镇甘河居住，电影院就在家后院。凭自己是小孩子，我看到把门的叔叔站在伸出几米长的铁栅栏前验票，趁他稍不留神，就像小兔子一样从他身后的栅栏缝儿钻进去，立即消失在大人堆里。记得仅《草原英雄小姐妹》这部动画片我就看了5遍，后来的《英雄儿女》我竟然看了8遍！我学着英雄向小伙伴高喊："我是王成，我是王成，向我开炮！"那副自豪的神气劲儿，似乎我就是英雄。1972年，父亲调到刚刚开发的大雁草原煤矿。矿上当时没有电影院，我们常在冰天雪地下看露天电影。看《列宁在十月》和《铁道卫士》的时候，正是腊月的冬夜，雪地上响起节奏感极强的跺脚声，这是大家抗冻取暖的唯一办法。鞋冻硬了，手指冻麻了，却没有人离开现场，可见那时人们对精神生活的渴求是何等执着，而那时的我感到电影才是最神奇、美妙的童话，她让孩子们的单纯童年里，又幻化出一个五彩天地。那时的孩子们像埋在砂堆里的铁屑，电影像磁铁把那群娃娃吸出尘埃。童年有了参照，日子不再漫长，长大要做瓦西里，不做马小飞。电影把人类的童年过滤，把社会清浊分离，映出一个勃勃生机的世界。

电影伴着我的文学之梦旅行，是在北京东棉花胡同39号的中央戏剧学院那栋爬满常春藤的校舍里。那是1989年的夏天，我们戏文系影视编导班的同学们跟着班主任路海波先生（现电影电视系系主任，博士生导师，中国第一本《电视剧美学》的著作者）走进了电影和电视连环梦里。先生对我们说："我的责任就是让'中戏'塑造你们，让文学、影视精品丰富和升华你们的艺术心灵。"这是我真正在文学理念引导下欣赏电影的阶段。那一年我们除正常上课外，所有的业余时间都被电影占领了。不管是在学院资料室，还是在中国电影资料馆，一年下来我们竟然观摩了100余部中外优秀影片。在中戏，我才真正接触了欧美电影世界的精华。首先给我强烈"刺激"的是德国导演的电影，他们对自己民族及国家的行为，所进行的深刻反思和其独到的艺术视角，颠覆了我过去欣赏电影的传统观念。电影怎可这样拍？表现生活可用多棱镜？这类疑问不断涌出……记得我在中戏看的第一场电影就是德国导演法斯宾德的《莉莉·玛莲》。这是反映二战时期一个德国女歌星和一个瑞士青年的爱情故事，影片一开头就是前冲力极大的恋人做爱的大特写，接下来的情节既独特自然，又出乎意料，完全是一部人性美的忧歌。还有那部施隆多夫导演的《锡鼓》，主人公小奥斯卡不长身材，生特异功能和所有超常行为，都是因为看不惯纳粹世界，妈妈和表舅偷情，后因变态食鱼忧郁而死，父亲和奥斯卡同时爱上女佣，生了个不知是谁的孩子，等等，还有影片中用的道具如铁皮鼓、牛头、鳝鱼、挂像等，都有很深的象征性。这类电影告诉我，不管多么复杂的社会生活和变故，电影都有其独特的表现形式。电影真是个既有梦幻，又有哲理的艺术。著名德国戏剧研究专家丁扬忠教授说："德国艺术家想象力丰富大胆，有哲理高度，所以大艺术家就多，我们当代中国艺术家的虚构能力太差，就缺少大作品。"

后来，我还观摩了大量的美国电影，像表现东西方文化冲突，极富悲剧艺术美的《文身》，表现二战给人类造成极大心灵创伤的《索菲的选择》，表现现代西方社会人与人难以沟通的《巴黎最后的探戈》，表现越战给美国人精神生活造成伤害的《猎鹿人》，表现个人抗争现实美国制度的史诗大片《美国往事》，等等。这些影片让我从中发现了人类艺术世界的许多新大陆。我们过去传统教育中的"概括了什么""揭示了什么""中心思想是什么"的定式尺子全然不能概括这些影片所蕴含的艺术的多重性，好像过去我头脑里许多自以为是的理念都受到了严峻的挑战。过去我们心目中的《青松岭》《白毛女》《闪闪的红星》《洪湖赤卫队》等电影，似乎像大墙倒塌一样失去了价值，对比之下，它们不像艺术品，在某种程度上看它们更像宣传品。传统的艺术观念和现代的艺术观念，在我和同学们的心中发生了强烈的碰撞，特别是那次在中国电影资料馆观摩完美国影片《金童玉女》后，我们 106 室的六位同学几乎兴奋地议论一夜。故事为 19 世纪 20 年代的传奇，英国姑娘莎拉和年轻神父大卫在大漠上遭遇强盗，几次逃离虎口，二人相爱，因对性情之爱知之甚少，而演化成一段极其纯情的故事。影片依情节自然发展，有许多展示人体和性爱的美妙画面。年长的重庆作家、同学夏祖生兄说："只有电影艺术能把情爱表现得这么美妙绝伦，这样的艺术在中国根本不可能有，这是我们来中戏的偏得啊！"我也在当天的日记中写道："说真的，我第一次看这么美的电影，摄影和展示人体的美极突出，看了这样的片子，在人生的长河里就算没白活！"

欧美是电影的发源地，他们用电影把文学的精神表现得淋漓尽致，我觉得首先要学习他们塑造人物的多面性，挖掘艺术人物性格的深刻内涵，等等。我们在为外国影片叫好的同时，也在企盼着中国电影的崛起。我们没有失望，在85级同学毕业电影招待会上，巩俐主演的《红高粱》这样的好电影终于出现啦！我和同学们流泪了，更为中国电影、为中国文学而自豪！

电影曾给我童年的梦幻，给我文学的启蒙，电影已成为我认识生活、掌握命运的参照系。如果电影和文学伴我同行，我的精神家园就是一片永不枯萎的绿荫……

文学的永恒绿荫

俄国大作家契诃夫在给弟弟的一封信里说：“除了我的合法妻子——医学之外，我还有一个情妇——文学，但是我不愿谈论她，因为在不合法地位中生活的人，将在不合法地位中死亡。”（亨利·特罗亚《契诃夫传》）我觉得自己目前的处境与这位作家有些相似，作为正业的医生无人知晓，而作为其副业的文学，一不留神，竟然使他成了世界级的文学大师，并在世界近百年的文坛上如雷贯耳。当年契诃夫因迷恋文学，常常是主次颠倒，这个离医而为文的转化过程是艰难而痛苦的。

我是个迷上文学的人，先不说这种精神追求含金量的大与小，亦不去探究其精神价值的轻与重，仅就像契氏所言为“情妇”所迷的痴恋程度而言，自己的生活曾为这种“迷恋”而乱作一团、痛苦不堪。而我却一直没有勇气果断腰斩这段情思，也没有挥臂将我的这位永远不老的“情妇”拒之门外，相反这种恋情如影随形般地骚扰了我三十年。在漫长的人生岁月中，我与她共同走过初吻难忘、相恋相依、灵肉相融、炉火纯青的情感历程，我在与她的博弈中感悟到，文学有超越生命的创造力，文学有跨越种族的吸引力，文学有超乎宗教的号召力，文学有胜似可卡因的诱惑力，文学更有铸造人类灵魂的无穷魅力。我是文学的情夫，我是文学的战俘，我是文学的痴情汉，我是文学的终结者。与文学相伴，我的眼前总是云天，总是飞鸟，总是青山，总是江海，总是绿茵茵的草原。

在读捷克作家米兰·昆德拉的时候，我知道了"昨天诗人说，生活是一条泪谷，今天他说，生活是一块乐土……抒情诗人不必证明什么，唯一证明的是他自己情绪的强度。"（《生活在别处》）我想我在35岁之前是不知道生命是有情绪、有强度的，我只有直觉、感觉和碰撞，即使自己受了伤，那疼的感觉也是一瞬即过。过了不惑之年，在大都市生活了15年后的我，却意外地感到了生活挤压的沉重，工作紧张的惶惑，尽管我在车流如梭的喧嚣中，尽管我在熙熙攘攘的人群中，而那来自心灵的孤独却与日俱增。我一遍一遍地叩问自己，是自己不合群？是读书过多？是精神空虚？还是看破红尘？……我不能回答自己，便拿来萨特的经典安慰自己，存在即合理。我总是在问自己，却又难以回答自己，这是一种来自心灵的追问和拷打。我在拼命与她折腾着，从激情澎湃到疲惫不堪，从相持不下到退却让步，这样无穷尽地循环往复着。我的确曾经为之困惑：难道渴望精神生活、渴望自由思想也要付出再生阵痛般的痛苦？回答是肯定的，这是人类必须走出地狱、练就精神的苦难历程。作为个体的人，我甘愿忍受煎熬，走过这一段人生旅程。

生活是泪谷，生活是乐土——文学大师的结论，却是我用生活和文学双桨搏击了 30 载才感悟的。生活中，我是一个普通工程师的儿子。生命历程中最低沉的日子莫过于在呼伦贝尔草原大雁煤矿井下当矿工的那 5 年。初生牛犊似的我根本没有怕死的意念，入井一身汗，出井一脸泥，身边的工友伤了、残了、亡了的事情时有发生，我却如农民善待土地一样虔诚地面对我的工作。日出而入，日落而出，夜临而入，晨来而归。那样的日子在我看来一切都平静得悄无声息，而在我的父母看来那是他们儿子的惊涛骇浪。当时矿上的"二班"即午后 4 点下井，深夜 12 点升井下班。母亲每天必等我归家后才能安然入睡。一次因我超时 40 分钟未到家，父母即一脸慌张地跑到井口来找我。后来父亲找了朋友为我办了张"汽车驾驶员学习票"，目的是保护儿子的生命（尽管他们还有两个儿子）。那次之后我才理解我"下窑"在父母心中占据着多么险恶的位置，在世人眼里"下窑"对一个年轻人的生命意味着什么。我曾有过几次险象环生的经历，我没流血倒下，而我的矿工兄弟却流血倒下了。尽管那样的事件是恐惧的，但那样生活、工作的日子并没因此而停止延伸，我依然一步一个脚印儿地走了过来。其实，人们并不惧怕死亡，人们却惧怕生活没有希望。生命是为希望而活着的。

在人生的一路颠簸中，我的精神生活却成了支撑我人生的风帆，这个"支撑"就是我的文学情结，先是读中国作家的书，鲁迅的《伤逝》《阿 Q 正传》，郁达夫的《沉沦》《迟桂花》，冯沅君的《隔绝》，老舍的《月牙儿》，巴金的《黑土》，萧红的《呼兰河传》，刘流的《烈火金刚》，雪克的《战斗的青春》，冯德英的《苦菜花》，玛拉沁夫的《远方集》，张贤亮的《习惯死亡》，古华的《爬满青藤的小木屋》，孙少山的《八百米深处》……后来又读外国作家的书，小仲马的《茶花女》，莫泊桑的《羊脂球》，左拉的《磨坊之役》，福楼拜的《一颗简单的心》，屠格涅夫的《白净草原》，契诃夫的《草原》，卡夫卡的《变形记》，肖洛霍夫的《一个人的遭遇》，艾特玛托夫的《花狗崖》，海明威的《乞力马扎罗的雪》，川端康成的《伊豆舞女》……中外大师的文学作品，让我知道了枯燥生活深层的复杂性和丰富性，让我了解了男女情爱的神圣和卑鄙，让我透视了社会、政治、金钱的变幻莫测和丑陋行径。这些文学作品，唤起了我对人生的思考，唤起了我对爱情的渴望，唤醒了我多年珍藏于心的美妙记忆，撩起了我要写作的强烈欲望。于是，我眼前的天不再空阔，像是蓄满情意。我脚下的路不再泥泞，像是在呼吸喘气；我酗酒的矿工兄弟，全身洋溢童贞稚气；就连我工作的黑洞洞的巷道，也散发着勃勃的生机……伴着文学给我的激情，我拿起了笔，开始抒写生活，创造艺术人生。我感到，文学似乎为我的工作注入了新动力，文学似乎为我的生活增添了新因素，文学似乎为我的人生亮起了耀眼的风灯。文学与我结缘，是在我人生最沉郁的日子里；我与文学相拥相恋，是在我青春勃发的岁月中。我们是患难之交，我们是终生相伴的情侣。我一路写下来，40 载的人生充满了绚丽的阳光。

我原想人到中年，对生活的认识越发透彻，对情感的理解越发沉静，对理想的追求越发实际，故而心中的浪漫也应日趋平缓，脑海中的文学情结该渐淡渐解了……然而，这种预想是徒劳的，相反我心中的文学却犹如春姿勃发的情妇，我已被其深深地虏获，不能自拔。夜深人静的时候，面对着满城灯火，常有一丝丝情绪萦绕在我和妻子的心间，我们的话题情不自禁地与童年的大兴安岭连在一起。于是，我的"情绪的强度"带着泪水，带着欢乐，带着苦涩，带着今日的向往，飞回了昔日的内蒙古高原，飞回了神奇的大兴安岭。那里是我文学创作的源泉，来自那里的艺术构思，写满森林的绿色，草野的露珠，山泉的甘甜，野杜鹃的啼鸣。

我不知文学是何等高贵的东西，可她的确是我精神自由飞翔的载体。写散文不是我的正业，在做记者的同时，我有了储备文学素材的基本条件，这纯粹是歪打正着。我并未企望写几篇散文就成名成家，我更为关注的是有没有人能读完这些不成型的所谓"作品"，浪费读者的时间我真的有犯罪感。如果我的文字，能给读者朋友带来哪怕一点点的愉悦，我的心中便会涌起被炭火灼烤般的温暖。如果能达到这个效果的话，就让我们一道来感谢文学吧，是文学承载和塑造了人类的无限美好。

心中的灼热
——父亲留给我的记忆

10 月 15 日是父亲离开我们的日子。时光飞逝，转眼父亲已经离开九年了，如今想来那个悲痛的日子就像一场梦，仿佛就在昨天。

一

父亲在世时，他所做的许多事，他的许多举动我们都习以为常，更认识不到他作为父亲给我的爱以及他的言谈中所蕴含的人生价值。

时间验证了他的正确，他那善良、豁达、深邃的性格和思想，在我又走过的近十年的人生旅途中从没有失却过。他的影子总在我的眼前闪现，他的音容笑貌俨然铸到我的骨子里。街上走来一位体态和相貌似他的人，心里总荡起一阵抑制不住的涟漪，那种要喊一声"爸爸"的渴望越来越强烈。更让我感受至深的是，他的那种无形的精神无时无刻不伴着我，让我对生活中的一切磨难充满信心。他留给我们兄弟姐妹的东西实在太多了。我把对他的思考和思念一直珍藏于心，他虽然离开我们多年，但他给我们的父爱却一直绵延到今天。

上小学的时候，父亲就是我的伙伴了。20世纪60年代，在大兴安岭上的小城甘河，家里烧的都是木柴，不管冬夏，星期天的时候父亲总要拉着我一起上山砍柴。在白雪皑皑的山岗上，在寒风呼啸的密林中，在零下30多度的寒流中，父亲总是脱掉棉袄，穿着一件印着"甘河"字样的蓝秋衣，手里拿着一把大板斧，其身材健壮魁梧，动作敏捷，行走如飞。在我童年的印象里，父亲是最潇洒漂亮的，他是我心中最完美的男子汉。每次上山，他总是走在前面，见我脚下打滑，他弯腰砍下一根干树枝为我做了一个手杖，我的脚下稳当了。在深山里，原始森林被寒风刮得嗷嗷叫，我恐惧得瑟瑟发抖。父亲把他的棉袄披在我的身上，又用滚烫的大手焐焐我的脸。我的心不乱跳了，一点不害怕了。父亲的身体棒极了，他能扛起电杆粗、三四米长的"站杆"上山下坡，走上几百米，而且可直接装在木拉车上，大气不喘。我们的小车满载下山时，父亲让我坐在车前的木柴上，一路奔跑着下山，森林、雪野在我的眼中成了蜡笔画，似乎它们都长了腿高兴地往后跑着，我看到父亲全身都冒着热气，他像热腾腾的火球，能融化大兴安岭的冬天。

20世纪70年代中期，父亲调到呼伦贝尔大草原上的煤城大雁工作。他是一个设计院热工室的负责人。作为一位工程师他干工作相当出色，"多干业务，少问政治"是他当时的人生信条。全室一年设计图纸300张，他一个人就设计了160张。这个"只弯腰拉车，不抬头看路"的工程师，引来了个别领导和小人的嫉妒，他们给他下了许多绊子，找各种借口整他。1976年他们终于找到一个意在整倒他的"撒手锏"。毛泽东逝世那天，他正病休在家，没有主动去单位参加老人家的吊唁会，于是那个单位的头儿和支部书记组织了一个针对父亲的批斗会，向他这个地主出身的工程师发动了猛烈攻击。他们以"三大讲"名义，让父亲自己讲为何没有阶级感情。多数人不听他们的鼓动，沉默不语，于是那个支部书记急得大喊："党员积极分子们，地主分子向我们进攻啦，你们为什么还不出来做斗争！"这次最让父亲伤心的是他的一个学生，昧着良心批判自己的老师。还有一个平时自称是他的朋友的人哭哭咧咧地，流着廉价的泪，表现自己对党的忠诚："陈雅堂对毛主席没感情呀……"为这件事，父亲大病了一场，整整几天都不说一句话。那时他是最痛苦的人了，到难以忍受的极点时他就以喝酒解脱自己，有时是不厌其烦地喝。那真是"抽刀断水水更流，举杯消愁愁更愁"的日子啊！我当时小，不理解他，甚至有点厌烦他这样做。现在想起来我真的感到很内疚，一个中学生男孩，怎能理解作为知识分子的父亲呢，怎能理解那时一代知识分子的命运啊……

二

我们生活的地方，有个好听的名字——大雁。那里的确是美丽的地方，背靠大兴安岭，正西面就是世界闻名的呼伦贝尔大草原，是海拉尔河、诺敏河、克鲁伦河和碧波万顷的呼伦湖，她们孕育了这片肥沃的草原。

　　每到初夏，草原上开满姹紫嫣红的野花，就到了采摘山珍野味——黄花菜的季节。迎着清凉的夏风，小城大雁的大人孩子们，都跑到草原上来采摘金灿灿的黄花，绿色无垠、平缓起伏的草地上，喇叭状的黄花满坡遍野，迎风起舞，远远看去就像天幕上的星星，让人陶醉，让人神往。我到现在都觉得和父亲一起到草原上采黄花菜是我最开心的日子。那天我们仍像往常一样在黄花菜的世界里漫步，父子俩一边采黄花一边闲谈。父亲对我讲大自然对人类的影响，蒙古族牧民与大草原的关系，马牛羊与草场须臾不能离开的依赖关系，还讲了历史、土地、英雄的关系；他还讲到了自己十三岁离开辽宁老家到科尔沁草原的伯父家读书，十五岁到大兴安岭建设森林铁路的传奇经历。当时我只听得新奇，并不解其中含义，现在想来那对我该是多好的启蒙和教育啊！草原的天是孩子脸，一阵凉风刮来，大雨劈头落下，父亲忙拉起我跑到一个圆草垛的后面。他告诉我后背使劲儿靠在草垛上，只要后背不湿不凉，就不会感到冷，也不会感冒。我照着父亲的话去做，感到很好玩儿，我们头被雨浇得湿淋淋的，像刚从水坑里爬出一样，可心里却不觉得冷，父子俩看着各自的滑稽相哈哈笑着，真的很幸福……草原一片翠绿，野花竞相开放。现在想来，我有这样的父亲该是何等欣慰。多少年过后，我每来到草原，当朋友们陶醉在草原辽阔之美的时候，我却总想到父亲，这里有他的身影，这里更有他的胸襟和深埋在黑土地里的精神。

三

父亲1972年到煤炭行业工作，从基层煤矿到跨省级煤炭管理部门，他把20多年的黄金年龄献给了开发光热的美好事业上了。他的工作我不想在此过多表述，我只想说说他的为人，应该说他的人格魅力是他留给我的最大精神财富。

1980年他调到呼和浩特的内蒙古煤炭设计院后，工作干得相当出色，依然是院里热工专业的业务骨干。他带一队人马到宝日希勒煤矿勘察设计，干得风风火火，那些刚认识他的人，很快就被他的工作魅力征服了，成了他的朋友。1982年，中央发出尽快开发东北内蒙古东部三大露天煤矿，改变当时我国能源紧张的号召。他响应号召来到长春东煤公司工作，这期间父亲遇到的一件事，给我留下了永生难忘的记忆。那天，正在外地读书的我接到妈妈的电话说父亲病重住院了，我从千里之外日夜兼程赶回长春看望老人家。父亲躺在中医学院的病房里，脸上显得极端疲惫，他似乎连抬抬眼皮的力气都没有，他嘴角的一丝笑容大概是为儿子的到来强装出来的。这让我意外，父亲的身体一向健壮，当妈妈述说了父亲得病的原因时，我顿时怒发冲冠。原来父亲单位一个宾馆的锅炉出现了故障，这个宾馆的头儿提出要花45万元换新锅炉。父亲是热工专家，他到现场做了认真调查，又连续两周加班，累得筋疲力尽，搞了个技改方案，可节约40万元。想不到这事得罪了那个小经理，因为他想通过进锅炉这一渠道捞回扣，父亲堵了他的财路。他暗中操纵一个亲信，在父亲现场勘查时故意找麻烦，并动手打了父亲。那几天老人早已劳累过度，加之情绪激动，精神不堪重负，心脏病突发，一下便倒了下去。都已是大小伙子的我们仨兄弟能受得了这个气吗？于是我们决定要找那小子算账，轻则揍他一顿，重则把他和那小头目送到派出所拘留15天。听罢此意，病床上的父亲睁开眼睛，让妈妈搀扶着坐起来，摇着头拉住我的手轻声说："这样做不合适。他们还是年轻人，生活的路对他们还很长，他们会想明白的，也一定会理解我的……"听了父亲的话，我们没有贸然行动，但我还是不能从心里原谅那两个小子，想起就耿耿于怀。然而，我敢肯定面对市场经济的社会趋势，父亲并不知道自己挨打的真正原因是什么。他可以用自己的宽阔胸怀化解一切，我渐渐理解了父亲精神世界的多年后，才慢慢消解了对那两个人的愤恨。是啊，心中多点爱，多点宽容，一切都是可以化解的，这是人生一个永不消逝的亮点。

四

1992年父亲退休后，不甘心养老、图安逸，他曾对我说："我们这代知识分子很不幸，年轻时赶上了政治挂帅年代，等国家需要我们为经济建设发挥才智时，我们却干不了几年就退休了，这是我们这代知识分子的悲剧啊，我还需为知识分子争口气，为社会干点实事……"

那年夏天，我一家三口已经从内蒙古调回长春，因没房子暂住父亲家，给他老人家带来了太多麻烦，本来屋子就小，老少四代人在一个狭小的空间生活多有不便。白天家里人来人往总不安静，奶奶白天睡觉，晚上消化不好，前半夜老人睡不着在屋里走来走去，妈妈神经衰弱又不能有一点声响。当时父亲正在搞一个专利设计，常常是后半夜才能趴在绘图板上工作。那个夏天出奇的热，一天子夜时分我起床小解，见父亲的门开着，他只穿着短裤在画图纸。他低着头，鬓角和背上的汗水像小溪一样流下，他那黑红的脸膛上写满了认真和坚毅，他那浓浓的黑眉毛聚集着数不尽的智慧，他那深沉黑亮的眼睛直视着图板，一动不动，像是想从那长长的线段上再次求证出自己的青春……我被父亲雕塑般的形象感动了，眼前的他似乎是一面旗帜，似乎是一座山峰，似乎是一望无际的大草原，我心潮澎湃……这是父亲留在我记忆里的最典型的形象。

10 月 15 日那天早晨，我和父亲就我留省城还是到基层更有发展的问题意见不一，发生了一点争论，接着他为帮一个朋友的忙去办事了。想不到这就是我们父子的诀别。晚上听到父亲因劳累过度在那个朋友的单位心脏病突发去世的消息，我当时眼前一黑昏倒在地……当我赶到那里，父亲已经平平静静地躺在一张床上，他的脸仍然红润、慈祥。我不相信他已经离去，伸手摸摸他的胸膛，似乎仍有一丝余热，这是父亲留给我的最后体热，我好像从这并不强烈的体热中接受了作为儿子应该接收的一切。然而，我不能接受父亲已经离去的这个现实，我仍对妹妹说："快把救心丸放在爸爸的嘴里，他一会儿就能醒来……"这时，身边的弟弟妹妹们早已抑制不住哭出声来，我的眼泪也像喷泉一样涌出……爸爸啊——

我记得非常清楚，那时南湖公园的枫叶正染上红色，夕阳下的秋天一片肃然。

　　作为父亲的儿子，我没有让他失望，如今我活得像男人，更像男子汉。我敢断言：父亲的精神早已注入儿子的心灵。如今他已经离开我们将近 10 年了，父亲，我们现在真的好想你呵！

　　　　雪花不能冷却思念的深情，
　　　　行星只要在宇宙飞行，
　　　　那正是我望着你的眼睛，
　　　　沧海只要尚存一滴水，
　　　　那正是我想念你的眼泪；
　　　　如果大地一片荒凉，
　　　　我亦不悔做你儿子一回；
　　　　你告诉我人生没有后退，
　　　　只要空气还在流动，
　　　　你撒下的种子就不会沉睡；
　　　　只要昼夜还在更迭，
　　　　火的精神就不可泯灭，
　　　　男子汉的身躯挺得过一千锤一万锤，
　　　　就是雷电也不能将怀念击碎；
　　　　心的长河不是最后的流水，
　　　　汹涌的大潮正在我心中绽放无限光辉……

玛拉沁夫的长影情结

一

天下起蒙蒙小雨。

我让司机小冯先去接崔希海，他是我特邀的摄影家朋友，承担为大作家拍照的重任。气温因雨而变凉，天上的细雨，给今天的长春以特别的情调儿，城市、马路、人群、汽车似乎也笼罩在一片温柔之中。

玛拉沁夫先生乘坐的6144航班，正点到达11点50分，而我们11点10分即到了长春机场候机室，省作协创联部张主任的黑色本田轿车也到了。

出来前忘了带伞，希海兄曾提醒我，一会儿玛老出来下雨咋办？我想在机场购把伞。正午时分，雨悄悄地停了，空气中弥漫着水汽。我站在露天出口处，眼睛搜寻玛拉沁夫先生的身影儿，心中有种急不可耐的情绪，希海兄准备着数码相机。已12点15分，出口的人向外走得慢，我似有跃过众人肩头寻找老人的急迫。

我的眼睛一亮，身着灰色短袖衣服，身材魁梧，发色银灰，戴着变色镜的玛老先生，一手拉着带轮子的箱子，一手拎着黑色文件包，正健步走出来。我忙上前同老人家握手，并接过他手里的箱子，张主任也迎上前去，希海兄在不断地拍照。玛老已 74 岁高龄，精神饱满，脸上微笑洋溢，看上去极其健康。这位我心中的大作家，仍风度翩翩，其聪慧的脑袋，显得硕大异常，额头和鬓角展现着不同常人的光亮。我同先生并行，他步伐如年轻人般豪迈、有力。

把行李放入轿车的货箱后，玛老问我：“上哪个车？”我说：“上我的车。”

玛老坐在副驾驶座位上，我和希海兄居后坐。轿车在湿漉漉的马路上跑着，对面一片银灰色。玛老静静地看着外面，自言自语地对我说：“长春多好，多幽静，车也不像北京那么多。”过了宽平大桥，我告诉他左面的马路是红旗街，老人说：“我认出来了，再往前，就是长影了……”老人停顿一会儿，转过头问我：“长影的小白楼还在吗？”我告诉他长影搬家了，大概现在的小白楼也要面临被拆的厄运了。他说：“我对那里面可是很有感情的，如果拆了，那太可惜了。小白楼曾是许多作家的避难所啊……我与它有 50 年的感情了，我的 4 部电影都是在那里面写成的。”玛老说完，好像陷入了沉思，好像回到当年的小白楼，神情中隐约显出一丝神往。

轿车走上硅谷大街，临近同达街生态园时，我向玛老介绍吉菜，他才缓过神来。我对先生说：“现在，已十二点半了，咱们先吃饭吧。"他爽朗地说："好，先吃饭。"轿车拐进同达生态园的绿色长廊，他看着两侧长着的大大小小的丝瓜说："嗬，这里真有特色！"

二

在生态园的 611 包房，吉林省作家协会主席、著名作家张笑天，副主席杨廷玉早早等在那里。玛老大声笑着同张笑天握手，笑天向玛老开玩笑道："您这可是我们的领导啊！"玛老亦笑答："我？我，现在可是赋闲在家的老头儿，要说领导，应该在前面加个'前'字……"张主席说："那我们就称前领导……还应称您是我的老师。您写剧本的时候，我还上中学呢！后来也是跟着您学的。"玛老大声说："不敢当，不敢当！"大家就座后，我邀张顺富一同点菜，当问到喝什么酒时，众人的目光转向玛老，他用右手一指我，笑着说："酒？他让我喝什么酒，我就喝什么酒，我听他的！"老人的话语露出了"喜欢""遵命"的风趣意味儿，表情满含春风。

希海兄小声问我："我这时拍照行吗？"得到玛老的肯定后，此兄开始拍照。玛老风趣地说："我整理自己这一生的照片，一看净是吃饭喝酒的，总这样不好，今儿个咱们不这么照，咱先照相后吃饭。"

菜肴已经陆续上桌，我提议在包房外庭院里合影，玛老和张笑天先生等欣然离席，在绿色生物簇拥的庭院圆桌边的竹椅上坐下，或群体或双人拍照，我特意请玛老和张笑天二位名家合影。玛老向笑天主席介绍我："晓雷的散文写得好,出书啦!你得给予关照啊!"笑天点头看着我,我们目光接触,我感受到他极平静,神态中露出一丝喜色。

这时,一道菜上来了,是梅花鹿血糕。女服务员喊:"中国名菜——梅花鹿——血糕!"

一会儿又一道菜上来了,服务员又喊:"中国名菜——飞箭穿鹿肉!"

接着又有人喊:"中国名菜——家鸡——炖榛蘑!"

这样连续三次高声喊菜,把玛老逗笑了:"嗬!你们这儿的都是中国名菜啊!"老先生的逗趣,把众人都逗笑了。先生是性情中人,豪爽热情,情绪亢奋,笑声朗朗。宴会持续到近午后2点。

三

午后3点半,我和司机去南湖宾馆接玛老,刚睡醒的老人精神尚好,微笑着上车,到平阳青怡坊一侧的《长白山》杂志社。

总编辑南永前和编辑同人早已等在那里。这个编辑部,是三室一厅的民居,据说老南为杂志社已买下此居。他做得最好的是,为调到长春来的编辑全买了住宅。客厅的一条桌子上摆放许多朝鲜文著作,多是朝鲜族作家的个人专集。编辑们邀玛老合影、题词。玛老告诉我,老南不简单,他办的刊物凡有朝鲜人的地方都能看到,许多国外的用户都邮购此刊。我看出南永前有实力,开会的这几天我得到老南的四本著作,他没有把钱花在其他享受上,而是用在出版专著和评论集上,也不失为一种上进的精神追求。

从编辑部出来，已是下午4点多，我让小冯把玛老拉到文化广场，我陪老人在铜雕塑像下照相，又在广场内转了转。玛老说，长春适合人生活啊，北京太拥挤，人多车多楼多，反倒不如长春好了。我们由眼前的"伪满八大部"说到当年的日本人，玛老说，日本人的野心太大了，占领了东北之后，他们的扩张之心膨胀起来，打进关里，打到南京，这点类似二战期间的希特勒打入苏联，自我膨胀越大，就必然注定失败。

在广场的游人中，玛老魁梧的身影颇吸引行人的目光。体态丰盈的老先生，一身灰色的短袖夏装，加上非凡的气质，卓然超群，表情是放松状态，给人以智慧、慈祥之感。

四

回到南湖宾馆已近晚6点，在326房间稍事休息。

不久，作家乔迈、王士美先后进屋来看望玛老。二人均是高身材。乔老师是玛老的老朋友，他们也许久未见了，他握着玛老的手，笑着说："有几年没见了，玛老变化不大。"玛老说："还不大？都七十五了，已退休几年了，现在是赋闲在家的老头儿。"乔迈说："您是我的老领导，是我的前首要啊！"王士美也说："玛老是我真正的老师，在和您接触之前，我不知小说为何物，看了您的作品才知道什么是小说。"王士美是内蒙古西部区人，口音里有明显的乡音，从其语言中可以听出他的性格率真。

晚餐由省作家协会在南湖宾馆招待，主席张笑天，副主席杨廷玉，加上乔、王二位，我应邀参加，南永前、也前来。今晚是设宴为玛老接风，这么高层次的名流作家，把晚宴的气氛一下挑得极高。乔老师无官一身轻，出言风趣："玛老是我们的顶头上司，经常把我们聚在一起听训话，当时他是中国作家协会的前首要，我是吉林作协的前首要。他在发言中常风趣地说：'玛拉不来，牛拉也得来，总之得来，谁来都是来，还是玛拉及早来更好……'这话在当时，还是很有意思的。当时玛老说话可是有力度的，也是有威严的。"

五

后来，大家又说到了长影小白楼。玛老向笑天问起长影的小白楼，张笑天说还在。玛老回忆说："1952年我在那里写《草原上的人们》……"笑天说："您写剧本时，我对剧本还没有概念，还是个中学生呢！"

张笑天告诉玛老，小白楼仍在，长影都拆了，盖商品房了。大家的反应是极强烈的，长影是文化的象征，这样处理是否合理，有待进一步研究、争鸣。乔迈反应最快，写了篇《远去的长影》，引起轩然大波，意思说长影及小白楼是中国电影文化的象征，是一个时代的缩影，不能拆除，应当保护起来。社会越是进步，国家、政府越应当保存文化，老长影的消逝是长春的悲哀，是当政者的无知。这下惹麻烦了，老长影的职工正为这事憋着一肚子的气呢，从这篇文章中找到了突破口，于是开始上访，就差游行了。宣传部一看，乔老爷这样写不行，这是啥意思？找乔迈谈话，又找来长影的王霆钧写了一篇回应文章。讲了不少符合政府宗旨的话，也算是对乔迈这篇文章的一种"驳斥"。笑天谈着他的逸事，大家都笑着注视乔老爷，他看上去很得意。

玛老说，小白楼是功不可没的，中国当代的很多作家从那里起步，成名，走向全国，这里记载着长影与作家的情谊。"文革"后期，我在小白楼里写剧本《祖国啊，母亲》，那时全国的经济生活处于复苏阶段，生活依然困难，长影职工很长时间没吃上肉了，当时的羊肉非常贵，长影的领导跟我说，能否跟内蒙古方面谈谈，给大家弄点羊肉吃。我给乌兰夫的女儿（她当时正在一个盟里当盟长）打了电话，她二话没说，10天内给长影职工用汽车运来2万多斤羊肉，全厂职工高兴极了！这在当时可是个了不得的大事啊！

宴会在轻松、友善的气氛中进行。宴会后，我和老南把玛老送回房间。老人的情绪尚佳，我把第二天去前郭尔罗斯县的事宜同他说了，并告知他不能当天返回，今晚一定要休息好，不然明天的行程会受影响。

第 二 辑

黑土歌吟

甘河小传

走出大山时，我刚刚 12 岁，自己尽管生在山岭上，却对童年没有悟化的土地未存丝毫留恋。

走过 30 年人生旅途后，我回望自己降生的地方——大兴安岭，它变得陌生起来，神秘起来，丰富起来。不知是何方神明拍了我的天灵盖儿，似乎昏睡了半生的我，顿时有了个类似万象丛生的发现。我的性格，我的行为，我的思维，甚至我的血液和我的精神，都与那生我养我的绵延大岭，与那响亮悠长的甘河息息相关，丝丝相融，环环紧扣……

岭与河

蜿蜒起伏 1400 公里的大兴安岭，像两只交尾的巨蟒。东北端的蟒首是伊勒呼里山，主峰大白山的海拔高度达 1528 米，是大岭北部的最高峰。这高昂着的蟒首，俯视着百公里外的黑龙江，江水急遁东南，似乎害怕这只巨蟒一旦口渴，即把自己吸干了，那么，归流大海的理想就成了空想。

东南的蟒首是巴林左旗的罕山，主峰海拔高度达 1983 米。这只雄踞南端的巨蟒，远远眺望西拉木伦河，它口渴时，饮一下江水，就可让这条大河断流数天⋯⋯

这座纵横千里、万峰腾跃的大兴安岭，17 万平方公里怀抱中，涌出血脉一样的河流多达 3000 余条，河水从大兴安岭东西两侧一路流淌下来，形成两大天然水系。

东侧为嫩江水系，主要有甘河、诺敏河、阿伦河、雅鲁河、绰尔河等几十条河流，它们悠然东流汇入嫩江，接着又巧变成少妇般丰腴美丽的松花江，继续向东一路奔流，毫无保留地投入黑龙江的主流，最后一纵身，跃下陆地的高山峡谷，投身于大海，完成了下高山、过平原、跨国度，进入自由天地的终极使命。

西侧为额尔古纳河水系，主要有海拉尔河、根河、伊敏河、激流河、莫尔格勒河、哈拉哈河、克鲁伦河、乌尔逊河。这大岭西侧几十条河，多数汇入了额尔古纳河，这条古老的大河，在大兴安岭西北绕岭而流，先向北，再向东，再向南，奇妙地形成了黑龙江的上游，最后同东坡流下的河流，在这里再次融汇为一条大江——黑龙江，一头扑进了茫茫的大海⋯⋯

这东西两侧的河流，在各自奔流的时期和行进的里程内，犹如两个渐次发育成长的少男少女，日增韶华，年生丰采，最后变成青春勃发的姑娘和小伙子，他们相约相融而成了一家人，簇拥着爱的激情、奔腾的岁月，走向更为自由、更为开阔、更为博大、更为深远的世界了。

我的故乡，在大兴安岭伊勒呼里山的正南面，在主峰大白山 1100–1500 米的海拔高度的过渡带上，这里的山地上。丘陵起伏，主峰常年积雪，在每年的 5 月开始融化。细细的雪水流下山岗，在山谷的草甸子上变成群星般的沼泽，到这个月的中旬，雪水的流量增大，沼泽里的水越集越多，平静地流过高低不平的塔头墩，形成千万条溪流，向山谷的低平处流去，再很快汇齐，渐渐成为一条逐步变大的河。这条晶莹清澈的河，这条凉得彻骨的河，让两岸的草丛、森林吸纳无尽的营养。当年河岸上的菅草多高及人肩，开白花的狼毒草长得亭亭玉立，叶子像翠绿的长裙，花朵像白俄罗斯姑娘。

这里的柳树又粗又高，山丁树、稠李树又绿又壮，还有老鸹眼树，一到夏秋，果实满枝，红的、白的、紫的、绿的，甚至于红白相间，沉甸甸、热闹闹，把树们弄得昏头涨脑，不敢相信这是自己结的果子。它们的腰肢有些禁不住了，几乎全弯着身子迎风抖动。这丰美的河岸，自然引来了鹿啊鸟啊觅食，也就引来了常年在山里打猎的鄂伦春人。他们管这条水量丰沛、给自己运来丰硕食物的生命之河叫甘河，用汉语译过来，就是"大河"的意思。

铁　路

有山有河，还须有路。从主铁路干线滨洲线，向大兴安岭腹地延伸的铁路支线牙林线，始建于 1940 年。俄罗斯资本家沃轮措夫兄弟，为采集更多大山深处的森林资源，出资修筑了连接滨洲线老站牙克石至库都尔的第一条向大兴安岭深处挺进的铁路，5 年后正式通车。

新中国刚建立的第三年，即 1952 年，开始建设大岭各段铁路，1965 年伊图里河至加格达奇的伊加线正式建成。从此，进入大岭腹地，东南连接大城市齐齐哈尔的铁路干线的东出口全线贯通，它同岭东的牙克石站相连通，形成一条环抱大兴安岭的钢铁通途。自此，大岭和草原，大岭和平原，山中小镇同东北松嫩平原上的大都市，开始同呼吸共命运了。

甘河岸上的小镇，身边除去日夜哗哗唱歌的河水外，又多了一条明晃晃、弯弯曲曲的进山又出山的大铁路。很快，铁路两侧的小站纷纷建起，一色的红砖房、白站牌、黑字站名。随着小站外两侧铁轨路基上的黄绿红三色信号牌，或升起，或降落，人们可以听到呜呜鸣笛的大火车进山、绿票车进站，又听到"闷——闷——"的汽笛声叫着，火车开出了小站，消逝在群山峻岭中。

小站甘河在大铁路上找到了属于自己的位置。一夜间，铁路两侧涌来了许多开山的、伐木的、筑路的人，这即是甘河两岸千百年来，除鄂伦春人外，首批来这里定居安家的人，他们就是甘河的汉人子民，他们是新中国第一批伐木人。他们曾是农民或城市流民的子弟，他们的知识结构多为文盲，只有极少的人读过小学，如果他们中能有个初中生，都被当地人称为知识分子，他们中若有个伪满的中专生，这即是当地的高级知识分子了。

直到 1959 年，这里来了第二批居民，他们是抗美援朝回国的专业兵，此前他们是先到黑龙江开发北大荒的"农垦兵"，后又随着祖国一声召唤，到了祖国最需要的地方，即来到大兴安岭林区开山筑路。就在这一年的秋天，大兴安岭还迎来了祖国首批毕业分来的大中专生，他们多在大岭中心城市牙克石、加格达奇两个省管的林业管理部门落了脚。

后来，这些知识分子真成了大兴安岭的子民，并爱上了这里的一草一木、一山一水，终生成为大兴安岭的有机部分，成为真诚的大兴安岭人了。

居　民

在甘河两岸生活的人，最早的是鄂伦春猎户人家，这里的许多山啊、岭啊、树啊、河啊，甚至多半的居民区，也都是由这个游猎民族给命名的，像"乌鲁布铁"，译为"孤山"的意思，现在是个镇名；像"斯木科"，译为"塔头泥沼地"，是个乡的名字；尤其以河流命名的地方就更多了，像"克一河"的"克一"是"紧靠山湾"的意思，现在是固定的镇名；像鄂伦春旗所在地"阿里河"，即是"闪着磷光的河"……

我降生的甘河小镇，是以河名而贯镇名的。按照人类学的表述，人类多依河而居，在甘河南岸落脚的，最早是山东逃荒来的农民。他们先是一人探路，相准地方，然后举家迁往，再以圆木、干倒木筑起木刻楞房子，盘上炉灶、火炕、火炉、火墙，在炉灶里填满桦子，当炉火呼呼地燃起，新生活的希望就随之而升起来了。

甘河的黑土地，像油墨般黑的腐质土，潮乎乎的，气味冲鼻而来。闻着这泥土的香味，让人有醉氧的感觉。把黑土捧在手里，使劲一捏，几乎能挤出油来。小镇坐落在甘河的南岸，这里是一片东西狭长的河谷盆地，往南是渐次飙升的山地，林海深深，松林、桦林、柞林满山遍野，一望无际。

我记事已是三四岁了，那时甘河的居民只有两部分，一部分是独门单院的坐地户，他们多以采野果、山货为副业，以种土豆、卜留克、大白菜和小麦为主要口粮来维持生存，生活习性基本延续了山东农民的全部，甚至连口音也是一口山东方言。他们骨子里勤劳、厚实、友善。

另一部分人，就是新中国成立后涌进大兴安岭的开山人、伐木人、筑路人、建设者，这其中就有我的父亲母亲等大批的新大岭人。随着他们进山进岭，这条古老的山脉，便开始了从未有过的变迁和变化，这是属于大岭人自己的时代，是一个激情畸变的时代。

把小镇甘河分为南北两部分的是 1965 年建成的伊加铁路。这条铁路的南北，是两个截然不同的世界：南面是土著先民，他们多独门独户，似乎向后来人宣告一个铁的事实：他们才是这里最早的主人。这些鲁冀来的最早移民，至少在这里已经生活了两代人，多是祖孙三代人同居，他们的生活悠然、平静。

木障子圈围的小院子里，若有一老翁挥镐种地，必有一两孩童跟着点种子，若有一老妇夏日在院内收获菜畦里的小白菜，必有一两孩童绕于膝前。一般情况下，这类人家的男女主人，只有到了傍晚才能看到，因为一整天他们都在山里，或打猎或采野菜野果呢。趁着暖和时节，他们要把全家一年所需的钱挣到手，不然寒冷少粮的冬天是无法抗过去的啊。

铁道南的人家是农人家，是农业文明的生活方式，他们极少与铁道北的新居民联系，似乎骨子里就比人家少点什么，底气不足，脸子也不壮。南北的主要差别在钱上。铁道北的人家是官人家，是挣工资的，而且每月开一次工资，少则四五十元，多则六七十元，这个数字在当时可是了不得的数目，对铁南人来说，这是让人眼晕的大钱！钱少的人，在钱多的人面前，总是缺少信心，总有抬不起头的感觉。

井　水

铁道南北的居民生活区别也极为明显。除路南人是家家独院房，路北人则是五家一栋房"列居"外，还有用水的区别。路南人吃水多是自家院子里自挖的土井，井深两米多，有的用扁担钩钩着一个铁水桶放入井中，即可打上一桶清凉的地下水。有的人家没有土井，就挑着一双铁皮水桶，到二三百米远的甘河，打大河水喝。这在路南人家来说是极其平常的事。

路北人家则是"群居供水"，在这一栋栋排列的住宅区域，平均每二十户左右的人家，就有一个公用的四方形水房子，这房子一般建在地势较高的干道上，方便周围的人家来打水。水房是砖瓦结构，很宽敞，有的水房，只有一扇朝南的门和一个朝北的小窗子，地中间是一架站立的铸铁洋井。这种压把提升活塞式的铁井，当年几乎遍布林区的各个小镇，那"扑哧扑哧"

的抽水声，在小镇的房舍间，回荡了至少 30 年。2007 年，我回到甘河，见到 87 岁的于长河大爷家仍在使用这种铁井。

这类水房是大兴安岭特有的，那里的严冬，平平常常的温度是零下三四十度，最冷的时候，要达到零下五十二三度，如果把洋井建在露天，大半年根本无法使用。给水井建个房子，就成为甘河一类小镇的一道独特的风景线。用洋井，这在大岭上纯属于新生事物，只有公家的人们才能享受这种特殊的待遇。这种技术含量较高的新式采水工具，最先由我父亲的单位，即内蒙古林业管理局所属的林业建筑工程局四处三段的职工家属使用。

河北岸，跨过百米宽的灌木丛，沿着河谷陡然挺起一座山，横亘在不远的河岸上，挡住了来自大兴安岭西北坡的劲风和寒冷气流，让小镇所在的河谷盆地保持着持久的湿润度。从每年九月底飘来雪花，到来年四月山里的冰雪融化，这大半年的土地基本处于冬眠状态，平时醒来的山野土地，总是暄腾腾的，一脚踩上去，会留下深深的足印。

地　窖

我们的小镇甘河，处在河谷盆地河的南岸，这里的地下水极其丰富，每家室内的储菜地窖不足两米深，开春时节地窖下涌上的水，离地表就一米左右。

因为家家都有地窖，如果赶上旺水年的春季，地下水上涌，给很多人家带来不小的麻烦。邻居老张家就深受地窖水之害。

在春天宁静的早晨，张婆子早起下炕，差点崴了脚脖子。她接着窗子透进的微光，看到地正中有一面亮亮的镜子，她"呀"的一声警醒了全家，大炕上的七八双眼睛一起往地下看，整个地面和西侧的一面火墙，全掉到地窖里，被地下水淹没。邻居见人就说，好险啊，老张家人睡觉都够死的，夜里地窖塌了，全家竟然都没有感觉，连老带小险些都跑到地窖里睡觉去啦！

其实，邻居说得也是个理儿，视作一种善意的提醒吧：大家要放着家里家外的水，可别学老张家，把大炕当河沿儿，全家人都枕着河床睡大觉啊！原来，老张家孩子就7个，人口多，冬储菜就得多，地窖就得大。张家把大屋临炕的地面之下，全挖成了地窖，却没用砖或圆木把窖壁砌碹加固。开春，地窖里起支撑作用的土豆吃没了，地下水悄无声息地慢慢渗出，直到这天夜里泡塌了地窖壁，出了坍塌事件。

让小镇人不可思议的是，这家人睡得太坦然啦，一面墙都没了，屋子漏了天，却没有一个因此而醒来。邻居假设：如果他家的地窖挖到大炕下面，那时他家人是不是一半人睡在地窖里，另一半人还睡在大炕上，这样会不会有人醒了呢？于是，从这次事件之后，壮汉大老张就有了一个新的绰号，叫"醒了么"。

土肥水旺的甘河河谷，从没因缺水而干涸过。虽同吃一地的水，却因取水方式的不同，而导致铁南人的心里有种明显的不平等感：他们羡慕铁北人吃洋井压出的地下水，这瓦凉、清纯的地下水，不仅视觉上好看，喝着也爽口。

每当一个新水房建成，开始使用的当天，都会有铁南人赶来围观。人们看着立在地中间的铁铸洋井，像面对着一个站立的新人。人们先后喜悦地压着井把儿，随着"嘎嗒嘎嗒"的压水声，人形洋井的嘴里头"扑哧扑哧"地往上提着气，声音也随之变沉变重，接着井嘴里翻出水花，很快就把晶莹的水聚拢推出，放进一个个铁桶里。看着哗哗流进桶里的水，人们兴奋异常，抑制不住欢喜，脱口大喊："快看，咱甘河的水真清、真凉、真旺啊！"听到这样的赞美，围观的人们好像有了什么新发现似的，情绪激动起来，脸上洋溢着欢乐，心中盈满自豪。那场面看上去，无限幸福，无限美好。

儿　戏

其实，同在一地生活的人们，只被一条铁轨隔开，便形成了南北两个群落。因生存的方式不同，语言沟通就有了障碍，人们的心理也产生了微妙的变化，有了看不见的心理冲突。而表面的冲突，最先在孩子们行动中突现出来的就是"铁路争夺战"。

孩子们的对立情绪，不知是从何时产生的。铁南铁北的孩子们，都把横在他们中间的铁路当成了自己的高地。当时有部电影《英雄儿女》，是表现抗美援朝战争的英雄故事的。当美军猛烈的炮火将志愿军891阵地变为火海时，后方指挥部与前方阵地失去联系，指挥部报务员急切地呼叫前方："我是泰山，我是泰山，891高地，你在哪里？你在哪里？"战火硝烟弥漫的阵地上，忽然站起了英雄王成，他头缠绷带，身背报话机，满怀斗志，像只威猛的雄狮，奔突拼杀，一边向敌群投掷手榴弹，一边对着话筒回答指挥部："泰山、泰山，我是891，我是王成，向我开炮！"这种英雄主义的战斗激情，影响了小镇铁路南北的男孩们。

记忆中，双方的争夺目标就是这条铁路，孩子们都想占领这一高地，想象站在高耸的路基上，享受俯视对方的美妙感觉。而且这里的石子"子弹"充足，弯腰捡起石子，再奋力投向对方，雨点般的攻击力，就会把企图冲上来的孩子压下去。一天傍晚，我正在家吃饭，邻居家的男孩双劲急匆匆进屋，对我喊道："铁道南的坏蛋们向我们进攻啦，咱们的高地被他们占领了，你还有心在这里吃饭？"我忙放下吃了半碗的大糁子粥，同伙伴们穿过一条木杖子胡同，来到距铁道百八十米的"阵地"前。这时眼前的战斗气氛正浓，远处路基上站着十几个铁南的孩子，他们正得意地向铁北的孩子高喊："铁北鬼子，你们被我们打败啦，阵地在我们手里！"这面，铁北的孩子被激怒了，我弯腰拾起几块石子，同身边的男孩们喊："我是891，我是王成，把铁南鬼子赶回老家！跟我冲啊——"说完一边带头向路基上冲，一边把手里的石子投向对方。铁道上的孩子们躲闪着我们密集的"弹雨"，只几分钟，就被打得溃败，退下铁路逃散了。我们再次占领铁路。

铁南的孩子们也不甘失败，很快就开始反攻，石子雨点般地向我们飞来，我们一边躲闪，一边还击。两边的石子战打得热火朝天，双方都把对方假想成坏蛋、敌人和入侵者，还学着阿尔巴尼亚电影《海岸风雷》里的一句著名的话，高喊："消灭法西斯，自由属于人民！跟我冲——"铁北的男孩们又一次发起进攻，冲下路基向铁南老巢发起攻击。石子打在板杖子上，发出噼里啪啦的响声。铁南的孩子很快躲进胡同不见踪影了。铁北的男孩们，再次打跑了铁南的孩子们，还站在路基上高喊："我们胜利啦，我们胜利啦！"欢呼声此起彼伏。

很快，铁南的孩子们组织起二三十人的阵容开始反攻，他们喊着："我是王成，向我开炮！"一起向我们掷石子。石子纷纷飞来，打在铁轨上当当作响。意外发生了，一块长眼睛的石子狠狠地落在王二的头上，只听他"啊"的一声叫，就倒在地上。我和双劲一人架着他一条胳膊，从路基上退下来，不知谁喊了一声："撤退啊——"我们丢盔弃甲地撤下来。铁南的男孩们再次占领了高地——铁路，得意大喊："打回老家啦，打回老家啦！"喊归喊，他们站在铁路上不再往下冲，高地仍在他们手里。

这天王二的头被打了个三角形的口子，留了不少血。在王二家，我和双劲救人非但没有得到表扬，还挨了王二爸的"狗尾吥"："两个捣蛋的小子，看把我儿子砸的！"我俩忙说："王叔，你弄错了，不是我们砸的，是铁南的坏小子们干的！"王二爸不耐烦地大喊："去去去，你俩给我滚蛋，以后别来找我家小二！"

毛主席说，要奋斗就会有牺牲嘛！我们斗志越加旺盛了，铁北孩子不但没有因王二受伤而住手，相反对铁南的孩子有了更深的恨。我们加紧练习掷石子的技术，把自己的胳膊都练肿了。我们把手中的石子投得又远又准，投出去三四十米，可以说指哪打哪。铁南人家放在草窠里的猪，没少成为我们练准的目标。每听到一头猪"嗷"的一声惨叫，孩子们就说："敌人被我们打中喽！"有一次一块石子落在铁南的黑胖头上，他"啊"的一声趴在地上，我们却惊喜大喊："敌人被打趴下啦！"孩子们一片欢腾，没有一个人同情对方。

在我的记忆中，这条铁路高地，南北两边的孩子们至少争夺了两个春秋。冲上来或被打下去，皆成了平常事，在双方心里，胜负难分。眼前的铁路，就像一堵高墙，隔开了孩子们的心，要沟通还需要漫长的岁月，这是荒唐年代的儿戏。此后，和平的橄榄枝，在南北两边孩子们的心中慢慢长出来，这条铁路也不再被认为是一道隔墙。

黑土老屋

一

大兴安岭东部地区有一种房子叫土坯房，这种所谓"土坯"分为两种。一种是用当地的黑土、干麦秸或干草加水和成大泥，再用大约两块砖长、一块砖厚的木板做成长方形模子，先把模子用水沾湿，再把黑泥装满模子，手工夯实，在地面上拖扣出来一块一块整齐排列的泥坯子，一星期后泥坯子被太阳晒干，就成了真正的黑土大坯了。另一种是黑土草坯。由于大兴安岭和呼伦贝尔草原的黑土优质、肥沃，地表杂草丛生，地皮下的草根像密密的血管把黑土固定，这也是那里的黑土多年不流失的主要原因。一方水土养一方人，当地人制造一种叫坯刀的工具，其形多似犁铧，不同的是它下部是一个雪亮的三角形钢刀，人们用它比照土坯的大小切割黑土草地，形状如黑土大坯子，再用平板锹把草坯一块块地掀起，就成了黑土草坯。二十世纪七十年代初，在大兴安岭的东南和西南部居住着的人们，都是用这两种土坯盖筑民宅的。用土坯垒起墙，再用黄泥把墙的里外抹一遍，保暖保温，挡风抗寒，再加上屋内的火炕火墙，内蒙古高原的寒冷不管多么酷烈，住在黑土大坯屋里的人们都能温暖温馨。

在我四十余载的人生记忆中，住黑土大坯房的经历只有一次，那是童年随父亲去大兴安岭深处绰尔河畔，开发一座铁矿时的一段经历。那时因铁矿没有住房，我家暂住在"国铁"博林线起点处，一个叫沟口的小山村，我家租住的就是郭爷爷的黑土大坯房。这个只有两间大小的土坯房里，住着我们两家人，南面是郭爷爷住的小屋，中间的外屋是我们两家合用的厨房，北面稍大的屋子一铺炕住着我们一家七口人。郭爷爷是我家的房东，已经七十多岁，脸上的皱纹深深，像犁铧在黑土地上耕过的垄沟，深而明显。他的小眼睛很亮，眼皮厚重，看上去好像红肿一般。郭爷爷的手相当灵巧，打得一手好算盘，手指拨动算珠快得令我们这群正在学珠算的孩子们瞠目结舌！郭爷爷的面目虽不好看，却心地善良如弥勒佛一般。那时，爸爸和妈妈到梨子山铁矿参加钢铁冶炼大会战，为了组织的需要，他们夫妇开始了"先生产后生活"的工作历程，把自己的家看得很淡。工作了半年以后，他们才想起我们兄妹四人和年过七旬的外祖母在沟口已居住半年有余，于是爸爸和妈妈决定自己动手盖一幢自家的房子。他们没黑没白地忙起来，就是想早日把我们从沟口搬到铁矿来……

此时，我们兄妹四个和外祖母正在郭爷爷的黑土老屋里挨着大雪皑皑的冬天。那段日子虽过得艰难，可我们却感到过得极为愉快，主要是因为我们有郭爷爷这样的房东。爷爷是我们的长辈，但他从不以老人长者自居，他的眼睛总散发着让我们时时感到温暖和慈祥的光。爷爷愿意向我们扮鬼脸，此刻，郭爷爷的笑脸好看极啦，那就是一张老顽童的脸。见我们这些孩子被他逗得个个笑得前仰后合，爷爷也为之自得，兴奋得老而黑的脸像一朵绽放的向日葵，夺目而热烈……爷爷则慢慢地喝起了稀粥，嘴里发出"呲——呲——"的声音，一会儿一个蓝边大瓷碗里的大糙子粥便被他喝得精光，脸上大汗淋漓，一副满足得意的神情。他自己收拾完碗筷，开始教我们背诵唐诗：千山——鸟飞绝，万径——人踪灭。孤舟——蓑笠翁，独钓——寒江雪。

他拉着长腔吟诵着，声调儿抑扬顿挫，极为好听。我们学着他一样的表情，一样的声调儿，摇头晃脑地背诵古诗，不足一袋烟的时间就把这首诗背记滚瓜烂熟。见我们跟他学得极为认真，爷爷高兴地把我们一个一个抱过来，扔过去，又是刮鼻子，又是揪耳朵，我们嘻嘻地笑着。爷爷则被我们的天真感染、陶醉了，呵呵地笑个不停，乘着兴头烫上一小瓷壶烧酒，自己饮上小半个晚上，整个晚上他都在笑眯眯的状态中度过。这样的夜过得太快了，简直就是没有黑暗的夜，我们感到生活在老屋里，冬天的日子过得也够甜蜜的了。

二

住在郭爷爷的黑土老屋中，我们见到的爷爷的故事太多了。

现在想来，记忆深刻的是爷爷做信差的故事，爷爷和劳改犯朋友瘦高李的故事，让我这个从童年经历此事的人，到了中年仍难以忘怀。每每想起房东爷爷的故事，我那已趋于沉静的心，便情不自禁地颤抖、激动。

沟口是两条"国铁"——滨洲线和博林线夹挟着的小山村，在这个三角地带里住着不足三百户人家，它的前后都是起伏的大山，远东大铁路从哈尔滨伸延过来，直抵边境城市满洲里，进入俄罗斯境内。这条铁路自东南向西北穿过沟口，把山村分作两半儿，铁路南边"丁"字形的红砖房是火车站，两侧是十几户铁路工人住的俄式老砖房，再往南就是另一条铁路博林线的分岔口。两条"V"字形铁路，把火车小站正好夹在三角地的顶端。往前不足一里地就是大兴安岭流下的清澈透明的雅鲁河，"哗哗哗哗"的流水声日夜不断，白天有它的声音才知道沟口的活力犹在，夜里有它的声音如催眠曲把沟口的乡亲送入梦乡，只有这样，山村的昼夜才没有寂寞，山村人的日子才会过得有滋有味儿。东侧是一个紧靠铁路的大贮木场，每天都有圆木材被装上一节一节的火车皮。装车的都是些劳改犯，他们穿着清一色的蓝劳动布囚服，剃着光头，眼睛忧忧郁郁的，说话胆胆怯怯的。我知道他们之所以这样，是因为他们的不远处总站着几个扛着大枪看管他们的军人。这些人是二人一副铁卡钩，一根桦木抬杠横压两人肩上，十几人纵向排成一队，动作整齐，弯腰以抓钩挂木，不管多粗多重的圆木，"归楞号子"一声接一声地喊唱起来。我们这些好奇的男孩子经常跑到离他们不远处听他们唱号子，还淘气地跟人家学唱：

哥们儿——一条心啊——嗨嗨唬嗨啊——

男人们——上跳板啊——大圆木向前走啊——嗨嗨唬嗨啊——

兄弟们——齐步走啊——大圆木上车来啊——嗨嗨唬嗨啊——

爷儿们——腰杆硬啊——扛起大山肩不抖啊——嗨嗨唬嗨啊——

号子声由弱渐强，声音又齐又响，粗大的圆材木伴着齐刷刷的脚步，爬上颤悠悠的松木大跳板，抬木人一口气把粗重的圆材木抬到车厢顶部，然后乖乖地把它们放进车厢里。在这些劳改犯中有一位瘦高个儿的山东汉子是打头的，大伙儿都管他叫"瘦高李"，他喊唱归楞号子的山东腔最独特最好听。我们这些顽皮的男孩在学校常学着瘦高李的调门儿，把女老师和女生们喊唱得直捂耳朵，到处躲闪，我们则开心地大笑不止。劳改犯的归楞号子，几乎是每天从早唱到晚，全沟口的人们都听得见。这号子声不但好听，还传得很远、很远，在山岭中回荡……

铁路北面多是沟口的土著农家。在二十世纪七十年代初，那里的农民还没有自己的砖房。除砖房火车站、雨淋板屋顶的小学校、牛奶收购站和驻军团部有电灯外，农家都是清一色的黑土大坯房，点着煤油灯过日子。

山村沟口人有两大生活难题，一个是收寄信——全靠郭爷爷这位老信差，另一个是购买粮食和生活用品——全靠铁路上每月发来一次的流动百货车。百货车来的这天，沟口的人们就像过节一样，平日幽静的小站变得比戏园子热闹几倍。

　　我还是先说说郭爷爷做信差的事。我们不知道郭爷爷是怎样当上信差的，却感到他的存在是所有乡亲不能缺少的，乡亲们的许多欢乐与悲伤都与爷爷送去的信密切相关。有时爷爷手中的信就是山村人家的精神世界。冬天，沟口的夜晚特别漫长，早晨天冷得出奇，若光着脑袋出屋，数不上五个数保准把耳朵冻硬了。那里的天亮得特别晚，七点半才见亮，九点钟太阳刚懒洋洋地爬上山岗。不管是刮风天，还是下雪天，郭爷爷都要接最早的一趟六点十分的火车。我们畏缩在热被窝里不肯出来的时候，就能清楚地听到郭爷爷咳嗽着走出屋，一阵笤帚扫雪的声音响过之后，便听到雪地上"嘎吱嘎吱"的脚步声由近而远。郭爷爷的手电光由明到弱，伛偻的身影匆匆向火车站走去——于是，老信差大半天的生活便开始了，此刻沉睡的深山老林才刚刚醒来。等爷爷从火车站取回列车上的一大把信件，回到家时，天已大亮。他黑皱皱的脸皮被冷风吹得通红通红的，胡子上挂着雪白雪白的霜。爷爷被冻得清鼻涕直流，可他还是乐呵呵的，似乎感觉不到岭上冬天的严酷。爷爷把一小盆大糙子粥在火炉上热一热，呲——呲——呲地喝完，然后坐在炕头上，把接来的几十封信，甚至近百封信摆一炕，再按送信人家的远近一摞一摞地分类排列，这就形成了他去送信的行走路线图。见准备工作已经完成，爷爷坐在炕沿上打好黄腿绷，穿上毡嘎鞑（东北方言，即毡靴），戴上手闷子，抓起黑狗皮帽子，走出老屋，像老将军临阵一样信心十足，浑身上下都有使不完的劲儿。

　　这时，大山里的天气又变了脸，白毛风呜呜地号起，大雪铺天盖地而来，把刚扫了个把小时露黑土的院子盖得严严实实，同远山雪野连成白茫茫的一片。雪原真干净。大雪把爷爷刚刚走过的足迹渐渐填平，老人黑而实的身影被弥漫的大风雪融在大片大片的雪白之中了……

三

记得在阳历年要到来的前一天，老屋窗外的大雪片儿不停地飘飞着，冷风咬着牙从门缝往屋里挤，外祖母使劲往炉子里添加着木桦子，炉里的火呜呜地响着，可屋里的温度就是热不起来。我和弟弟放了寒假，正趴在屋里的窗台上写作业，只一会儿我们哥俩就溜了号，手中握着笔，眼睛却紧紧盯着冒雪落在我家院子里觅食的麻雀。

弟弟问："哥哥为啥家雀到咱家的院子里找食儿吃呢？"我告诉他："雪太大，麦子地里的食儿让大雪盖住了，咱家刚扫过雪的院子里有野草籽，它们吃饱了就冻不死了。"

这时，弟弟把手指放在嘴上："嘘——，快看，有只家雀儿落在咱家窗台上啦！"

我看到外面窗台上一只灰色的麻雀，正伸着脖子往屋里望，我们顿时兴奋起来。这时，听到我家的门"吱"地被推开，院子里和窗台上的麻雀"扑啦扑啦"地飞走了。郭爷爷抱着一张炕毡走出屋，接着把那张毡子挂在院子的木障子上，挥着一根棍子抽打起来。弟弟大喊："爷爷，你把我的家雀儿给吓跑啦！"雪中的爷爷根本听不见我们在喊什么，弄得我们极端生气、极端扫兴。突然，我产生一个奇怪的念头：爷爷收拾炕毡干什么呢？

一会儿，爷爷抱着敲打干净的炕毡进屋了，脸上一片严肃。我问："爷爷，大雪天弄炕毡干啥？"爷爷没回答我，脸上的神色猛地一变，抱在怀里的炕毡差一点从手中滑落。他先是紧张地一愣，表情凝固了一般，似乎额头和脸上的深深皱纹对我的问话都不满意，有点正怒视我的意思。后来爷爷故意咳嗽一下镇定自己，对我说："小孩子家，问那么多干什么。"说完转身悄悄地进了自己的小屋。爷爷的反常举动，让我越发感到神秘，我蹑手蹑脚地趴着爷爷的门缝往屋里看，见爷爷把炕毡铺在炕头上，又用笤帚扫去上面的浮尘，把叠得端端正正的花面被子压在炕毡上，然后站在屋的正中仔细端详了一番，脸上显出一副颇为满意的神情，很快又透出一丝抑止的喜悦，这样过了好一阵，表情才渐渐恢复了常态。这时我推门闯进了爷爷的小屋。我惊奇地发现这间小土屋发生了奇妙的变化，爷爷的落地小木桌上零散堆放的碗筷不见了，桌面被擦得干干净净，那只座钟上还盖了块崭新的红布，格外显眼，正面墙上还新贴一张李铁梅高举着信号灯正视前方的年画，红艳艳的衣服、高耸的胸脯和油黑的大辫子，把爷爷的屋子搞得生机勃勃，让我那个年龄的男孩子产生了一种惊喜的愉悦感觉。

"哇——爷爷，咱家要来客人吗？"我脱口问爷爷。郭爷爷没有马上回答我，披上羊皮大衣，弯下身子用手指给我来了个"刮鼻子"，嘴角上露出一缕笑意，后又转为严肃，匆匆推开门。寒风挟着雪花刮进，冷得我一阵发抖。爷爷无半点迟疑，冒着寒风向火车站走去。大雪花儿一会就把爷爷的身影涂得模糊了。

四

傍晚，天拉下黑脸的时候，号叫的山风住口了，足足下了一整天的大雪花趴在地上不吱声了，睡着了一般。黄昏的口沟突然沉寂下来，把我们家的气氛搞得有点喘不过气来的难耐。吃饱了外祖母烙的香喷喷的土豆饼子，坐在桌边望着煤油灯荧荧的光正发呆的我，没有一点心思写作业，脑袋里全是郭爷爷神秘的表情。我越发感到好奇，又独自痴迷地想起来……妹妹举起细嫩的小手在我的眼前晃了两下："哥哥，你的眼珠被冻住了吗？还是傻啦！"这时，我听到屋外传来一阵"嘎吱嘎吱"的踏雪声，我趴在妹妹耳边悄悄地说："郭爷爷回来啦，好像不是一个人。"说罢我跑到窗前证明自己的判断，果真爷爷身后跟着一高一矮两个拎着大包的人。他们裹着一股寒气进屋。我认出那个高男人是在火车站领头抬木头的瘦高李，这山东人大概四十二三岁，传说他是"老右"，因写了篇反党文章成了劳改犯。他瘦高的身材、深邃的眼神最吸引我们的注意，我们几个男孩子曾特意到火车站听他用山东腔唱"归楞号子"，那调儿极好听且有韵味儿。眼前的他一脸喜色，正大步流星地向我们家走来。瘦高李的身后是一位三十七八岁的女人，天蓝色毛围巾裹着她被冷风吹得白里发红的圆脸庞，看上去比羞涩的大姑娘还好看，娇好的身材上那件绛紫色的棉袄完全可以在小沟口的女人中引起一场风波。她朝我一笑，我感到了这个女人有一种有别其他女人的美，可我却说不出那是什么。瘦高李和女人先后跟着郭爷爷进了小屋。接着小屋里传来了喊喊喳喳的说话声，多数听不清，只有爷爷说："这是黑土大坯老屋，暖和着呢，冻不着你们！"我心里想，怪不得爷爷神神秘秘的，他把劳改犯领到家里来，这不是给自己添麻烦，就是给村干部们添乱子。他竟敢把阶级敌人领到自己家里来，难道不怕别人看见？爷爷让他们来家干什么呢？我脑子里的问号一个接着一个。一会儿，爷爷到外屋往炉子里添柈子，炉火呼呼地燃烧着，屋里的温度在升高。我走到爷爷的身后小声问他："爷爷，他不是劳改犯吗？"爷爷转过身也小声严肃地对我说："他是我的朋友。"我又问："那女的呐？"爷爷答："是他媳妇，从山东来看他。"我问："他们来咱家干啥？"爷爷说："劳改队全住大通铺帐篷，他俩三年没在一炕住了，是我找的劳改队长让他们到咱家借三天宿儿，夫妻嘛，唉——"爷爷长叹一声，不再说话，脸上一片沉郁。我还想再问点什么，比如爷爷去哪里住之类，爷爷抚摸着我的头说："等你长大了，就知道了我为什么这样做了。"铁壶里的水烧开了，呜呜冒着热气。爷爷的脸上异常平静，大喊："水开啦！水开啦！"拎着壶进了小屋。

月上窗楣的时候，村里连狗吠的声音也没有了，苍蓝色的冬夜像是一张无形的网，把人世间的所有声息都吸纳进来，茫茫的雪地似乎也成了巨大的容声器。山村静得让坐在桌前写作业的男孩有了一丝骇然。大概快八点了，我听到郭爷爷在外屋咳嗽，推开门见他戴着狗皮帽子，穿着羊皮袄，走出老屋的大门，外面传来老人踩雪的脚步声，一下一下的，由近而远。

瘦高李夫妇在郭爷爷的小屋里一连住了三天。白天，瘦高李去贮木场上班，那年轻的女人每天如沐浴春风一般，脸上的红晕像山头上的朝霞，紧身的红毛衣裹着丰腴的胸脯，整天屋里屋外地收拾着，擦这洗那，劈柴做饭，嘴里还小声哼唱着好听的小曲儿。看她那几天的劲头和精神头儿，绝对不像临近四十的女人，倒像刚出嫁的新娘子。临走那天，郭爷爷对瘦高李媳妇说："过年冬天再来，大叔的老屋暖和着呢！"只要人们的心里有股热乎劲儿，不管多难的日子也会缩短的。那女人一把抓住郭爷爷的手，只说了一句话："俺——真想叫你亲……爹——啊！"说完眼泪就"哗"地流下来……瘦高李昂着头，手拉着媳妇向火车站走去。鬓发苍白的老人站在他的屋檐下看着这对远去的年轻夫妇，小眼睛笑眯眯地闪光，像一对飞翔的萤火虫。

不一会儿工夫，山村沟口又飘起漫天的大雪，紫墨色的柞林、桦林、松林被雪染白。雪把一切声音盖住了，把蜿蜒的群山盖住了，世界顷刻间变得洁白而迷茫了……

珍藏草原

近一周的时间，我的身体和精神均不顺畅，表现在身体上总感到乏力，表现在精神上总感到慵懒、萎靡。工作没激情，生活没活力，似乎自己一直往下沉，往下落，身体和灵魂都要坠入无底的深井里。我若以此心境再往前走，毁灭的暗影就会逐渐明朗。在难以把握自己的时候，我该主动警告自己停下来，梳理一下这种心绪是由何而生的。

一个秋凉的早晨，我在家中的餐桌上忽然发现了超常情况，白瓷盆里盛着的是热腾腾的大米粥。我问妻子："我们的奶茶呢？"妻子答："我们家一周没奶茶了，喝好几天粥了，你怎么才想到奶茶？咱家的奶茶粉没了……"

长春的秋天，最具特征的表现是早晨和晚上的突然变凉变冷。上午九点至下午四点这六七个小时里，蓝天、白云、艳阳、空气都是四季中最诱人的。享受长春的秋日，就如同疲惫不堪的旅人泡了个热水澡，酣畅淋漓；如同久居热带雨林的人来北方度过一个飘雪的冬日般惬意、开心……而这里秋日的早晨，则是"变形金刚"了，天暮朗朗如火，地下凉风似刀透肌肤，让人们发出阵阵寒战。东北人无惧炎夏酷冬，尽管它们是性格外向的季节。这种强烈的对比，人们是习惯了的，这恰似东北人的性格，刚柔并济，缺少中间的过度，来则急风暴雨，停则悄无声息。我以为自己低沉情绪的拖拍即是秋日所为，后又思考，为何平日里感受不到，往年秋季亦无这么明显的反应，甚至秋凉常在不知不觉中过去了。我这样慎思着，却并没有找到自己满意的答案，于是我便安于平庸度日了，而精神却仍未在煮沸的水中捞出。

我们家的奶茶没了。这句平静的话，让我产生了抑制不住的条件反射，我反悟着，莫非这些日子，我的不顺畅是来自这平常的生活细节？饮奶茶——这看上去极不引人注意的日常事儿，竟是我近日郁闷心绪的发源地——我不敢相信这属于自己的发现，更不敢认定自己从呼伦贝尔草原带到大都市的这一生活习惯的停滞，会让我的生活和精神有如放飞风筝的感觉。飞翔的风筝是我，长长的牵线是融入我灵魂的奶茶，我身体内的奶茶，牵连着大兴安岭脚下的那片辽阔的草原，那是我年深日久珍藏于心的，梦牵魂绕的呼伦贝尔草原。

我的血管里流着蒙古人的血，我的原籍却是辽宁省西部的朝阳，历史上的西吐默特，也是唐诗中"但使龙城飞将在，不教胡马度阴山"的"龙城"。我则生于高山——大兴安岭，长于草原——呼伦贝尔草原的鄂温克旗。我的原籍朝阳，历史上虽是蒙古族同胞生活的地方，然而今天那里早已被岁月的脚步改变为农耕文化。祖上两代都是老老实实的农民，日出而作，日落而息的生活方式同当地的汉族同乡没有任何区别，只有三件事仍保留着蒙古族的遗风，即吃火锅、烙馅饼、饮浓茶。二十世纪六十年代，因中苏关系紧张，处于中苏边境地区的我家响应号召疏散人口，我兄弟二人被父亲送到朝阳县二其营子的祖父家里。那时作为"黑五类"的爷爷家已经极端贫困，根本吃不上火锅和馅饼，可祖父的快茶壶却给我留下了不可磨灭的记忆。爷爷早晚要喝两遍茶，早晨天还黑着，爷爷那把中间可以生火烧秸秆，四周装水的铁皮快开壶，即在屋外小院里闪着蓝幽幽的火光了。大概七八分钟，壶中的凉水即被烧开，爷爷用滚沸的开水冲一杯红茶，有滋有味地饮完后，才安静地下地干农活去了。晚饭后，辽西的天刚擦黑，祖父的快开壶又在小院子里烧出滚沸的开水，爷爷眼睛里闪出渴求、兴奋的神色。这杯茶饮得时间长，要在半小时左右，直到爷爷黑红的脸膛上额头上洇出细细的汗珠儿。爷爷的脸上有了孩子般的满足，有了享受的幸福，有了对生活美好的期盼……

祖父的儿子——我的父亲，是位工程师。在我童年的记忆中，他没有饮茶的嗜好，二十世纪七十年代中期父亲带着我们一家走下大兴安岭，来到了呼伦贝尔草原的煤矿大雁。小镇背依海拉尔河，面对辽阔、美丽的鄂温克草原。也许是受当地蒙古族居民多的影响，一天，父亲熬了一大锅奶茶让我们全家人喝，乍饮奶茶，家人感觉木然，尤其是我感到这茶不茶、奶不奶、饭不饭的玩意儿，味道很独特，饮一口，细品味儿，奶香中含着淡淡咸味儿，米味中含着奶香，茶味中回荡着米香……有这样的开始，我便一路喝下去了。到老乡家，说你是蒙古族人一定要喝得惯，到了朋友家，说汉族人喝着都觉香，难道你们蒙古族古人发明的东西，你竟然不爱喝奶茶。喝——这是被动地喝奶茶，后来，越喝越有瘾了，回到家里觉得不喝不行了。一天，趁父母不在家，我买来一斤鲜牛奶，又偷偷砍下一块父亲的红砖茶，学着父亲做奶茶的样子，自己熬起奶茶。先用纱布包上砖茶放在锅里煮，又把炒过的糜子米放到锅里熬，再把鲜牛奶倒进锅里熬沸，最后在咖啡色的奶茶里加几粒盐。满屋子都飘着奶香的时候，我大喊："弟弟，快来喝奶茶啊！"兄弟三人兴高采烈地端起大瓷碗，大口大口地饮起来。记得那天，我连喝三四大碗奶茶，把自己搞得精神极为兴奋，两天两宿没有丝毫睡意。到第三天我坐在课堂上却睁不开眼睛了，疲惫不堪，如一只狂奔的野马终于被累趴下了一样。事后将此"难"说于父亲，他大笑道："傻小子，你放多了砖茶！"

呼伦贝尔草原是世界著名大草原之一，草场总面积1.25亿亩，在草原居住着30多个民族，除主体民族汉族、蒙古族外，还有达斡尔族、鄂温克族、鄂伦春族、俄罗斯族、锡伯族、布里亚特族等。这些少数民族的人们，有一个共同的习惯，就是饮奶茶。草原上的人们有四件宝，烈酒、骏马、腰刀和奶茶。牧民们一年四季离不开浓浓的奶茶，喝奶茶的人不仅身体健壮，而且个个精神头十足，男人血气方刚，女人柔情坚强，骑手个个威武，母亲心怀坦荡。据说，常年喝饮奶茶的草原牧民，极少得被称为"现代杀手"的心脑血管病。春夏秋冬，风霜雨雪，只要有热腾腾的奶茶在他们的身体内回荡，无论是冬日的风雪，夏日的炎热，还是秋日的肃杀，春日的风沙，牧民们都会毫不费力地抗争过去。

奶茶，看上去就是鲜牛奶、红砖茶、糜子米和盐，在生活中它们就是四种极普通的食品，为什么融合在一起就会产生那么超人的魅力呢？它又是从哪里来的那么神奇的力量呢？饮奶茶的历史可以追溯到千余年前，甚至更久远。奶茶养育了世世代代的牧民，养育了一个伟大的民族，养育了无数个震撼世界的大英雄。传说当年横扫欧亚的成吉思汗大军，就是靠三样东西征服世界的。准确无比的神箭，日行八百的铁骑，解渴壮力的奶茶。牧民说，木华黎军师的机智大略，忽必烈大汗的富民强国，渥巴锡大王的力胆回归，尹湛纳希的华章长卷，陶克陶胡的保牧反清，嘎达梅林的抗日保国，乌兰夫的红色人生……这些辉煌的人生境界，都是蒙古族奶茶的神奇魅力所致……这样说固然有点绝对化，似乎夸大了奶茶的作用，故意向其他民族的朋友炫耀奶茶的神奇，其实则不然。巍巍大兴安岭，茫茫呼伦贝尔草原，绵延、纵横数千公里，滋生着数不尽的天然宝藏。我生活的鄂温克草原土壤肥沃，水丰草壮，那里草本植物资源就有1000余种，100多个科，450个属类。每年七月，草原的沃野就变成了花的海洋，民间俗称的干营草、湿水草、黄花菜、野芍药、车轴辘菜、扁猪芽菜、野瓜香草、蓝鸭草、婆婆丁、曲麻菜、野百合等无数的花儿把草地、草原一下子装点得五彩缤纷，芳香四溢。在千花万草丛中生长着各种各样的中草药，最著名的有黄芪、党参、地黄、罗布麻、猪毛菜、当归、佛手等。草原就像一个天然的大药房，有人说在草原上步行就是最好的治病疗养，来这里之前你可能多病缠身，在呼伦贝尔草原上步行半个月，你可百病尽消。可以想象，这里牧养的奶牛孕育兴安的阳刚，饱食草原的精华，吮吸天宇的灵气，挤出的浓重、洁白的鲜牛奶，应该是人间的顶级食饮。以呼伦贝尔草原鲜牛奶熬煮的奶茶，加之内蒙古高原灼热的太阳烘熟的橘子米，配上云贵高原的滇红砖茶，其营养力度必定是巨大的。奶茶真正是天人合一、丰盈无比的人间佳酿。

关于奶茶，我还经历过一件事。1988 年的 6 月，我写的反映蒙古族牧民当矿工艰难历程的电视剧《唤醒的草原》开拍的前期，该剧导演中央戏剧学院教授赵健一行三人来草原选外景。早晨，载着我们的"蓝舰"吉普车向草原深处驶去。这时正值鸟语花香的季节，草地湿漉漉的。草原的土路被汽车轧得像柏油马路一般平，我们的耳畔只有汽车轮胎的"唰唰"声。旷野上静得出奇，升起的太阳刚刚驱散晨雾，草茎上的露珠儿映着朝阳闪着光，像散落草原上的星星，熠熠生辉。晨风把草原原野的草香、百花香吹进车里，我们似乎被浓酒熏醉了，谁也不作声。北京来的三位艺术家赵健教授，老演员杨曼、张勤眼睛盯着闪过的羊群、牛群、马群，一个夜归的牧人走过，他们都不放过，请张德林师傅停下车，围上前同牧人闲唠，还借人家的马儿骑上照相。平静的牧人应和着北京客人的所有要求，看着这三个年过半百的人一副孩子相，一脸兴致，也忍不住笑了。杨曼是我的师母，老太太突然发现草原上开放的花朵，大喊："赵健，看这花多漂亮，给我拍下来留念。"说完，躺在草地上，与野花融为一体，俨然一幅"美女野花图"。赵健大笑着喊："这老太太赶上大姑娘啦！"说完"啪啪"地按着相机快门。三个久居北京的人，在这里找到回归大自然的感觉，笑得开心，笑得放荡……

我们的汽车又往草原深处行驶了约半个小时，车里的气氛突然大变，赵先生一句话没有了，脸上一片灰白，神情极为难看。我忙问何故，先生说："渴了。"糟糕！早晨起程时我忘记备水了，草原上没河没溪没泉，绿草连天，连刚才的露珠也不见了，太阳的热量比刚才增加了两倍。这样走下去，可能半个小时，甚至一个小时都不能见到水。我意识到问题的严重性，同张师傅商量，往回路偏东的莫和尔图方向的巴彦山嵯岗苏木（蒙语"乡"的意思）赶。半小时后我们终于到了离那个苏木很近的只有十几户人家的蒙古族小村落。停车我忙走进一个院子，对一位蒙古族老额印（蒙语"母亲"）说："我的北京来的朋友渴得不行，您有水吗？"额印说："没有水，只有奶茶。"她把我们让进屋里坐下，然后忙着为我们弄奶茶去了。大约七八分钟后，一壶热腾腾的奶茶端了上来，老额印用毛巾擦了擦几个大瓷碗摆在炕上，然后斟满奶茶。奶茶的香味儿一下把小屋弥漫了，我们酣畅淋漓地大饮起来。赵健连喝三大碗，我连喝两大碗，额头和鬓角沁出了汗珠，精神振奋，心旷神怡。我们再次上路了，在辽阔的草原上我们像一只飞翔的小鸟，满眼碧绿，满腔深情。大概又行驶了半个多小时，我发现张勤老先生也捂着胸部，表情痛苦，忙请张师傅停车。我问："张老师，您怎么了？"他铁青着脸说："渴，渴！"我奇怪："您刚才不是喝奶茶了吗？"他苦着脸说："不好意思，我看那蒙古族老太太手不干净，擦碗的毛巾也脏，偷偷把奶茶给倒了……"赵先生说："老张，这里是草原，不是北京，那奶茶比救命的药还神灵！你看我，全身上下都是力，脑袋比刚起被窝时清醒。"张老先生尴尬了，眼睛直视着我，所有人都向我投来渴求的目光。我决定，吉普车再返回巴彦山嵯岗苏木的蒙古族小村。这次，我们进了一对年轻夫妇的家，蒙古族少妇微笑着端来装在暖瓶里的奶茶，张先生低头猛喝起来……待我们第三次走上草原，一切劳累和饥渴被大碗奶茶赶跑了，大家在草原上游荡了一天，到晚上回到宾馆仍不觉饿。老北京张勤眨巴着眼睛说："奇怪了，这奶茶真有神力，我不但不饿而且不累。"若没有蒙古奶茶，今天我和赵教授就可能倒在呼伦贝尔大草原上……大家哈哈大笑，笑声传到了窗外，也许能传到五十公里外的蒙古族老额印那里。这发自内心的笑声，不就是对那大碗奶茶的无限赞美吗？

如今我们一家离开呼伦贝尔草原已有十五个年头了，细细想来，我们的心和精神却从未离开过那时而辽阔、时而忧郁、时而美丽、时而苍茫的草原。几乎年年有朋友从草原来，几乎季季都有亲属从草原给我们捎来包装精美的奶茶粉。我家每天早晨的餐桌上都有奶茶相伴，从未断过顿儿。我们一家人在大都市生活，虽远离呼伦贝尔草原近千公里，但草原的精髓却一直滋润着我们，并融入我们的身体和血液。外表上我们变成了大都市人，而骨子里却仍是地地道道的呼伦贝尔人。故而，当我们的奶茶断顿了，肉体和精神不能同草原相交融时，我的精神深处就产生本文开头的那一幕。我上述的艺术家受困草原、化解于奶茶的故事，不能说是偶然巧合吧。我从中有了一点人生的感悟，即人是不能同生养自己的土地割舍开来的，人是土地的精灵，土地是人类的阳光、天堂。

人类的生命其实就是体验自然的过程，阅历和经历会加深一个人对生命的最真挚的感受。读俄国大作家契诃夫名著《草原》时，我随着少年主人公叶果鲁希卡的马车，一路感受着俄罗斯的草原："……夜鸟无声无息地飞过大地，渐渐的，你回想起来草原的传说，旅客们的故事，久居草原的保姆所讲的神话，以及凡是你的灵魂能够想象，能够了解的种种事情……在蔚蓝色的天空中，在月光里，在夜鸟的飞翔中，在你看见而且听见的一切东西里，你开始感到美的胜利、青春的朝气、力量的壮大、求生的热望；灵魂响应着可爱而庄严的故土的呼唤，一心想随着夜鸟一块儿在草原上空翱翔。在美的胜利中，在幸福的洋溢中，透露着紧张和愁苦，仿佛草原知道自己孤独，知道自己的财富和灵感对这个世界来说白白荒废了，没有人用歌曲称颂它，也没有人需要它，在这欢乐的闹声中，人听见草原悲凉而无望地呼喊着：歌手啊！歌手啊！"——这忧郁并蓄满张力的俄罗斯草原，在追求新生活的男孩心中就是饱含苦难，勇于抗争的生命之母亲。在这里我找到人类与草原的共性：互为依存，互注激情，相融美好。

我没有想到，一家人饮奶茶的话题，而让我写了这么多文字，应该说这样的动力是来自奶茶，来自草原，来自我们与呼伦贝尔大草原的血脉相连的历史和经历。前些日子读到一本王蒙的妻子方蕤写丈夫的书《我的先生王蒙》，里面说到了作家王蒙下放新疆16年，同少数民族兄弟学会了喝奶茶，正是奶茶伴着他度过了最苦难的岁月，是奶茶成就了这位当代著名作家。

还有在内蒙古下过乡，喝着奶茶成长为作家的张承志，他的作品《黑骏马》《金草地》《大陆与情感》无处不散发着奶茶的香味儿——让当代人了解了蒙古族奶茶文化的精神底蕴。

我知道这篇散文过于拉杂，甚至可以说是没有剪裁的"毛坯子"，但我心里清楚，是奶茶勾起了我的一腔思乡情怀。一转眼又是五年没有踏上呼伦贝尔的土地了，那苍茫幽远的草原，一直是我们一家人的精神情结。是家乡的奶茶润泽了我们身在闹市而不被尘嚣所染的心，是融汇于血液的奶茶，让我们饱享了大草原的精华。我们畅饮而尽的奶茶，即是浓缩了的草原，是四季转换的草原，是生机勃然的草原……随着滚烫的、飘香着的奶茶融入我的躯体，我把呼伦贝尔大草原的广袤、深邃和美好都珍藏于心了……

爬犁小记

在大兴安岭山区，提到爬犁，人们必然联想到冰天雪路和充满期待的朴素生活。

在今天的记忆里，爬犁——对我这个在大都市生活了二十载的人来说，已升华为一种属于自己的精神财富了。它常出现在我的梦中，出现在我的心里。

早年，大岭人家家有爬犁，那时的生活，离开爬犁就须臾难行，可以说无爬犁的人家，为非正常人家，大凡过日子的人家，就必须有爬犁。在 20 世纪 60 年代至 80 年代初，爬犁是大岭人不可或缺的家什硬件，只要你能拉得动爬犁，它就有大半年的时间在你身后，在你肩上，在你行走的路上。我对爬犁的熟悉，源于早年生活的经历，我对爬犁的认识，却是多年无缘见它，故而又常常思念故乡，它就悄然成了释放这种情感的替代物了。

前年，一个秋夜，我看了德国人拍的电影《极地重生》。故事的主人公是个德军俘虏，当他逃出苏军西伯利亚劳改煤矿后，徒步穿越万里迢迢的极地雪原。其无视千难万险，执着返回故乡的信念，感动了途中居于山林中的鄂温克人。他们用自己的驯鹿拉爬犁，把这个心中充满爱的人，送上了艰难的回乡之路，伴着驯鹿爬犁的疾驰，伴着大雪野的苍凉，伴着主人公脸上的喜悦……我被这史诗般的故事感动了，我想：故乡对一个人而言，就意味着他的生命和他的全部。不论何时，故乡给予人类的酸甜苦辣，都蓄满诗的意韵，值得回味。

我的童年是与爬犁为伍的。每年9月底，头场雪飘飘落下，山野白茫茫，甘河仍歌吟的时候，拉着爬犁，登上平缓的山坡儿，望着炊烟袅袅的小镇，我们这些男孩子心里，只有溜爬犁这件热血沸腾的事了。我们用狗皮帽子，捂住大半张脸，系紧裤带，用麻绳扎上棉裤角，一切准备妥当后，大家齐声喊着"冲，冲啊——"，便推着爬犁在陡坡上狂奔，然后身体顺势趴在爬犁上，爬犁像蹦跳狂跑的鹿，在雪坡上起伏驰骋。我听到耳边的风呼呼作响，眼前的树影向后飞跑着，雪地像冒着热气的天空，银光刺眼。载着我们的爬犁，像翱翔的飞机快速、轻盈，只一两分钟就把大山、大树甩得老远。这滑行少则三五百米，多则一二里地，感觉爬犁就是自己的翅膀，飞越大山，飞越大森林，降落到小镇里。爬犁还未停稳，山野雪地上，飞来孩子们的串串笑声……

爬犁，是北方人，特别是呼伦贝尔人、大兴安岭人，对雪橇的俗称。在我的故乡，它就是一种用人牵引，滑行于雪上的运输工具。爬犁的主材料是桦木、柞木、榆木，这三种木材风干后，质地特点明显：柔韧，不脆裂，不劈折；坚硬，与山路上的石头碰撞，不掉木屑；光滑，打磨圆润的胎底木，遇冰雪如抹油，稍给力即滑行；抗磨，胎底木在山里拖磨一冬，磨不去半厘米。常用的爬犁，有小型无桩爬犁，是山里人常用的，两条胎底桦木，厚八九厘米，长约一米，前宽后窄，头部削锯成鱼嘴状弧形，在前部钻个眼儿，用于穿绳子拉爬犁；用两条厚木方子，在间距六十厘米的胎底木前后，做好卡口槽，再把木方子下到槽里钉实钉牢，爬犁就做成了。还有一种马拉巨型爬犁，它加了矮桩和长辕子，专用于冰道上拉原材的。再有一种高桩马拉载人爬犁，其两条胎底木前部，用火烤软弯折成弓弧形，便于在深雪的山地、草原间行驶。

拉爬犁，是大人的活儿。上山拉桦子，上贮木场拉树皮，下河滩拉饮水，去粮店拉粮食……拉爬犁是大岭人的生活支撑，只要山里人的爬犁滑动着，生活就夜以继日地进行着。特殊的1967年，是愁绪满天的年份。那个冬天里，大岭人的笑脸不见了，男人们木然，女人们惊恐，老人们少了慈祥，孩子们少了欢乐。贮木场里的"龙吊架"停摆，木材乱糟糟地堆成山，裁木材的电锯、油锯不再嗡嗡转了，平日上山下山的小火车也不冒烟了，趴在铁轨上睡大觉……我们稍大的男孩子感到奇怪，感到寂寞。

一天上午，我们正无聊难耐，突然被此起彼伏的口号声引到了三八商店前的大街上。这里人声鼎沸、熙熙攘攘，原来是林业工人在大游行，手拿搬钩、木棍、标语牌的队伍，分两派，一派是"红色工人联合造反司令部"阵营，称"红色"，另一派是"革命工人造反司令部"阵营，称"革造"，他们曾经是一家人，同属林管局的职工，但因为伟大领袖"炮打资产阶级司令部"大字报的发表，两派人紧跟"革命"步伐，表明积极态度，上街游行、示威，形成了意外的对峙态势……而此时，我父亲正和工人代表在北京请愿，请求国家出面，制止大兴安岭林区一触即发的大武斗，恢复生产。国家迟迟没有回应。

父亲回不来，我家的烧柴断顿了。没柴烧，不能做饭，更不能取暖。树上挂冰碴，窗上挂冰花的日子，谁也挨不过去。于是，母亲戴上狗皮帽子、手闷子，领着八岁的我，拉起父亲那架结实的桦木爬犁，上山砍柴。那天，风嗷嗷叫，地下的雪被刮得满天飞舞，和我们的呼气相融，总觉眼前有层白雾晃动。母亲在雪地上忙碌着，先把"倒木"截成四段，再用"标杠"别绳子的方式，把圆木捆于爬犁上……我站在雪地里，静观母亲干活，想不到自己脚下的棉乌拉冻挺了，脚趾冻得比猫咬还疼，接着脚面麻木，脚心很快没了知觉，脚掌像石头般僵硬，似乎这脚已不是我的。我荡起双脚，拼命踢身边的老柞树。运动生热量，脚渐渐缓热，这转换过程，像把冷冻的肉放于锅里煮熟似的，难受程度比刀切手指钻心，我忍不住哭着对母亲喊："妈妈，我的脚快冻掉了。"

母亲说："快来，跟我一起拉爬犁，快，拉爬犁！"

我在没膝的大雪中，拼命拉爬犁，滑倒再起，像头力气极足的小牤牛，一味地咬牙往前拉，上坡紧蹬腿，下坡快蹓腿，我成了爬犁的奴仆。它停我拉，我拉它就走，下坡时它快跑，我跟着快跑……狂拉了二三百米，我气喘吁吁，头上冒汗，身上不冷了，脚底慢慢变暖变热，剜心的疼痛减弱了。我们拉着爬犁，足足疾走了半小时，我的脚终于恢复了感觉。母亲说："你知道吗，爬犁救了你的脚。"

我在这里描写的爬犁，与我的人生并行，这是我必然要经过的历练时段，与当今那些以玩雪橇耗时间、寻刺激、追浪漫的人，不可同日而语。他们为逃避城市的喧嚣，为消耗身体堆积的脂肪，为排遣精神深处的抑郁，在"治疗"状态中，在猎奇的心态下，驱使爬犁为自己"找乐"，这其中即有困惑难解的无奈。

1972年的冬天，我们全家跟随父亲，从岭中转战到岭东的绰尔河畔。负责建高炉、炼铁水的工程师是我父亲。父亲肩负使命，神圣倍增，玩命工作，根本无暇顾及家里了。当时，我家七口人，匆忙住进了刚盖完、封顶不久的木屋里。新房建在河堤上，外墙还没来得及抹大泥，内墙也没挂"砂里子"，山谷刮来的寒风，把屋里弄得"透心凉"。12岁的我，领着8岁的弟弟晓达，承担起该父亲干的活儿，挖土拉沙子，挥锹和泥，学瓦匠，先把屋内墙挂上"砂里子"，屋里炉子、火墙的热量不外泄了，挡住了山上涌来的阴风。

这时，家里的烧柴告急了。那些日子，大雪片儿下个没完。开始，我俩学着别人，在山下拣干树枝，打成捆用爬犁拉回家。眼见我家炉子张着大嘴，火焰熊熊，三两口就把干枝子"嚼"完了，屋内温度却没升高多少，我着急了，绞尽脑汁，冥思苦想，生出个大胆的主意。第二天上午，我见雪仍不停，便操起弯把锯，拉着爬犁，领着弟弟晓达，滑过绰尔河亮亮的冰面，上东山打柴。

雪路被猎人、柴人踩实踩硬，弯弯曲曲，拐进大山深处。白雪挂在落叶松、白桦树、黑柞树的枝上，山谷寂静。

我让弟弟在山下捡树枝，自己蹚着没膝的雪，向山腰攀去。

这天，我被一种难得的激情点燃，全身燥热，想干件显现大男人气概的事——伐倒一棵大"站杆"（山里人对枯死不倒的大树之称呼）。不管桦、松、柞，回家劈成桦子，烧炕煮饭，总能顶半个月。我在丛林中，转圈子找，直到中午，终于找到一棵又粗又高，身子倾斜的柞树"站杆"。它外层黑皮脱落，上部有稀少的枝丫，下部光秃秃的树干，裸呈灰褐色，没糟腐，用手一拍，发出当当的实木声。它十多米高，像风化标本似的兀立着，威风不减，尊严尚存……我惊奇地发现：这棵粗干树，底部往上两米间，有条对开的"梆子"（山里人对树干自然生成的裂缝的俗称）树面！顺着根部往上长，像一对活灵活现的"嘴唇"，这圆润唇形部位，即被大岭人称为"梆子木"。这段树干裸露的内在"肌肉"，过频接受四季雕琢，过早经山风捶打，过多迎接阳光辐射，故而质地不同于平常的树干，大岭人说它"艮"，即韧性十足，不易折断的意思。在无数树种中，柞树的"梆子木"是此类木质中最重最硬的，抗压耐磨，五十年不腐。柞树的"梆子木"，是森林中的极品！做镐把、锹把，甚至做大斧子把，从不劈折断掉，尤其用它做爬犁的半圆双履（即胎底木），光滑如铁轨，硬度赛红木，可载重千斤。拉着它，穿行崎岖山路，三五年磨而不薄，七八年使而不坏。

那天，我被奇怪膨胀的情绪驱使着，有点忘乎所以，只想到被称赞的结果，却忽略了观察风向，忽略了判断树倒下的方向，主观地想，树一定会顺山倒的……不觉中，刮起了大风，摇晃着满山的树，而我眼前这棵粗壮的干柞，不抖不摇，一副"大人"

尊容。我的弯把锯，在树根上部半米的位置，即"梆子木"背面，顺着山坡的倾角下锯，随着"嚓嚓"的锯声，男孩子沉浸于无比的快乐中……不到半小时，预计再锯七八分钟，这棵干柞树就"顺山倒"了。我感到累了，就坐在树左侧的雪地上加力拉锯，距截断树体还差至少二寸厚的时候，听到大风"呜嗷"一声怪叫，意外发生了：干柞树在我截到五分之三深的锯口处突然断了，向我坐着的一侧倒下来。我猝不及防，忙闪过身子，而来不及收回的右腿，被重重倒下的大柞树压上了……

我仰躺于雪地上，顿觉天旋地转，右脚和整个腿疼得如剐骨般难耐，好像大山訇然崩倾。眼前金星四溅，瞬间昏厥过去。几秒钟后，我忍着潮水般的剧痛，挺腰坐起，咬着牙，想徒手抬起压在脚上的粗树干。倾尽全身力气，也没能把它抬起一条缝儿。我无奈，向山下大喊："晓达——快来——"弟弟答应着，向山上奔来。我大汗淋漓，疼得坐不住，再次躺在雪地上，好像远处的天空，近处的树枝，都飞转着扑下来。闭上眼睛的一刻，我猛然想起自己的左腿，遂侧转身体，双手深抠雪地，用左脚蹬住压在右脚的树干，用足劲儿，拼命一踹，粗树干移动了不足半尺，我终于在树干下抽出了右脚。

这时，弟弟晓达大喘着气，冲到我身边。看着我痛苦的模样，和挣扎出来的雪坑，全明白了，他扶起我，搂着我的腰，拖着哭腔说："哥啊——要是没这么厚的雪，你的脚就完了，让我看看……"弟弟背着我，踉踉跄跄地下山。弟弟拉着只坐着我的爬犁下山。听着爬犁的胎履木滑过雪地的吱吱声，我偷偷想，是老天有眼，没让大柞树倒在我的身上。惊魂未定的我又想，要是没有那处发艮的"梆子木"，没有它弹簧似的柔性作用，大风一刮，"咔"地倒下，我的右脚就不可能这么幸运了……

天暗下来，雪野、森林、山峦模糊了。弟弟晓达大喘着气，拉着载着我的爬犁，在起伏的山路上，足足奔走了四十多分钟，才回到小镇上我家大门前。此刻，我已不能从爬犁上下来了，脚疼得不敢着地。晓达呼来妈妈、姥姥把我抬进屋，我的伤脚肿胀硕大，连棉乌拉都脱不下来了。听到消息，父亲忙从炼铁工地赶回来，捧着我的像馒头一样、青紫色的伤脚，热泪盈眶……

这一天，我做了噩梦，一个自己从没想到过的噩梦。

多少年后，我再思这场意外遭遇，为之惊异，为之忏悔，为之慨叹。

我悟得，这场飞来的灾祸不可避免：一个天真莽撞的少年，没有山林经验，不会判断风速能改变树倒下的方向，更认识不到那面朝山下的"梆子木"会生出如此巨大的反弹作用……当时十二岁的男孩，似初生牛犊，敢操着锯，一口气把大树斩断，心里却丝毫不知天人合一，敬畏大山，苍天悟性，这类蕴含宇宙大美的道理。

我的人生与爬犁，不是玩的转换，而是有"拉"的劳作，含有辛苦的意蕴。循着爬犁的思绪，我联想到俄国大画家列宾的《伏尔加河上的纤夫》之意境，转而联想到我与爬犁的关系，即生活和劳动使然。

这是那个特定时代赋予我们北方人的朴素而深邃的生存诗意。

明　眸

美好的记忆像初吻，芬芳永驻心灵。

我读小学时，第一位女老师仅仅教我大半年，现在只记得她姓路。我们的路老师，有双明亮的大眼睛。

1968年深冬的一天，纷纷扬扬的鹅毛大雪轻轻地飘落着，远处的山峦隐映雪幕中，大兴安岭小镇甘河像个微型雪国。母亲领着我走过板杖子小巷，踩着软绵绵的雪路，到林业局小学报名入学。

在学校的砖房屋里，母亲指着一位年轻的阿姨，对我说："雷雷，这是路阿姨，以后见面先敬礼，要喊路老师。"对这位二十多岁苗条文静、漂亮又陌生的姑娘称老师，我心里慌然，拘谨得手足无措，脸上发热。

考试开始了，是数一百个数。真糟糕，在家我练习背一百个数，像喝凉水那么通畅，在这儿，在自己的第一位女老师面前，我却意外地"卡壳"。当背到"六十九"的时候，竟不知该"几十"了，我嘴里不断地重复着"六十九，六十九……"，后面的"七十"

好像一根针线缝住了我的嘴，我被憋得满头冒汗，像偷吃东西的猫儿，躲闪路老师的目光。

窗外的雪花热闹飘舞，屋里的空气冰冻一般，静得能听得到呼吸声。

"别急嘛，往前是五十，刚刚数过六十，用心想想，后面该是几十了呢。"路老师轻柔的声音，传进我的耳朵。

我怯怯地偷看她，立刻被这双奇异的大眼睛融化了，黑亮的眸子闪闪烁烁，像冬夜冰河上的月光，可以感受到里面激荡的热量，我的勇气立刻膨胀起来。

多年后，我努力挖掘自己深层的记忆，还是没想起路老师的名字。我肯定她不是小镇甘河的原居民，她皮肤细腻，每个与她擦肩而过的山里女人，都对她投来羡慕的眼神。她着装得体，同样蓝灰黑三色，配上红毛线围巾，伴着她极富弹性的步子，在校园里像流动的火团。她轻灵走过的地方，我们就会感到一种湿润的温暖悄然升华起来。

路老师的丈夫姓张，是我们的音乐老师，宽额头，大方脸，戴着金丝眼镜，拉起手风琴来，闭着眼睛，自我陶醉的神态很像漫画，滑稽、夸张，这副怪怪样子却很得妻子的欣赏。

记得夏日的傍晚，我们首次去路老师家，砖房小屋里，有书有画有琴，像艺术宫。我们几个男孩进屋，就见一脸桃花的路老师，微笑着招手示坐，原来张老师正埋头拉手风琴。我们悄悄坐下听琴。

琴声悠扬，音韵绕梁，音乐如春风轻拂我们的童心，似乎这里的空气都带着清香。

琴声一停，路老师黑亮的眼睛一眨，脱口问我们："张老师拉琴好听吗？"

没等我们回答，睁开眼睛的张老师却先说话了："你们想不想听路老师唱歌，我们合作一曲，给你们听听怎么样……"

来不及回答，我们一齐鼓掌，表示迫不及待地欢迎。

路老师不推辞，站在丈夫身边，手风琴声响起来，一首电影插曲《苦菜花》，像动听的流水声，立刻在小屋里回荡起来：

　　苦菜花儿开——

　　满山岗哟哎……

这歌声时而忧伤，时而高亢，时而欢快。路老师的表情，也随着歌曲的节奏，或喜或忧，或静或动，不断地变化，不断地丰富多彩。她的歌声轻重适度，和谐柔美，字正腔圆……

平生第一次在这种形式下感受歌曲演唱，男孩们各个眼里都盈着泪水，音乐征服了我们的心，歌声迷醉了我们的灵魂，我们情不自禁，泪染衣襟。

歌罢，路老师忙掏出手帕为我拭泪，像自语又像安慰地说："这孩子的感情很丰富，长大了学艺术吧……"

我极不好意思，忙抑制住失控的情绪。一抬头，看到老师家墙上那幅大鼻子女人的油画，那个叫蒙娜丽莎女人正冲我甜甜地笑着，好像嘴角还露出了一丝嘲讽。

我们这群孩子，是路老师家的欢乐天使，两天不去，三天早早去了。除了听张老师拉琴路老师唱歌，还常把人家的大书架翻得乱七八糟，路老师不生气，总用那双黑亮的大眼睛看着我们，神态慈善、安详、甜美，像墙上画里的大鼻子女人那么好看。

在同学中，路老师最喜欢我。那个时代毛线在大兴安岭上是最紧缺的东西，女人们都以自织毛衣为荣。爱美的女人，若穿上件红色、绿色或驼色的毛衣，在松板杖的小巷行走，那可是山里女人极奢侈的荣耀，既展示了美，又显示了家里的经济条件好。一天课后，我把母亲在三八商店买毛线的事说给路老师听，她微笑着听着，没说话，黑眼睛不停地闪动着。

第二天下午放学，天空乌云密布，路老师拿出一沓拾元的钞票塞给我说："雷雷，放学后去三八商店，为我买四斤驼色毛线。"我从没看见过这么多钱，心里怦怦直跳，不敢接钱。路老师望着我，眼里闪出的信任，不容我推辞。我接过钞票，转身向校外的三八商店跑去。

我是唯一排在阿姨和姐姐队列里的"男子汉"，卖毛线的阿姨见我递钱，情不自禁地惊喊道："哟，这么小，拿这么多钱！"我对售货员说："买四斤毛线！"售货员问："买什么色的？"我想了想回答："嗯……黄色……"

刚走到半路，豆大的雨点儿瓢泼而下，我脱下外衣包起毛线，向路老师家跑去。一进门，我就骄傲地高喊："我买来啦，买来啦！"

见我成了"落汤鸡"，路老师嗔怪地说："要淋感冒的！"她一边帮我脱下淋湿的衣服挂在火墙上，一边用毛巾为我擦湿漉漉的头发，又忙弄来一杯热腾腾的开水，让我慢饮取暖。

我急不可待地打开包毛线的衣服，还没缓过神来，就听路老师说："雷雷，你买错了啊，这不是驼色，这是土黄色啊！"

我定睛细看，天呐，我记错了色儿，买错了货！刚才的兴奋顿时冷却。

"我去换！"我一跳高，拉下火墙上的湿衣服，往背后一甩，只听"吧嗒"一声，"蒙娜丽莎"被我的衣服挂掉在地上，玻璃摔得粉碎！

路老师惊呆了，我愣住了。

路老师一步跨上去，弯下腰拾起画，脸色霎时变得蜡白。她双手微微抖动，像托着块大石头，极费劲地站着，身子摇晃着，似乎要摔倒的样子，黑亮的眼睛，聚焦在破碎的画上，脸上风云变幻，痛惜、自责、后悔……这千万种情绪齐涌心头的失态，让我这八岁的男孩，第一次有了心疼女人的感觉。

我看见路老师眼里盈满泪水，顷刻就会涌出飞溅的泪花……

我的心像那张破碎的画，纷乱不堪，刀割般难受，情不自禁地流出眼泪。

站在那里的路老师，用手帕擦擦红红的眼睛，俊俏的脸上恢复了平静。她把画框放在桌子上，走到我身边，用手帕轻擦我脸颊上的泪水，语调平静地对我说："别哭，你没错，是老师的情绪失控了，这幅画是我父亲在世时留给我的纪念，它掉在地上，让我好像有种失重的感觉……"这时，天上的阴云散了，太阳光透过玻璃窗射进来。

我看见路老师黑亮的眼睛，同窗口的阳光交相辉映，多了一层玫瑰色的柔光。我似乎感到全身都浸泡在温暖中。

时间湍急,四十多年飞逝而过。我不知道路老师现在在哪里,如果她健在的话,应该是七十多岁的人了。远在千里外大都市的我,常常想起她。我想象着,她一定还在我遥远的故乡大兴安岭上,还在甘河流过的土地上……

克鲁伦河静静歌

　　这条曲曲折折，或远或近，舒缓东流的克鲁伦河，一直陪伴我们西行。

　　6 月 28 日晚上，夜色正浓，我们的汽车横穿蒙古国的东方省灯火零星的省会乔巴山市，继续往西行驶。旷野漆黑，声息皆无，我们汽车的大灯，像两束萤火虫的光，在幽深草原中飘来探去，显得渺小微弱。我们在草原自然路上晃来晃去，颠簸两个多小时，时近子夜。汽车从一个高坡下来，眼前突兀地亮起一串灯光，我们到了今天的目的地——左斯楞·恩和夏营地。这里十来个蒙古包已被游人住满，还有几个欧洲客人。我们也要住蒙古包，南方朋友中有女性，她们要单独房间。但这里是牧区，不可能满足这个要求。我们的晚宴，伴着蒙古艺术家的长调，伴着激情的迎客酒，直持续到深夜两点多。

　　早晨六点半，我才醒来，忙拿起相机出了蒙古包。这时武汉作家董宏猷先生早已在拍熬奶茶的蒙古妇女了，稍后我们同去百米外的克鲁伦河边，拍这条被中蒙两国的蒙古族人共同称为母亲河的草原河流。

蒙古语"克鲁伦",译为汉语为有光泽的意思,延伸意亦可汉译为"发扬光大的河"。它发源于蒙古国的肯特山脉东麓,河长1264公里,流域面积7153平方公里,在我国呼伦贝尔境内206公里,一路向东流,最后注入呼伦湖。

古代史书对克鲁伦河有不同的称谓,《后汉书》称它为"庐朐河",《辽史》称它"胪朐河",《金史》称它"龙驹河",《蒙古秘史》写它为"客鲁涟河",《元史》写作"怯绿边河",《长春真人西游记》称之为"陆局河"。而真正称它"克鲁伦河",已是清代的事了,有康熙帝的边塞诗《克鲁伦河上流雨后草生》为证:"晚从岸曲驻前旌,雨歇行营草怒生。一望青青河上色,平芜共听马嘶声。"把河畔的水丰草美,写得如油画般美丽,令人遐思。总之,对这条河的记载,历史悠久,它不仅培育了马背民族——蒙古族,是蒙古民族振兴与崛起的摇篮,更是元太祖成吉思汗的龙兴地、蒙难地、施爱地和葬身地。

眼前的克鲁伦河,同大英雄成吉思汗的命运转折息息相关。

少年铁木真的父亲也速该,在为儿子定亲的归途中被塔塔尔人毒死。一年后,其父亲的堂兄弟泰亦赤兀惕氏族人,为争夺首领权,先是将孤儿寡母排除本族之外,后又擒获了年仅十岁的铁木真,准备对他斩草除根。铁木真击伤看守逃跑,躲在斡难河水中的草丛里,险些被再次前来搜捕的泰亦赤兀惕人发现。慈善的锁儿罕失剌,一家冒着生命危险,把铁木真藏匿于羊毛堆中,使其再次躲过搜捕。最后锁儿罕失剌送铁木真马匹、弓箭,使他飞马逃离罗网之地,来到克鲁伦河的支流桑沽儿河畔,与母亲、弟弟们会合。而后铁木真一家将扎营地选在了克鲁伦河的不儿吉岸上。这次化险为夷，铁木真不但保全了性命，也激发了抗争精神，让他竖立了重整旗鼓、重振蒙古黄金家族雄风的大志。自此，幽静的克鲁伦河两岸的广袤草原上，鼓号齐鸣，铁骑铮铮，一个多年少见的英雄诞生了。

法国著名历史学家雷纳·格鲁塞，在其著名的《蒙古帝国史》一书里写到，1170年，年仅九岁的铁木真，在父亲也速该的引领下，"沿着客鲁涟河边，前往德薛禅家里"寻亲，发现了弘吉剌惕部落首领十岁的女儿孛儿帖异常美丽。在这个金秋时节，双方父亲为两个花季少年订了婚。这在蒙古族的历史上，可是一件不可小看的大事情。过了漫长的八年，即在1178年，由少年变成青年的铁木真，已经十七岁，孛儿帖已经长成了如花似玉的十八岁大姑娘。这年父母为他们举行了庄严的婚礼。婚后，岳父德薛禅为让新婚的女儿、女婿过好幸福的蜜月，特意在克鲁伦河上游河畔一个名字叫曲雕阿兰的地方，为这对新人建造了一个大"斡耳朵"（即宫帐）。后来的史料证明，这里是成吉思汗和孛儿帖坚守一生的爱巢。

随着后来蒙古帝国的创立及权力不断地扩大，铁木真也为后来的妃子们在不同的地方陆续建立了其他几个斡耳朵，即史称"四大斡耳朵"。尽管后来三个"斡耳朵"里的女主人，各个年轻貌美，智慧超群，给了成吉思汗无数的灵感，但他唯独对克鲁伦河的大斡耳朵情有独钟。经历了无数的战乱和破坏，这座克鲁伦河河畔的大"斡耳朵"，从未在成吉思汗的视野中消失过。相反这段难忘的岁月，给年轻的铁木真以至纯至上的爱情，为其日后成就大业，奠定了极好的情感基础。

世上的大英雄没有一个不是多灾多难的，青年铁木真也不能例外。蒙受了少年丧父，被同族人追杀的劫难之后，他的岳父岳母德薛禅、搠坛把他们贤良的女儿孛儿帖作为新嫁娘，不远数百里，一直送到克鲁伦河下游——桑沽儿河和古连勒古山附近铁木真家所在地，当两家老少都为这对新人的喜事而百般高兴的时候，另一个影响成吉思汗一生的灾难，正在向这对年轻人黑云般地压来。

晨光初露的早晨，久结仇怨的篾儿乞惕人的铁骑，袭击了克鲁伦河岸上乞颜部族营寨，新婚不久的孛儿帖被掠抢而走。铁木真为夺回妻子，请求两代"安达"相助，先将岳母陪嫁之礼黑貂皮袄送父亲的"安达"王罕，又按王汗之旨意，求助自己早年的"安答"扎木合，三方联合，动用了四万兵马，突然夜袭了篾儿乞惕人的营地，并大败之，终于在 8 个月后，夺回了爱妻孛儿帖。这场战争的胜利，显示了成吉思汗的外交、组织能力，军事实力，赢得了民众们的信任。但却意外地引起了自己的"安达"扎木合的猜忌，在一次行进途中，扎木合说："若依山而营之，则于牧马者有益也。若临河而营之，则于牧羊者大有益也。"铁木真及其家人听出朋友的弦外之音，在自喻为马，视友为羊了，他们感到其中暗藏的危机。敏感的乞颜部年轻首领，趁着夜色领着自己的队伍，离开扎木合的营地，再次来到克鲁伦河畔，建立了自己的根据地，建立了决战的营垒，拉开了统一蒙古高原的大幕。这"合久必分，分久必合"的历史告诉后世人们，朋友最可能转化为自己的对立面，走向极端就是与自己为敌了。

克鲁伦河，在弯曲、幽静中述说……

克鲁伦河畔的大斡耳朵，一直是蒙古帝国的政治中心。尽管蒙古帝国的政治中心先后迁移到哈拉和林、上都、大都，但大斡耳朵始终保持着独特的影响力。后来的窝阔台，就是在大斡耳朵即位的，再后来的蒙哥汗及元泰定帝，也是在大斡耳朵即位的。我国学者陈得芝先生认为，曲雕阿兰应该在"克鲁伦河与僧库尔河汇流点之西、两河下洲之间的广阔地区，其地点应在巴颜乌兰之南"。据陈先生的著作介绍，20世纪60年代蒙古和德国的历史学者，在这里找到了大斡耳朵的遗址。由此可以理解，元太祖的大斡耳朵对蒙古帝国的兴衰、起承转合，具有极大的象征意义。

波斯大史学家拉施特在《史集》记载，1227年，蒙古大军对西夏久攻不下，成吉思汗意识到自己大限将至，一天在不儿罕山、斡难河、克鲁伦河和图拉河的河源地带狩猎，"成吉思汗休息于一棵孤立的大树之下，默思一时，宣称将来欲葬此地"。8月18日成吉思汗在甘肃逝世后，蒙古人封锁大汗死讯，车载尸体数千公里，直抵克鲁伦河河畔的大斡耳朵，才将大汗归天的消息在全国公开。在蒙古各地的诸汗们，要赶到此地吊丧，尚需三个月的车马路程。可以想象，各路汗部的铁骑长龙阵，急速驰骋草原的场面，该是何等壮观！而他们的浩大声势，与静幽幽的克鲁伦河相比，该是何等巨大的反差！

现在，我眼前的光闪闪的牧人之河，好像正向我述说着八百年前那个改变人类走向的，被后人称为"一代天骄"的蒙古大汗离去时的悲泣，和那个黄金时代的辉煌。

忧郁草原的老二胡

深秋，我居住的东北中部的大都市——长春，街路两旁苍老的白杨树上，还残留着零星的秋叶，伴着秋风飘飘洒洒，幽幽怨怨，似乎在留恋着刚刚离去的炎夏。

这些日子，我的脑海里，总闪现着故乡呼伦贝尔草原的一个人，他就是我的中学老师李家逊先生，不知何原因，他的影子先在我梦中闪现，后来又在我的眼前晃动了多日。关于他的记忆，总是与昔日一把破旧的老二胡连在一起。

二十世纪七十年代初，我家从大兴安岭林业系统搬到草原煤矿大雁。那时，作为老煤矿扎赉诺尔接续区的大雁矿区正在初建，员工多数来自老矿区，李老师就是从扎矿转来的老师。到煤矿那年，是我小学毕业的最后一年。班上几个淘气的男孩，欺负我这外来的孩子。一次，我刚在厕所蹲下，那个叫毛生的坏小子，就揪掉我头上的狗皮帽子，嘻嘻笑着，跑了。几个小子把我的帽子当篮球，在头上传来传去。见我扑来扑去，一副狼狈不堪的受难样，他们竟然开心地哄笑着。寒冬腊月，我的耳朵差点被冻下来。盛怒之下，我当胸给了毛生两拳头，揍得他直发愣。就这样，我在校内外出了名，好像我这山里来的男孩，比煤矿的小子们更野蛮。自此，没人敢再挑衅我，有的同学也对我敬而远之了。女班主任在我升中学的鉴定上，写下"注意团结，严格要求自己"一类话。升中学不久，负面效应即反映出来了，从中学班主任老师李加逊开始。

入学分班后，首次语文考试是造句儿。李老师壮实有加，中等身材，油亮、厚蓬蓬的黑发顺左掠后地梳理着，整齐而有风度。他突出的厚嘴唇上，留有短髭，在当时显得极为滑稽（我们背后喊他小日本八字胡），他咧嘴一笑，露出两颗金牙儿。俯身审视我的卷子，声音挺高地说："咦——想不到你这个刺儿小子，句子造得不错啊！"全班同学都听见了。他话里虽有赞扬的意思，但对我这个刚升中学的男孩儿（最要面子的时候）来说无疑是一种轻蔑和伤害。我对他有了愤愤然的感觉。

开学不久，我发现了李老师的魅力，他的毛笔字、钢笔行楷字训练有素，流畅漂亮。他还找来几个女生剪纸、剪花、剪字，在我们教室墙上贴了多幅名言和字画，把方方正正的教室，布置得别具风格，让我们进入了颇具艺术"氛围"的空间。在那个突出政治的年代，最缺少课外图书，李老师颇有创意地在讲台靠窗一侧，创建了个"学雷锋图书角"。其实就是在那里摆一张桌子，用彩纸在墙上稍加装饰，形成个彩色"角"的空间。同学们各自从家里拿些图书，多半是旧的、极没意思的那种。李老师带头捐了两元钱，孩子们纷纷响应，捐款购了些新书。一周后，图书角开张了。那天，同学们如过年般高兴，拥到那摞新旧不齐的书籍前，说着，笑着，翻阅着，眼睛闪闪发光，这似乎是世界上最高兴的事了。李老师在旁边看着，乐不可支，眼里洋溢着掩盖不住的喜悦、自得。

在那个精神生活极端贫瘠的年代，同学们围绕这个图书角，发生了一些或喜或忧的事。无非是谁能先抢到本好书，三四个孩子常常为一本被同时抓在手里的书而争执起来，把脆弱的童心，伤害得非同寻常。于是，李老师制定了借书规定：一、借阅图书必须在下课和上自习的时间内进行；二、每个同学一次只能借一本图书，上课和放学时返还图书角；三、不得以未看完为借口，延长还书时间和私藏图书。

图书管理员是留长辫子的长相白净漂亮的细高个儿朱艳。"开角"不到一周，我们发现她管书偏心眼儿。几个男同学发现了同一个秘密，她总把极好看的《闪闪的红星》先占在手里。若是她看，我们是不会怪罪的，但让人生气的是，她总是笑眯眯地把那本书递给被男生戏称"小美人"的张富。女里女气的张富，是班级的文娱委员，他从不和男同学玩儿，一到女孩堆中就来神儿，眉开眼笑。谁都知道，他俩是老师的大红人，一般情况下，我们不敢和他俩叫板，只好忍气吞声。又过了两三天，大家还是没有机会抓到这本书看，于是愤怒了，催促我提前下手，先入为主。那天，未到借书时间，上课铃一响，我借上讲台擦黑板之机，顺势将这本书塞入腋下，别人没发现。回到座位，趁老师不注意，在桌下过瘾地啃起来，忘了时间……

第二堂课是阅读时间，还没等同学拥到图书角处，朱艳便大惊小怪地喊："谁偷走《闪闪的红星》啦？"

这个"偷"字，可不得了，我要承认书在我手里，就等于承认自己是"三只手"了，我的脑袋"嗡"地炸了！教室里静得连大家的喘气声都听得到。我懵了，屏住呼吸，茫然不知所措地静观事态的变化。

朱艳一脸慌然，急忙向刚进教室的李老师报告："老师，《闪闪的红星》被人偷啦！"

同学们的目光，"唰"地集中到李老师脸上。他先吃惊，后愕然，脸上的表情，像大雨前的天空，乱云飞渡。我似乎面对雷公，随时有被劈的危险，亦恰似待公审的"罪人"。出乎意料，他的话异常平静："我们班不能有这样的人！一定是哪位同学忘在书桌里了。"那毛丫头还想说什么，老师向她摆摆手，说："这件事由我来处理。现在上课，今天要讲的是，毛主席诗词《蝶恋花·答李淑一》……"

其时，我的表情早已被李老师看明了。在大家默读课文时，他把一张纸条儿塞在了我的书下。放学后，到他办公室，我极不好意思地把书递给了他，他笑了。

第二天，《闪闪的红星》悄悄回到了图书角。

这件事让我感到李老师不同常人的内心。

我和同学去李老师家玩儿，李家简朴而干净，靠南窗是张简易木方桌，是备课桌，又是四口之家的饭桌。那时，他的一双女儿，刚好一个三岁，一个刚满周岁，眼睛闪亮，活泼可爱，皮肤黝黑，很像她们的妈妈——教数学的张老师。张老师相貌黑瘦，梳着两条又长又细的大辫子，戴着一副黑框眼镜，性格平静，少见笑容，性格中极少有丈夫的激情和浪漫。李老师家有两件摆设引起了我的注意。一是挂在卧室门楣上的，李老师自画的玻璃风景画——喜报人间：蓝天下，一只喜鹊，站在怒放的干枝梅上，兴奋地鸣唱着，意境令人回味。二是一把挂于门侧墙上的棕红色旧二胡，琴杆上面的"马蹄"头儿摔断了，白马鬃琴弓子，紧紧搂着琴杆，像一对相拥着的夫妻。它静静地挂在那里，饱含着一腔深情似的。

一次，李老师和我们谈到诗词《蝶恋花·答李淑一》，他说："毛主席的这首词，写得丰富而人性，别看他是一代伟人，可他思念爱人杨开慧的感情，却是普通人的，是从心里流出的，细腻而炽热……"说到这里，他取下二胡，坐在炕沿儿上，自拉自唱起来：

　　我失骄杨君失柳，

　　杨柳轻飏直上重霄九……

他真情投入，表情随着歌曲的起伏不断变化着，时而忧郁，时而沉痛，时而深情。琴声和他的歌声在小屋里回荡，动听极啦。我们傻傻地听着，被他的琴和歌陶醉，感觉好像不在小屋里，而像是回到了那个风云激荡的时代。连窗外草原上空的白云，都回荡着深深的留恋，草原的地平线辽阔、悠远……我们被李老师感动得差点掉眼泪。

从这以后，我爱上了李老师的这把旧二胡。每次去他家，我都嚷嚷着："老师，教我拉一段！"他不推迟，取下二胡，教我拉那首《草原上升起不落的太阳》。跟着悠扬的琴声，我们好像走出了他家的小屋，走在辽阔的草原上，我们的心像天空般澄净朗润。而在一旁默默看着我们的张老师，脸上一片漠然。

那时，我还是个半生不熟的大男孩。为了能快点学会拉二胡，跑老师家的次数多了起来。去得多了，我发现这对夫妇冲突超常，吵架的频率颇高。有时，我们进屋了，碍于面子，两个人都闭嘴，脸上表情僵硬，极不自然。

一个傍晚，我去老师家，被眼前的情景惊呆了：屋里弥漫着酒味儿，饭桌上一片狼藉，饭菜洒落一地，那把棕红色二胡被扔在炕梢，像受伤被丢弃的孩子。李老师酒红的脸上，写满尴尬，端着双手，欲向我做解释。而苦着脸的张老师，抢先说："你老师嫌弃我了，说唱歌的马玉涛好。人家要给他唱歌，他给人家当马骑都行！这不，回家就喝酒，喝酒就说我不会生活，说我做的饭脏，可他，喝酒还吃我做的菜，还拉着胡琴故意气我……"

李老师喊："我拉二胡怎么啦？我的家，我不能拉吗？"

两人刚才吵了架，还撕扯了一番，把两个小女儿，吓得躲到小屋里不敢出来。我的到来暂时冲散了这场战争。我拿起躺在炕上的二胡，发现它断了一根弦，变成了单弦二胡。

事后，我把看到的一切跟我们的班长亚安说了。他问我："你知道他俩是怎么走到一起的吗？李老师是孤儿，从小过继给李家的。张老师的爸爸是他的小学老师，看着他长大，觉得他有出息，把女儿嫁给了他，供他读了师范。他当上老师，生活好了，也变质了……他俩吵架由来已久，弄不好，得离婚。"听他这样说，我的头越发大，却不愿相信他的话。

我去李老师家少了，却对他们夫妇的拉锯"战争"十分忧虑，心里想：李老师是不是受资产阶级的影响太大了，过分浪漫主义，喝酒，唱歌，拉胡琴，好说刺激人的话。喜静的张老师被他弄得家无宁日，她怕女儿被不拘小节的父亲污染了，于是为了孩子们的成长，她决心同他抗争到底。生为山东人的李老师，是个大男子主义者，更是犟种，若让他在老婆面前低头，就是把刀子压在脖子上，他也不会认错的。那么，这场两个人的战争何时能结束呢？我和同学们都在为他们忧虑着。

不久，我们听到消息，李老师和张老师真的要离婚了。这不是我们所希望的结果，我和班长等同学打算去老师家，我们想劝解他们，总觉得他们的感情基础好，又共度过艰难的日子，没有原则性失误，为了两个女儿的未来，他们该和好。这天，李老师不在家，张老师的脸色憔悴，精神沮丧，她对我们说："我和老李过不下去啦，他的品行坏透了，他还动手打我，你们看——"她撸开衣袖让我们看，她胳膊上果然青一块紫一块的，是李老师打了她。

这时候，坐在旁边的张老师的父亲——这个朴实的退休老教师说了话："他的确是变质了，资产阶级那一套已腐蚀了他，他连我这个老师的话都听不进去了。"鬓染秋霜的老人极为伤心，嘴唇抖动，看上去极为痛苦、伤感。面对此情，我们都说不出话来，心中对李老师有些愤然。走出李家，我们感到天上的阴云把心头压得难以跳动，看来呼伦贝尔草原的暴雨即将降临。原野灰蒙蒙的，甚至连牧放的牛羊，都感到了压抑，低着头，一动不动。

过了两个月，我们升入高中了，李老师不再教我们。1975年初秋的一天，我独自去看李老师。这次，李家出奇的静，室内萧然，家什散乱，这与李老师平日的好洁净极不相称。唯那把二胡还规矩地挂在墙上，像个遭冷落的孩子。

一见我，李老师灰暗的突变苍老的脸上闪出一丝亮色，嘴唇颤动着，不知说什么合适。他自信的眼睛变得晦然、茫然，含有一丝怯懦——我第一次见到这个男子汉的眼神变得如羔羊般温顺。面对满面沧桑的老师，我的心颤抖着，像带不动大车轮的小马达，几分钟都平静不下来。

我问他："张老师和小净（其女儿）她们呢？"

他嗫嚅着："她和我分居了……我们注定要走到这一步的。"

我说："没有原则问题，为何这样？"

他的声音突然大得震耳欲聋："有原则！性格不合，理解不同，就是原则。她总让我不忘过去的苦日子，谁受得了？我就不能有幻想？不能有理想？不能说马玉涛歌好听、人漂亮？人没有美好的想法，生活就是沙漠了……唉，说这些你不懂！"

我还想说点什么，可见他一脸漠然，我转身欲走。他说："你等等！"他摘下墙上的二胡递给我，说，"你喜欢，送给你吧，坚持练，就能成功，只是你得再买一根内弦儿换上……"我接过二胡，心里一阵酸楚，险些落泪。

当年底，李老师离婚了。两个女儿，李、张各带一个，不久张老师带着小女儿回山东老家了。李老师也调到另一所学校教学了。他和五岁的大女儿过起孤苦的日子。他的离婚产生了负面影响，他的学生们也因此极少来看他。后来只听说，他喝酒越来越甚了,渐大的女儿小净常劝止他,父女俩为此没少争吵。

李老师送给我的这把二胡,我倍加珍爱,也花了不少工夫练习,最好时,能拉独奏曲《赛马》,赢得朋友的齐声喝彩!可是,每次高兴过后,我即刻又会陷入极度的悲伤中。李老师一家的往事,总会涌上我的心头。久而久之,这竟然成了一种撕心裂肺的折磨,故而我开始对它减热了,后来更极少拉它,它被冷落了。这把挂在墙上的二胡,好像失去了知音,成了一个无人问津的孤独歌者。

直到1987年夏天,我刚满周岁的女儿蹒跚着刚好抓住这把挂满尘土的老二胡,用稚嫩的小手拉出"嘎"的一声响,把她自己吓得愣愣的。过一会儿,她别着琴弓再拉,又是刺耳的怪声。她全身一缩,只听"啪"的一声,内弦又断了。这个好奇的小家伙,还没有就此罢手,直到拧下一个琴轴,敲在胡琴的蛇皮音箱上,发出"咚"的一声响。小女乐了,也惊来在厨房忙碌的妻子。这娘俩一拍即合,于是,这把老二胡变成了小女的玩具——小鼓。从此,常有"咚咚"的鼓声从我家传出,给母女俩带来了欢乐。后来几年,女儿长大了,我们也搬家了,那把散了架的"胡鼓",也不知哪里去了。

1990年,我们举家离开草原煤城小镇,迁居长春,从此同李老师没了联系。直到2000年,我们一家回呼伦贝尔草原的大雁镇过春节,才听同学说李老师一直未成家,和结婚的女儿住一起,他得脑血栓多年。那天,我带上礼物,和同学顶着春雪去看望李老师,卧床的他,顽强地撑起羸弱的身子,一点一点地挪到我身边。女儿问他:"知道是谁来看你吗?"他的眼睛闪出一缕亮光，嘴里含混不清地说："知道——陈晓雷——淘小子……"这话让我感到温暖，我们相视笑了。小净对我们说："天天向我要你们那时的照片儿看，不给就生气。"

临告别，李老师踉踉跄跄地站起来，要送我们。看着他苍老的脸，我不愿松开他的手，心想："不知道还能不能再见到他。"

2001 年 7 月，我在自己的第一本书里，写到了李老师，写到了他对我热爱写作的影响。这本书出版后，我即刻给家乡的同学打电话，请他代我打听李老师家的电话号码。半个月无回音，又过十天，家乡来人了。我在新书的扉页上写上"不敢忘师"四个字，请来人把书给李老师捎去。一个星期后，那个同学来电话了，他叹了口气说："不巧，李老师刚刚在二十天前去逝，这本书他没看到！"

这遗憾，让我心中产生了情殇之痛，久久不散……

不知何因，这些天，我时不时地想起已长眠呼伦贝尔的李家逊老师，而每次回忆，总是从那把断了一根弦的老二胡开始……我的耳畔，总回响着那把胡琴绵长的旋律，眼前闪现的是故乡草原的地平线。

生命的河流

一

　　我的外祖母九十八岁辞世，那是 1993 年的初春。

　　我爱外祖母，是因为她比我的妈妈更让我值得去爱。20 世纪 50 年代末，我刚在大兴安岭上出生，姥姥就从辽西老家来到林区的小城甘河。我的婴儿时代是姥姥伴着度过的，我的少年时代是姥姥伴着度过的，我的青年时代也是姥姥伴着度过大半儿的。

　　其实，姥姥是我母亲的母亲，更是我不是母亲的母亲，她的以外祖母代替母亲的爱，让我从小就产生了对世间女人的深爱。是她让我对人世的爱有了最初的理解，最深的认识，最早滋润于心间。姥姥是一个男孩儿幼小心灵爱的种植者，爱的发掘者，爱的培育者，爱的延续者。姥姥来我家的时候，父亲正在大兴安岭的大山深处铺筑运载木材的"小森铁"，母亲在林业单位的电话总机做接线员，常常上夜班。故大兴安岭春的花，夏的绿，秋的金，冬的银，其四季的景致，只有姥姥抱着我在我家窗子前跟着山林的颜色变换度过。那样的日子无忧无虑，那样的日子像洁净的水被我饮而入口，变成了血液融入我的肉体，化作我的精神延续到了今天，甚至明天和永远……

那时的姥姥可是个漂亮的女人，身条纤细，黑眸子闪亮，瓜子脸清秀，高绾的髻子如墨玉盘在头上，油光光的。姥姥踮着小脚，颤巍巍地走路，看上去轻盈快捷，像二十几岁的少妇，其实她已是近五十岁的中年妇女了。在我的印象中，没有看到过姥姥闲坐的时候，她总是撂下勺子就是笸子，洗完我的尿布就给我做苞米面糊糊粥。最忙的时候是冬日晚上我妈妈下班前，她把我放在炕上，转身下厨房，听我哇哇大哭，又心疼地折回来把我抱起来塞进斜对襟棉袄里。她经常一手抱着我，一手做饭，不管外面的天气怎样，她都能做好一桌热腾腾的饭菜等待着下班的女儿女婿来吃。在等待我的母亲归来的那一刻，姥姥抱着我站在窗前。外面是纷纷扬扬、热热闹闹的大雪片儿，它们像饥饿的人群急匆匆从天边赶来奔赴一场盛宴，它们像寂寞的仙女飘飘然从天庭赶来参加一场联欢义演，它们像一群穿越严冬练就生命的大雁，它们更像一群东北男孩子疯狂尽兴地打雪仗，群山和森林都被淹没在一片白茫茫的雪雾之中。小城飘雪的日子是悄无声息的，同时它又是最喧闹的，最欢乐的，最充满深情的。

在姥姥望着窗外的那一刻，我注意到她的眼神散发着异样的神采，她的眼睛里像有两只萤火虫儿在飞翔，那种跳跃、奔跑的神韵，让我从童年就开始有了一种深深的陶醉，一种喝了蜂蜜的甘甜，一种喝了山泉水的舒畅。我不知那是为什么。

二

外祖母是辽宁朝阳市人，那里地处辽西，穷乡僻壤，山多地少，沟壑纵横，自古就是出红胡子的地方。民国时期著名惯匪杜立三就出生在辽西，因为有这个人，张作霖在东北称雄晚了两三年。后来是这位未来大帅的把兄弟张景惠替他灭了老杜，至此张家的气候才渐渐在东北抬头。新中国成立前夕的王老凿，蜗居一个山头院落，与八路军一个营的兵力对抗，死守一周才被拿下。这些名震一时的枭雄，都是"穷山恶水出刁民"的朝阳产物，当然这个史称"龙城"或者"西吐默特"的地方，是历史上辽金的大都市，现在立于城中东西两侧的两座辽金时代的古塔，证明了它的沧桑、老迈，那是一个时代的缩影。

姥姥的娘家在距城十余里的一个名字叫下河首的乡村，大凌河从村边静静流过。河岸上的魏姓人家中，就有姥姥的娘家。姥姥在魏家排行老三，上有一兄一姐，下有一个妹妹，姥姥的名字叫魏琴，也只有少数人知道。然而，姥姥当年的婚姻却惊动了朝阳的十里八村。她在四十岁前嫁过三个男人，我的三个姥爷都没有站住，他们或走或亡，净身而去，而"克夫"的恶名却让我姥姥一个人背着。直到他们留给姥姥的三个女儿长大成人，个个争气，姥姥才长出口气，有了做人的自尊。我的大姨桂英是姥姥和第一个丈夫生的，这个姥爷和姥姥在一起生活不到三年的光景，就背着年轻的妻子跟着支杆子（占山做胡子）的人上山去杀富济贫了，从此再没了音讯。姥姥成了寡妇，领着一个不满两岁的女儿过着清苦的日子。这样苦熬了五年后，姥姥才找了第二个丈夫，一年后生了二姨，三年后又生了我的妈妈。那年二姨刚四岁，我妈妈还在姥姥的怀里抱着，这位尚在壮年的姥爷突然病故，姥姥第二次成了寡妇。自此姥姥心如死灰。

　　三年后，村里人看姥姥领着三个女儿过日子苦不堪言，又为姥姥介绍了邻村七道泉子的一位走村串户的中年货郎。这位已丧妻多年，带着一个儿子独居的货郎，为人忠厚，心地善良。两个同样遭受生活磨难的中年人心中感谢老天再赐良缘。姥姥再嫁那天前整夜未眠，泪水湿了枕头，她最放心不下的是大女儿桂英。她想：这次嫁人实在不易，一进人家的门就带去四张嘴，这不是给男人出难题吗？再想三个女儿都是自己的骨肉，若为了自己再嫁而骨肉分离，这似乎像一把尖刀正在刺她的心啊！为了孩子们，她决定不再"走道"（嫁人）了。姥姥的姐姐替妹妹着想："桂英我养了。嫁人，你必须嫁人，没有男人的日子，不是人过的日子。"于是，那个黄沙拥着春风的早晨，朝霞中的姥姥流着泪，手领着我二姨桂芬，怀抱着我妈妈桂珍，一步三回头地离开老家下河首。面对陌生的七道泉子，姥姥的心里充满了惆怅。尽管两村相距十余里，而迈出这一步却意味着背井离乡，这个举动对二十世纪四十年代初中国北方农村年轻且守寡的女人来说，是需要极大勇气的。走出这一步，无疑是一种叛逆，一种抗争，一种不屈服命运的新女性姿态。而我的姥姥确确实实是既没有文化，又没出过山沟的农村妇女，但要生活下去和拥有爱情的渴望给了她极大的力量，她义无反顾地来了。渴求生存和爱情是改变命运的最富激情的动力。我们这位货郎姥爷头脑灵活，精打细算，白天肩挑货担，手持货郎鼓，奔波于城里乡下，一家人的日子像初春的原野生出了丝丝绿色。晚上回到家，货郎姥爷成了姥姥的靠山，两位曾失却家园的人，倍加珍爱这来之不易的温暖。他们的儿女们享受着家的滋润，更从心里为父母高兴。转眼大半年过去，要过大年了，大腊月的一天，屋外冷得哈气成霜，屋内的姥爷对姥姥平静地说："要过年了，让敦儿（他唯一的儿子）把桂英接回来吧，咱家的姑娘不能总在外人家啊！"一句话说得姥姥的眼泪像河水流个不停，一块压在她心上的石头终于化解了……第二天，敦儿舅舅赶着毛驴子把十二岁的大姨桂英接回家。姥姥拥抱着女儿久久不撒手。

这样的好日子持续了近两年，在一个秋天夜黑风高的晚上，货郎姥爷一病不起，三天后撒手人寰。在家人的悲泣声中，姥姥失去了生命中的最后一个男人，第三次成了寡妇。命运的打击让这位普通的农家妇女丧失了心理平衡，她眼前似乎都是不公平。姥姥渴望家庭，渴望爱情，渴望幸福的生活，然而她不愿意看到自己心爱的男人在眼前消逝，这种以生命代价获得的爱情对她的摧残太无情太残酷了。她眼中流着泪，心里流着血，从此关上了属于自己的爱情之门……爱到极致就是无言的拒绝。

三

旧时代的辽西，老人们常对不听话擅自跑出家门的孩子说：
"不听大人话，你出门就被'拍花的'（用蒙汗药迷惑小孩子的
人贩子）领走！"这样劝阻自己的孩子，表达了辽西的老人们
要求晚辈留守故土的一种责任。身在辽西的人们，面对重重叠
叠的山峦，坎坎坷坷的山路，世世代代就是这样走过来的。说
他们爱自己的家乡，还不如说他们是依附这片土地生存更为恰
当。"金窝好银窝好，不如自己的老窝好"，这是朝阳人千百年
来的价值观念，故而他们中极少有反叛者。

我的外祖母，即本文所写的我的姥姥，一个三次失去丈夫
的弱女子，却成了因爱而生恨，因恨而生离的抗争者。十五岁
的大女儿桂英嫁给农家子弟后，姥姥一夜间顿悟一个理儿，不
能让女儿再走自己的老路了，应为她们寻找一种新的生活。清
苦的日子不停地向前走着，娘仨儿日出而耕，日落而息，翻地、
下种、除草、收获、打砟子，年复一年地忙碌着，生活的劲头
犹如中天的太阳，热量辐射乡里四邻。秋日，姥姥坐在高粱待
收的地头，盘算着一年种粮的收获，怎么算计卖粮的那点钱也
不够三人生活用的。姥姥想起货郎丈夫做小买卖的事儿，心中
有了一个赚点小钱补贴女儿生活的主意。辽西的第一场雪刚刚
下过，黄灰色的山岭变成了老虎的皮毛色，姥姥把从城里买来
的各种生活小物品，针啊，线啊，梳子啊，顶针儿啊，小镜子啊，
统统打在布包裹里，还把一些东西用布包起来系在小女儿桂珍
的腰上，因她小跟妈妈出门做生意无须打车票。内蒙古境的赤峰、

平庄等地是娘俩经常光顾的地方，后来姥姥有个更大胆的举动，为那里的窑工带大烟去，消除沉重劳顿而疲惫的精神。姥姥曾把一块大烟糕轧成饼儿放在小女儿的鞋里带到窑上。这在当时是极大胆的举动，可见姥姥苦命人生也孕育着她果敢的魄力。

随着1949年这个时代的到来，随着欢天喜地的气氛，姥姥和两个女儿分得了地主家的一套房宅，母女三人沉郁灰色的生活开始有了属于自己的绿色。两个女儿桂芬和桂珍一天一天地长大，本村上门说媒的人极多，都被姥姥一一拒绝。她是从自己人生轨迹中感悟了"命运需要抗拒"的理儿，刻意不让女儿走自己相同的路。如果让她们执掌命运，首先得走出贫穷，走出辽西，唯一的办法就是嫁给走出朝阳的男人。桂芬见了在哈尔滨当狱警的张同志，姥姥毫不犹豫地让她跟着人家走了。三年后，小女儿桂珍出落成了如花似玉的大姑娘，她十七岁入党，还是村里最年轻漂亮的妇女队长。那时她正领着一群男女老少在西山梁子栽种苹果树，正是村里的热门人物。桂珍的说媒者踏平门槛儿，求爱者不计其数，姥姥咬着牙得罪了大半村乡亲，一个也没有点头。又过多日，说媒者提到的人引起了姥姥的格外注意：小伙子二十岁，一表人才。厉害的是后面的条件，他是邻村二其营子的大地主陈云路的二公子，在内蒙古大兴安岭上当森林铁路开发的监测员。为此，姥姥整夜未眠，那个年代看成分比生命看得更重，自己和女儿是苦水里泡出来的，自己是贫下中农，根红苗正，和这个有了点出息的地富子弟结亲会不会害了女儿呢？姥姥没了主见，遂问小女，回答："我正领大家栽苹果树呢，哪有时间想这事儿，听妈妈的！"姥姥辗转反侧，三天三夜没合眼，这大概是姥姥一生中最难做出的抉择，第四天姥姥眼圈发黑，瘦得几乎脱了相，但还是掷地有声地对女儿说："跟他走，我看这小伙子能出息！"

小女儿出嫁的那天，我姥姥看到女儿流泪，拍拍她的脸蛋儿说："是舍不得妈妈，还是高兴的？"女儿撒娇地说："怎舍得妈妈？"姥姥说："这么说你是舍不得那个苹果园啦？那么，就留下来栽树！一辈子守着妈妈……"后来，我母亲说："你姥姥让我离开朝阳心里是早有准备的，我登上火车的那一刻，也没见她流一滴泪，只记得那天的太阳亮得刺眼睛。"

两个女儿正像我姥姥期盼的那样，走出辽西，其命运奇迹般地走向了美好。决定两个女儿的婚姻大事，是姥姥一生中最大的亮点，也是姥姥抗争命运的一种借代和转换。

我母亲生我的当年，即1960年，姥姥离开曾给她青春毁灭性打击的故土，来到大兴安岭上，同女儿女婿、外孙外孙女一家在崇山峻岭上奔波了三十余载，不管是小镇甘河、山村沟口，还是铁矿梨子山、煤矿大雁，姥姥从中年黑发俊秀，到晚年银发沧桑，经历了最为充实的人生历程，生命就像一条曲曲弯弯的河流，终归要流向宽阔的大海……

女老师的婚事

一

她走了，很多学生去送她，火车快开了，她仍然站在车门口，向站台上的人们挥手。年轻的女乘务员问她："这些人是你的什么人？"她笑了，黑胖的脸上闪着光，用手从左向右挥了一下，意思是包括下面所有的人："都是我的学生。"这话饱含着深厚的自豪，然而下面的人却不以为然。"祝你们学习取得好的成绩！"她喊着，车开了，把她载向远方，她的身影很快消逝在人们的视野下。

建国那年，她刚八岁，父母相继去世，她成了孤儿。在军队当医生的叔叔，把她从农村带到了城市，后来部队从城里走了，叔叔把她送到一家孤儿院。她的身边虽然没有一个亲人，但有不少小朋友，她总算不寂寞地生活着，国家让她读完了小学，读完了中学。

她中学毕业，学习成绩很好，被分配到一所中学当语文老师。当时，她可算个有知识的人了。毕竟是在城里长大的姑娘，不自觉地染上了清高的情绪，反而把自己的朴实语言弄没了，无论同谁对话儿，她都把课本上的原话搬下来，回答每一个人。这是她强记的知识。

二

她是个有文化的人，很多年轻工人向她求婚，都被她拒绝了，她觉得他们和自己不相配。一晃几年过去了，到了"文化大革命"期间，她已经是二十八岁风华正茂的大姑娘了，她常为自己的婚姻大事苦恼：什么时候能碰上爱自己的人，并且是自己爱的人呢？尽管这样，她仍是个活跃的姑娘，打球，写字，吹箫，人们都说她是个才女，听一片赞扬的词儿，她常常偷偷地躲在一旁悄悄地笑。不过其中也包含着痛苦：那个人是谁呢？天赐良机，工宣队进驻学校了，其中有位年轻的工宣队员，好心人为她介绍，她同意了，他也同意了，他们结婚了。

好景不常在，"文化大革命"的风暴一扫而过。他们从西南云贵高原的山城来到了内蒙古高原一个名字叫大雁的矿山。不知道什么原因，她病了，到医院一检查，是子宫里长个瘤，手术后切除了卵巢，她失去了生育的能力。过去苗条的姑娘，在出院后几个月，就胖了起来，她失望了。她发现丈夫变了，他开始每天喝酒，那种殷勤劲儿不见了，工作劲头也没了，不干电工的活儿，整天下象棋。他的这套作风，她看不习惯，她说："你怎么能这样？""这样怎么了？"他眼睛一瞪，酒味儿扑面而来，

"这样的日子怎么过？嘿嘿，说不说你来了外心……"话还没说完，一巴掌儿抢过去，她的胖脸马上显出五个鲜红的手印儿，她哭了。这是他们第一次打仗，从此以后，他们常常打仗，总是以她的鼻青脸肿而告终。她流没了眼泪，不想再哭了，但她从来不还手，任他摆布。她常常像个僵尸，她觉得自己找错了人，如今自己又成了没用的人，还有什么理由反驳呢，忍着吧。

人没有精神寄托不行，人总在痛苦中过日子，就会失去生活的信心。为了弥补不能生育的遗憾，她向姨表兄家要来了一个刚出生不久的女孩，扬言是自己生的。自从有了孩子，她不再悲观了，不再生气了，反而来了工作的劲头。她在学校拼命地干，拼命地讲，想把过去的一切都忘掉。她想，不看他，也得看孩子啊。过去她花钱是很慎重的，现在她为了孩子，可以无所畏惧地抽出十元的大票，买来好吃的、好玩的。有时丈夫瞪着红红的醉眼问道："那些钱都哪去了？"她答："花了，给孩子花了。"她理直气壮。有时她感到刚刚被丈夫打过的火辣辣的脸，就是一种自豪、胜利，因为她为了孩子可以在这个时候去笑，虽然有时眼角上还挂着泪花儿。

三

一个深秋的夜晚，她说什么也睡不着了，她手摸了几次身边的床，是空的，听着窗外哗哗落着的秋雨，她直到天亮也没有睡着，丈夫也没有回来。

早晨，她上班，发现教研室的人们都在回避她，甚至远远地躲着她。她的心里本来就不平静，现在更乱了。到了中午，她实在忍不住了，就问跟自己关系很好的小赵老师："这一切都是为什么，这是咋的了？"小赵没说话，眼泪哗啦啦地落下来。她大声喊："这是为什么？"小赵说："你还不知道？你家姐夫被捕了，有人说他是个现行反革命！"她不再问话，眼睛似乎被钉子钉住了一样，直直地、死死地看着小赵，双手颤抖着，说："天啊，我的命咋这么苦啊……"接着，她慢慢倒了下去，休克了。

　　原来昨晚，她丈夫去一个矿工朋友家喝酒，几个朋友聚在一起闲谈国事。这个朋友刚刚从北京回来，向她丈夫说了些小道消息。朋友正说得起劲儿，她丈夫瞪圆红眼睛听得正来神儿……突然，朋友家的门被猛地撞开了，进来一些戴红袖标的民兵，领头的说："你们全部被捕了，你们在这里面造谣惑众，诬蔑中央首长！"正在听小道消息的汉子们，全部目瞪口呆了。过了一会儿，听到矿工朋友高声骂起来："小鸡（姬）子，真是个王八蛋儿，他借撒尿的道儿溜走，原来是跑到保卫处告我们的密了！……"几个男人全傻眼了，个个低下了头。那个被骂"小鸡子"的哥们儿，站在门口冷笑着，眼睛得意地看着几个傻蛋儿，好像在说："不用你们瞎咋呼，马上你们就升官了，去坐班房吧。"这个"小鸡子"，也是他们的酒肉朋友。前几天，此刻那个正骂他的人，说要把自己的小姨子嫁给他，他一高兴给这人送了好些礼。后来听说他的那个小姨子另找了个干部子弟，这主意就是她的这个姐夫给出的，所以今天"小鸡子"终于找到了报复机会，不杀了他们，他不足以出这口恶气。

四

矿区召开公审大会那天，她丈夫和另外几个人都被挂上了"现行反革命"的牌子，被判了 5 年的徒刑。她听完了宣判，无声地笑了，谁也不知她为何而笑。

几天后，她宣布和丈夫离婚。她不愿做反革命的妻子，她要同他划清界限，这才是有觉悟的知识分子。丈夫同意了，他们分手了，他去坐牢，她领着孩子躲到宿舍过起了寡居的日子。

丈夫去了不到一年，鬼使神差般地回来了，并且一来到她面前，第一句话就是："我们再结婚吧。"她当时没有回答。她的丈夫自由了，他的案子也算是假案，"四人帮"确实是坏人，他们倒了，他也站起来了。

她见到眼前丈夫，没有激动，没有扑过去，也没有哭出来，对身旁的女儿冷冷地喊："延延，他是你爸爸。"女孩儿愣愣地站在一旁，看着这个长着长胡子的陌生男人，撇着小嘴儿，吓得要哭的样子。她这时在一旁想着，自从和丈夫离婚后，人们常常说她做得对，敢于同"阶级敌人"划清界限，保持革命的独身主义，这也是积极上进的表现。人们常对她说，你幸福了，你少挨多少打啊。她真的幸福了吗？她没有感到，她只是觉得丈夫离开后，自己的生活显得清静了，虽然有时可以同孩子啊啊地说上几句话，但仍然解除不了自己心里的那种感情，那种难耐寂寞的感觉……孤独时，她又想起了丈夫，好像他又站在自己的身边，露出那种少有的笑。她真想站起来迎上去，投入他的怀抱，但她又闻到了那股刺鼻的酒味儿，似乎又看到他举起巴掌向自己抡过来，她害怕了，闭上眼睛，然而打闹和挨打都不存在了。她感到生活是多么的无奈，多么的单调，没有他的日子，生活是凄苦的，那还不如让他回到自己的身边，给他一个改过的机会，他们一定会过上令人满意的日子，也许他还是个有良心的人。

他们复婚了。

五

伴着巴掌似的生活节奏，她的生活又恢复原来的样子，丈夫的眼睛又常常醉红着出现在她的面前。每当此时，她总要闭上眼睛，好像睡着了一般。

孩子长大了，知道要钱了。两口子都不怜惜女儿，给女儿买她所要的一切。

熬过了漫长的苦日子，她也从中学到了职工大学当上了指导老师，因为工作人员少，那个瘦瘦的教导主任，指名让她代副主任，并让她主持开学典礼会。她很兴奋地接受了这一任务，并马上着手准备讲稿。

开学典礼会，伴着同学们噼噼啪啪的巴掌声开始了，同学翘首想看看是谁在主持典礼会，尚未看清她的面孔，首先就听到一个震耳的女声，像急急的大雨敲击着耳鼓："一轮红日当头照，全体员工齐声笑！下面由校长×××致辞……"大家看清了这声音是胖胖的她发出来的，她的"联接词儿"还没讲完，台下的同学们马上哄笑起来。瘦主任在一旁紧紧地皱着眉头，吧嗒儿下嘴巴，好像在品尝她的顺口溜儿的韵味儿。一位代表刚发完言，她的联接词儿又响了："巍巍兴安岭啊，滚滚伊敏河，山山紧相连啊，滴滴汇成河……下面由新生代表发言……"台下又是一阵哄笑。听着这唱歌般的豪言壮语，人们好像听到了"文化大革命"的号角，都把她当作笑料了，并未让她的话往心里去。同学们好像看到了"文革"给我们的女老师留下了不可改变的印迹。

六

她要为文科班上课，说文科的课程她都喜欢，因为念函授时她都学过了，所以她都能教。结果上古文课的第一天在讲《戊午上高宗封事》的时候就出了一个失误，她第一次红了脸。从此，她的辅导课少了，即使来上，学生们也是看自己的书，谁也不听她讲了。

命运总是和她开玩笑。她本来想以"代副主任"转个"副科级"，结果转提干部的名单里竟没有她。她心情沉郁，说自己病了，一休息就是几个星期。后来，她终于又来上班了，但说什么也不在教导处坐着了，也不再当什么代主任了，只当代辅导老师。她给统计班辅导作文课的时候，发现了一篇写妻子的好作文，和一篇写母亲的好作文。她背地里说："本想把自己写的作文给大家读读，谁知道这两篇作文，一篇是写老婆的，一篇是写他妈妈的，这怎么行……"她把自己写的那篇作文带到课堂上，她说："人们都是来自五湖四海，为了一个共同革命目标，我们走到一起来了……我写了一篇作文，也想在这里给大家念念，这是献丑了。作文的名字叫'远离的回忆'。"她说完就念起来……她念着念着，就听到教室里一片嗤嗤的笑声，一个学生小声说："这不是把几篇作家的文章打乱了，又编在一起的吧。"她听了很生气，说了声："你们没救了！"转身走了。

她真的走了——远调到一个临近沙漠的地区去了，据她自己说可能还在中学教书或者坐办公室。

火车站上，去了一些同志和同学。她一手领着孩子，一边和大家招呼着，就是不见她那棋迷加醉汉的丈夫。她上车了，列车马上要开了，她的丈夫才慢慢走来了，他掏出烟卷给大家递着，嘴里说着："刚下完一盘儿，刚下完……差点没赶上火车。"我们的女老师在车门处转过身，见到列车员十分注意为她送行的人群，就用手从右到左划了一下，是"全"的意思，说："这都是我的学生。祝你们取得好的成绩！"那种情景是自负，又像是悲哀。

列车远了，她也走远了。这一切很快都消逝在茫茫的呼伦贝尔草原的怀抱中了——这是二十世纪八十年代中期一个深秋的记忆。

后来，我们的女老师给大家来了一封信，还即兴写了三首诗词：《如梦令》《满江红》《沁园春》，情意绵绵，对她的学生们充满了留恋。

柞枝篱笆邻家

一

大兴安岭是承载我童年梦幻的海洋，是缓解我人生劳顿的彩云，是放飞我精神的蓝天。

瓦亮瓦亮的滨洲线长铁路和光闪闪的博林线短铁路形成了进山出山的大三角形分岔，把小山村沟口夹在中间。红砖房火车站，黑土房农家，弯曲的乡间小路，甚至连日夜流淌的雅鲁河，似乎都被两条钢轨大铁路稳稳地固定和紧紧锁定了。

20 世纪 70 年代初的沟口，在一个 12 岁男孩的精神世界里不经意间留下了一丝与纯真不相吻合的思虑，时过 30 年，这段童年记忆里的忧郁，现在想来也许就是被当今的文化人称之为含有某种艺术启迪的"灵感"。不管下面要描述的我家邻居家的往事，对今天的孩子们有何益处，但我们一定能透过时光的隧道，感受到畸形时代留给善良人们精神的创伤。不管专制政治挤压的负载如何沉重，不管小山村的人们行为局限到何种程度，受当时社会形势和气氛的影响，似乎歧视外来人的做法在孩子们心中都成了理应这样的"正常"。现在想来，那段人生经历让我感受到了个体生命的脆弱，同时也让我坚信不管人生的路多么艰难、曲折，我们必须顽强地将它不断地延伸下去，这就是人生意义之所在。

1970年的初秋，父亲和母亲到离铁路重镇博克图80公里处的梨子山新开铁矿搞建设，当时的新矿区没有住房，外祖母带着我们兄妹四人暂住在大兴安岭东南坡下小山村沟口——这里是博克图镇一个最小最幽静的山乡。我们租住在村外第二家，即老信差郭爷爷的黑土老屋里。郭爷爷的家就是用十几根刮了皮的桦木杆子上下横搭两根，圈围成的四四方方的院子，专挡牛马一类大牲畜和野猪麋鹿一类大野兽，不挡鸡鸭羊狗一类家畜和狐狸黄羊一类小动物，用现在的话说是典型的开放式庭院。这村外第一家则是从关里下放到沟口来劳动改造的姓薛的一家人，不知是出于何种原因，山村人都称薛家为"老客家"。这在当时是一种蔑称，大意就像现在滞留国外没有正式身份的人，属于"黑人"或"黑户"一样，大概在那时沟口人的称谓中还有"罪犯流放暂住在这里"的意思。薛家的院子与村里多数人家的屋子不同，上下两根横搭的桦木杆子上，又交叉竖立别满了粗细相间、长短相等、一人多高的黑柞树枝，这排列整齐、密可挡风的柞树枝围着房子的障子，像一道黑黑的铁幕挡在眼前，站在薛家的院子里，眼睛越不过这黑墙般的杖子，它隔绝了薛家与山村人的交往，挡住了外面世界刮来的风。

薛家的男人，大脑袋，中等个儿，四十二三岁，身体瘦弱，话语低缓，看上去似乎没有十岁的男孩有力气，沟口人都称他"薛老客"。他的女人同他的反差极大，一头向后梳拢的短发刚过耳垂儿，巴掌宽油亮如黑缎子布似的裹在后脑勺上，三十七八岁的样子，脸色黑红、光洁，眼睛神韵闪闪，说话像爆豆子又脆又响，走路一阵风，动作洒脱利落。我不知道她姓什么，凡同她熟的孩子都叫她薛姨。他们夫妇有一女两男三个孩子，十五岁的女儿叫伟红，十一岁的大儿子叫伟中，刚九岁的小儿子叫伟华。薛家是两间土坯房，全家人住在一个大火炕上。那个时节，站在我家的院子里，近处可看到小路边红梗绿叶的马舌菜，黑土地垄上土豆秧子上残留的尚未凋谢的白花，小河边随风摇曳的蓝鸭草；远处可看到蜿蜒起伏的青绿色山峦，山坡上白桦林星星点点的红叶，等待人们去采摘果实的大片大片的榛子林，放牧在原野上的四色牛羊……而这一切，在薛家的院子里全被柞枝障子挡住了，秋天、群山、河流、五彩的原野都奇迹般地消逝了，唯有原野的芳香还萦绕、驻留在薛家的小院子里。

二

秋天，一个山头上红着彩霞的傍晚，我们家刚搬进了郭爷爷的小屋，全家人开始收拾刚搬进屋的零乱满地的东西。正当我们忙得疲惫不堪，爸爸和妈妈累得直不起腰的时候，邻居薛姨领着十五岁的女儿伟红和十一岁的儿子伟中来我家帮忙，跟在他们身后进屋的还有他家的名叫"青虎"的狗——它对我们一家人显得极其亲切，热烈地摇着尾巴，闻闻姥姥的裤角，舔舔妹妹的脸蛋儿，吓得妹妹哇哇地躲闪着。身着红底蓝花衣服的薛姨说："看，连青虎都喜欢你们一家人。"薛姨的脖子上系着洁白的纱巾，前额的刘海儿油黑锃亮，一副神采奕奕的样子。见我们一家人都在端详她，便又说："众人拾柴火焰高，真高兴咱们两家成朋友成邻居啦！来，让我们帮你家收拾东西。"接着她和一对儿女立刻动手收拾散放在屋地上的东西，他们的"助阵"，让我们一家人兴奋不已，干劲超常，零乱的东西很快乖乖归了位，新家顷刻间拥有了一丝温馨……看着薛姨的洒脱、麻利劲儿，我们家人开始从心里喜欢上她了。

星星挂上苍蓝的天幕，像无数双眼睛偷窥着沟口新来人家发生的一切。当山里人家的窗子一扇一扇地亮起来的时候，母亲对我们说："今晚咱家屋里没电灯，你们早点睡吧。"薛姨说："刚搬新家，小孩子兴奋得睡不着，让他们再玩一会儿吧。伟中，去咱家拿根蜡烛来！"跟我一般大小，大脑袋的伟中拉着我到他家取来一根白蜡烛。我家屋里烛光荧荧，我们的影子映在墙壁上，两家人围着放着蜡烛的小炕桌，说不完的话，唠不完的嗑儿，直到潮气漫来的深夜，也丝毫未感到山村秋夜的凉意。

我家同薛家成邻居不久，作为孩子的我很快就感到了这家人与山村人不相融的一面。我发现极少有村里人来薛家串门儿，薛家人也很少同村里的谁家联系，除了我和伟中两个男孩在两家窜来窜去外，和薛姨唠嗑的人只有我姥姥和我家房东郭爷爷，两人都是年过七旬的老人。尽管这样，我们这些同龄的孩子们仍然开始了属于自己的友谊。我和伟中是同班同学，后来发生的一件事让我和伟中成了好朋友。小山村沟口的"贵族"是铁路小站的站长吴正礼，他的儿子叫吴胜，小名狗剩子（山里人给男孩起这个名的居多，意为连狗都不吃的孩子一定长寿），上五年级，是学校里出名的淘气包。他的站长爸爸一个月的工资有79元，这在当时的沟口可是个不小的数目啊，仅凭这点他家就是沟口的首富。吴站长宠爱狗剩子，对死去前妻生的女儿小玲不冷不热，狗剩子欺负比他大两岁的姐姐是常事，他口袋里还常常装着一元两元的大票儿，把学校里的一群男孩子羡慕得要死。有一天，狗剩子从兜里掏出一把糖块，递给几个愣男孩说："帮我个忙，把我班'老客儿'家的小母狗薛伟红揍一顿，她说我看她时变成了斜楞眼。"吃了他糖块的几个傻男孩儿，果真把伟红姐姐打了，他们还不停地羞辱伟红姐姐："老客家的小母狗、小母狗！"我和伟中冲上去制止了这场少年暴力，挥着拳头把那帮小子轰散了，狗剩子也像一只见着烟火的蚊子飞溜了。不知何时赶来的青虎，一边狂追那小子，一边"汪汪"地冲他吠着，把那帮坏小子弄得狼狈不堪。伟红姐姐的脸被这帮小坏蛋打青了几块儿，她竟然没有哭，可让我们看着好心疼呵！姐姐说："你俩真像男子汉！"这话让我俩的心里美滋滋的。

三

晚秋时节，黄绿相间的土豆秧子蔫嗒嗒地趴在地上，黑土垄背上裂开一道道缝子，长到拳头大小的土豆撑裂了地皮。到收获土豆的日子了。

那几天，山村里的风俗表现得最为明显，谁家平日的人缘越好，谁家土豆地里来帮忙的人就越多。先是大个儿二毛子夏铁匠家，全村人手里的铁工具几乎都出自夏铁匠的手，不管是锄、镐、耙，或是镰刀、铡刀，还是马嚼子、牛铁掌，只要你说话了，夏铁匠都会挥汗锻造，乐呵呵地给你送来。这样好人缘的人家起土豆的时候，来帮忙的人们一定很多，此刻大个儿铁匠总是笑眯眯地叼着烟袋坐在地头，看着人们为自己家忙碌，自己好像是个不引人注意的配角。再就是邮电局护线员张元洪伯伯家，四代同堂的张家是沟口的老坐地户，在村里人眼中张家德高望重，起土豆的那天，左邻右舍的青壮年男人二三十个都主动跑来帮忙，看上去张家的地里像唱戏般热闹。人们喊着笑着，二齿钩子、三齿镐子在土豆地的上空起落有致地挟着风、画着弧儿，一下接一下地刨在黑土垄背上，比鹅蛋还圆还大的土豆立刻翻露在黑土表面，看上去水灵灵的。人们被收获的喜悦激励着，用不了大半天就把八九亩土豆收获完成。晚上张家还要摆上三四桌宴席来招待人们，山里人最讲究回报，这是他们回报朋友表达感情的最好办法。

被沟口人称为"老客"的薛家，在收获土豆的时候显得寂静异常，主要劳力三个半，薛老客、薛姨和女儿伟红，还有伟中加上我算半个人儿。薛家的地垄足有半里路长，薛姨挥着三齿钩子干在最前面，后面是十五岁的女儿和瘦弱的男人，我们两个半大小子光着脚丫子在刚翻过的黑土地上跑来跑去，负责把刨出的散露在地表的土豆子攒成堆。刚被翻过的地上散发着浓浓的香味儿，踩在脚下的黑土软乎乎，暄腾腾的，我和伟中干着干着就溜号了。贪玩儿的孩子极端羡慕别人家土豆地里的热闹，想着看着我们老也干不完的活儿，泄气地放下手里的土豆，看着满地散落的土豆，我俩愁死了，如两只跑累的小兔子。我们忍不住想跑到别人家的地里看看，刚跑到自家地头，背后传来薛姨的喊声："伟中——你和雷雷快攒堆啊，天快黑啦！"

我走到薛姨身边问她："别人家有人帮忙起土豆，为啥不帮你家啊？"

薛姨扬起黑红流汗的脸，笑笑说："难道你不是在帮我们家吗？"

我自豪地说："我是伟中的朋友呀！"

薛姨也认真小声地说："对啊，我们现在还没有成为他们的朋友啊，他们知道你薛伯伯是下放干部……"

我问："下放干部是劳改犯吗？"

薛姨平静地说："不。"

我的脑海里闪出前几天我和伟中放学路过火车站贮木场时看到的情景：一大群抬大木头的劳改犯，他们个个剃着光头，脸上木然，嘴里喊唱着整齐的归楞号子。听着他们的歌声，我们有种想掉眼泪的感觉。这些人身边总站着几个背着大枪看管他们的人，据说他们是不能和沟口的人们交朋友的。

我追问薛姨："为什么他们不能成为你们的朋友啊？"

这句话一出，我好像立刻在薛姨面前变成了一个陌生的孩子，她脸上的表情顷刻间变得凝固了，眼睛里聚满了泪水，她努力抑制着，目光闪闪地注视着我，胸脯起伏明显，听得见她的喘息声比平常粗重许多。她没回答我的问话，直起腰沉默了好一会儿，扬手捋了一下散落在额前的黑发，又抡起三齿钩子使劲往黑土垄背上猛刨起来，野蒿子、狗尾巴草和土豆秧被打得枝断筋折。她一钩子刨碎了一个碗口大的土豆，又白又嫩的土豆碎瓣儿散在黑土表面，格外明显，格外夺目，午后的阳光映着它如碎银子一般。薛姨心疼地"啊"了一声，弯腰拾起一大瓣土豆，举到眼前仔细地端详了一番，又放在嘴边轻轻咬下一块，慢慢地嚼着，嘴角上渗出淀粉的白沫，她认真的神情像在品尝黑土果实的滋味儿，脸上充满了虔诚和崇敬，一会儿不知为啥薛姨的眼角慢慢地流出泪水，眼泪和额角的汗水融在一起……我感到薛姨反常，平日风风火火、精神乐观的她，今天却在 12 岁男孩的面前显出了局促和无奈，大概是天真男孩的话触及了她内心深处的隐痛，或者是引发了她的某些思绪。她注意到我还在不解地向她望着，忙侧过头去望着远山，那里的松林、桦林、柞树林被西沉的太阳染得金灿灿的，天上一行"人"字形大雁正向南飞去，地头松林里跑来一只花毛小松鼠竖起两个前爪向我们这边张望，它似乎听到了一个年轻女人和一个天真男孩刚才的对话。

四

山上的枫叶像晚霞那么红了，到了上山采榛子的时节。在那天的晨雾里我们聚在薛家柞枝篱笆院子里，鞋子和裤角都挂着湿漉漉的露水。等待薛姨梳洗打扮完，她便领我们几个孩子上山采榛子去。

早晨静得出奇，除去早起去大草甸子拉干草的牛车"吱吱"的木车轮子响声外，好像再也听不到有其他声音了。突然，"叭叭"两声刺耳的猎枪声传来，跟着我们便听到一阵嗷嗷的狗叫声，不一会儿薛家的青虎全身血淋淋地跑进了院子，一下倒在靠柞枝障子的狗窝外，双眼怔怔地看着我们。伟红大叫："妈呀——咱家的青虎被人家打伤啦！"薛姨顾不上梳完头发便跑出屋。我们一起看着可怜的青虎，它的后腿被打断了，腹部还有一个血洞，正汩汩地流着血。伟中呜呜地哭着用手捂着青虎身上往外涌出的血……他一边哭一边大喊："一定是站长家的狗剩子干的，我要找他算账！"说完疯子般向火车站方向跑去，薛姨和我跑在后面追不上他。

伟中跑到吴家大红砖房门前的坡地上站住了，对面是端着双管猎枪的狗剩子。伟中冒火的眼睛，让这位公子哥心里发虚，他躲闪着这逼人的眼神，样子像被猎人追赶的短腿狐狸。

他眯着眼睛故作镇静地问："你……你想干什么？"

伟中喝问："你为啥打我家的青虎，它招你惹你啦？"

狗剩子说："它不知天高地厚，还不要脸地来找我家的花子（站长家的正在发情的母狗）配狗，我们工人阶级家的狗怎能要黑五类家的狗种呢？亏它跑得快，等我再装上子弹非毙了它不可！"

伟中不顾一切地扑上去，狗剩子慌忙躲闪，手里的猎枪掉在地上。伟中拾起枪就要往石头上摔，狗剩子死命抓住枪的一端，二人争夺起来。伟中毕竟年龄小，力单势薄，被那小子一脚踹在肚子上，倒在地上的他死死地抓住狗剩子的枪带。这时我和薛姨赶到，狗剩子抢过猎枪转身想溜，薛姨一步跨上去挡在他面前，说："你凭什么这样霸道，公狗母狗的事碍你啥事啦！"狗剩子嗫嚅着，翻着白眼说不出话。这时站长吴正礼来给儿子解围，他对正在喘粗气的薛姨说："看你大人掺和啥？这是他们小孩子的事，狗剩子也不是故意打你家的狗，是枪……走火……造成的。对吧，儿子？"他儿子愣愣地点头。他又说："再说，你家的公狗也不该找我家的母狗……"站长说完混话，拉着狗剩子匆匆进了他家院子。

我们和薛姨气得不知说什么好。这时，听到伟红拖着哭腔喊："妈——，伟中——，快回来！青虎不行啦……"我们飞奔着回到薛家柞枝篱笆院子里，见薛伯伯、伟红、伟华蹲在地上围着青虎，那狗睁着眼睛看着我们，鼻子里的气息越来越弱。伟中哭着说："妈妈，青虎快死了……"一会儿，青虎闭上了眼睛，眼角还流着一滴泪。看着可怜的青虎佝偻着身子，一副惨不忍睹的痛苦状，我们流泪了，薛姨却异常冷静，她说："孩子们，别哭，青虎死得值得，它不能总在咱家的柞枝院子里活着啊！你们长大才会理解我的话，青虎也需要朋友，需要爱……"

这时，火车站的贮木场方向传来一阵劳改犯抬大木头装火车的归楞号子声：

　　　　大太阳爬上山哇——抬木头上跳板呀——嗨嗨唬嗨啊——

　　　　雅鲁河向东流哇——兄弟们同路走呀——嗨嗨唬嗨啊——

号子声把晨雾喊散，山野秋叶的脸庞显出浓浓的红色，路边的猪牙草、马舌菜争抢看着跃过山头的太阳。伟中和我推着他家的独轮车把青虎运到雅鲁河边，用清清的河水洗去它身上的血污，又用一条干净的麻袋裹住它的身子，最后我们把它埋葬在河边肥沃的黑土地里了。伟中抹去眼角的泪水，望着那堆崭新的黑土，小声平静地说："青虎，你天天能听到雅鲁河唱歌儿。"

第二年夏天，伟中和我去河边看青虎，它的"坟"上奇怪地长出一株丰腴的绿叶红茎的野芍药，一对含苞待放的白色花蕾半张着嘴望着天上。伟中用双手捧着花蕾对我说："快看，青虎渴了，下雨它就会开放的！"

莽莽的大兴安岭包容委屈的人生，肥沃的黑土地培植善良的灵魂，幽静的小山村并蓄爱憎的真情。我们和围着柞枝篱笆的薛家为邻近两年，薛姨一家人的故事很多，比如薛家生活困难，薛姨就领着我们一群孩子上山采榛子、山丁子，用盆装上去博克图的大街上卖。沟口不产水果，薛姨就领着我们坐大半宿火车到龙江、碾子山去贩香瓜、苹果、沙果，我们既解了馋，还挣了零钱花，因此我和伟中成了学校里自信心最强的孩子。

后来听说薛伯伯被平反了，薛家都返回关里了，从此再没有他们的音讯。伟中和我同岁，现在也四十四五岁了，算上去薛姨也近七十岁了。不知他们现在哪里，他们现在应该生活得很好了吧。

草原传唱知青歌

今年端午节前的一天，我自驾车出长春，一路西行，傍晚时分，进入了内蒙古兴安盟科右中旗境内，眼前的确是真真切切的科尔沁草原了。

沙土丘陵草原，起伏延伸，一眼望不到边。牧人和羊群行走缓慢，天上的白云却跑得极快，高天辽阔，任其狂舞，苍穹一片碧蓝……窗外时有平房村庄闪过，再前行五十公里，就是我当年读"红医班"的地方——巴彦呼舒镇了。1976年下半年，读高中二年级的我，在这里度过了一段难忘时光。现算来，我已离开这里整四十二年了。

那时的中国，正处于"文革"后期，一切秩序尚在恢复中，中学教育亦未走上正常。我就读的呼伦贝尔大雁煤矿一中，师资力量弱，教学质量不高。当时十七岁的我，是学校文体活跃分子，白天练跑步，晚上练文艺节目，吹打弹拉，没完没了。父亲见我无暇顾及学习，担心我荒废学业，就想让我到伯父所在的科右中旗的老牌中学——白云一中读书。

　　这年，国家还没恢复高考。受毛泽东"六二六"指示影响，"赤脚医生"现象正风行北方农村。为改善农村缺医少药现状，白云一中高中部结合当前形势，办起了"红色赤脚医生班"，简称"红医班"。我父亲认定医生职业永恒，希望我将来当医生。父亲还要求我，在这里要学会蒙古语，因为我是蒙古族后裔，可从祖父到我父亲，再到我这代人都说汉语，把母语蒙古语丢失殆尽了。于是，我肩负两个"使命"，在这年的8月来到了草原小镇巴彦呼舒。

　　苦等一个月，直到9月24日，学校终于开学了。红医班是学校的实验类班级，类似现在高中的"快班"和"尖子班"，学校严格控制人数，不是谁想来就能随便来的。这个特别的班级，除了人满为患，拥挤不堪外，最大问题是没教学大纲，没课本教材。开学初几天，学校要求每位同学都写决心书，内容是：继承毛主席（老人家9月9日去世）遗志，学好医疗知识，为贫下中牧服务。接着，国庆节来了，从十一算起，到明年7月高中毕业，我的中学时代就剩下十个月了。毕业去向我们心里明明白白，就是要按照毛主席的指示，知识青年到"农村广阔天地里"去，到广大的农牧民中去，创造"大有作为"的人生。这是誓言，也是理想。

　　红医班女生多男生少，几近五分之四是"娘子军"。因红医班是新生事物，学校从管理到办学条件，都没有成熟经验。开学报到这天，情绪高涨的同学们几乎全来了。教室狭小，光线昏暗，还缺桌子，少椅子，乱七八糟。同学们虽感到尴尬，但热情不减，三四人围挤一张桌子边，屋里满满当当的，气氛闹闹哄哄的。南墙一侧三扇大窗户，多钉着纸壳子，还有几块窗子没玻璃，透风漏气。当时，一部表现赤脚医生生活的电影《春苗》正在小镇里热播，故事反映农村缺医少药，农民看不起病，赤脚医生春苗和资产阶级医学权威做斗争，自学为农民治病，很激情，很感人，很神圣。这部电影为我们塑造了理想的偶像，描绘了美好的未来，好像我们能当上像春苗那样的赤脚医生，就是终生的幸福和荣耀。

我们这些抱着一颗红心，渴望学成"赤脚医生"的孩子们，满腔热情地来到学校，就想听课读书，就想学医，然而，开学半个月了，谁也没有见到书本教材，更没有听到一堂关于医学的课，现实和理想落差极大。这时段，好像没了时间节奏，我们像一群堆在教室里的蜗牛，看着太阳每天照常从东方升起，慢踱中天，拉来傍晚，追逐明日……这种散漫无序的日子，让我们感到无形的沉重，我们如荒原上的迷路者，漫无边际地走着，有种精神透支的感觉。20天后，多数同学开始焦虑，情绪浮动，忐忑不安。我和多数同学相似，如果再这样下去，属于我们的时间就所剩无几了，再这样下去，我们还能真正地成为革命事业的接班人吗？我们在心中不停地追问着自己，不停地折磨着自己，我们等啊等，还是没老师来上课，还是没课本供大家阅读。我们等啊等，等来的是失望、迷惘。

尽管红医班没有学习氛围，没有教材，没有规范，可是教室里仍然人头攒动，同学们各自为政，小声唠嗑，大声喧哗，跟着上下课铃声，一遍一遍地走着程序。上课下课，出门进门，红医班面对的是浑浊不堪的日子，是流逝的极大含金量的日子。

青春面对浪费，亦有叹息失衡的时候，这也许就是觉醒的萌芽儿。一天上午，靠窗坐着的我，看着窗外飘零的落叶，一种少见的失落感突然升上心头，孤独如绳子把我紧紧捆住，一阵秋风吹来，我打个寒战，心底的思乡之绪如潮涌般扩散开来，抑制不住，我轻声唱起了呼伦贝尔地区流传的一首知青歌曲《在欢乐的晚会上》：

> 将要分别的同学战友们，
> 让我们同唱一首歌，
> 相逢在欢乐的晚会上，
> 不要忘掉我们的友谊，
> 以后不知将在什么地方……

我的歌声刚响起，闹哄哄的教室里陡然静了下来。

同学们屏住呼吸，静听着歌儿，目光集中到我的脸上，大家先是感到意外，遂而转为陶醉，再后就被歌声带入了特定的情境中，看得见同学们的表情千变万化，但有一种情绪是相同的，就是所有人的脸上，能看到的都是向往与渴望。这首深情惜别的歌曲，与那些年铿锵作响的革命歌曲有明显的不同，其舒缓与温情的旋律，有如蜜汁滴入了孩子们的心灵，正好与其所处的时代背景融合，与红医班同学特定的年龄感情相环扣，表达了这群高中生内心急待外溢的真情，从而意外地引发了全体同学的强烈共鸣。

我的歌刚唱完，迎来了同学们的一片叫好声。

几分钟静场后，身材高挑、性格开朗的文艺委员马志荣微笑着走到我身边，弯下腰，低声对我说："你唱的这首歌，这么好听，教教咱全班这首歌呗？"

我有些迟疑，其实是对自己信心不足。未等我回答，也容不得推迟，"马文委"就挺直身体，高声问同学们："大家说，刚才陈晓雷唱的这首歌，好听不好听啊？"

"好听——"同学们异口同声地喊道。

马文委眼神闪闪地又问："大家想不想学啊？"

"想学——"同学们齐声回答道。

马文委把双手举过头顶，喊道："那就鼓掌，欢迎陈副班长教我们唱吧！"

全班同学的掌声"哗"地响起来。

马文委在班里是颇有影响的姑娘，热情、爽快、真诚，加上天生一副好嗓子，声音清脆，唱歌甜美，男女同学都喜欢她，背后同学们赐她个外号"马百灵"，若用现在的话说，她该是个拥有粉丝的"星级"人物。面对她不容置疑的目光，我努力镇定自己，咳嗽几下亮亮嗓子，自我增强信心，接着便点头应命，开始教大家唱歌了。

顷刻间，我们红医班的教室里传出了美妙的歌声，很快就激荡了校园：

也许在美丽的原野上，

也许在遥远的边疆，

也许在广阔的天地里，

不要忘掉我们的友谊，

我们在祖国最需要的地方

…………

这首歌，像一缕清风，刮进了我们的心田，刮进了红医班沉寂的教室，此刻同学们凝固、焦灼的精神世界里，涌起了清纯湿润的温馨……

四十多年过去了，我的耳畔常萦回着这首从草原唱响的知青歌，那美妙而悠远的曲调，就像我心间一棵迎风舞动的白桦，风韵声声，深情袅袅……

沉静的莫和尔图草原

一

久居大都市，我对人的观察失去了敏感，家中的人，路上的人，男人、女人、老人、孩子，似乎都是行色匆匆的雾状物体，来之相同，去之皆无。在四十余载的生命旅途中，与人相处而产生的未知数越来越多，向生活求证人生所遇的迷茫层出不穷。在拥挤的人群中，我感到更孤独。我常自问：我的空间在哪里？为何我不能与这人杰荟萃的城市精神相融合，肉体相吸引呢？立足宁静月下，面对空旷原野，叩问幽远的上苍，这问了无数遍，千万种回答又不能令自己满意的问题，困扰着我，甚至于折磨着我，我沉思默想，遐想神驰，终于找到了释放抑郁精神的着陆点——我心中的莫和尔图草原。

在"鸡冠"状的国家版图上，有一条日夜不息，时刻激荡着的雄性大河，它就是历史上的游牧民族蒙古族的母亲河——额尔古纳河。它发源于大兴安岭山脉，它像个体魄健壮的蒙古骑士，一路劲歌跑下崇山峻岭，九曲十八弯越过茫茫草原，汇入黑龙江后，又奔腾不息地向东投入大海母亲的怀抱。

额尔古纳河的上游，流淌着两条著名的草原河，舒缓北进的伊敏河，蜿蜒西流的海拉尔河，两河流域生存着蒙古族、鄂温克族、达斡尔族、锡伯族、俄罗斯族、汉族等多民族的人们。在两河流域的草原群地带上，北有特尼河流域的陈巴尔虎草原，西有伊敏河流域的孟根楚鲁草原。南有锡尼河流域的布里亚特草原，东南有海拉尔河流域的莫和尔图草原，这些起伏的山地、丘陵、草地，即组成了广袤无垠的呼伦贝尔草原。

莫和尔图草原是沉静的，而草原上的传说和史实却是激动人心的。

据《黑龙江通省舆图总册》记载，莫和尔图村，这个少数民族村落，由村前流过的莫和尔图河而得名。1864年，这里是仅有六户人家的小村落，到了二十世纪初年，这里已变成近百户人家的大村落。这片草原的富庶，靠两件事而声名远扬，达斡尔族和蒙古族乡亲们牧养的呼伦贝尔绵羊肉鲜嫩味美，肥而不腻；再就是这片草原的水土好，人气旺，养育了许多值得乡亲们自豪的历史名人。

先说流传在草原上的绵羊与大洋的故事吧。

很久很久以前，京城有一个开火锅饭店、得益于莫和尔图肥羊肉发了财的大财主，一天突发狂想：要垄断全京城的火锅业，更想垄断莫和尔图草原的肥羊，于是，他用四套大马车，装满了叮当作响的大银圆，带着管家和伙计们，跋山涉水，顶风沙，过草原，急走了一个多月，来到呼伦贝尔草原的莫和尔图村。

一打听，牧民达哈家的羊最肥最好，就直奔达哈家而来，一进门儿，达哈正兴冲冲地喝酒，他一手执肉，一手端杯，见来了客人，忙邀财主同饮。

酒至酣时，财主说："你的羊好，就是太少，不够本店塞牙缝的。"达哈一听，心中不快，就问："你有多少大洋？"财主一听也来了劲："怕我钱少？还是怕我不给钱？我可以把莫和尔图的羊全买走！"达哈生气了，把银杯一摔："你就来个小马车，能有多少钱？我一家的羊足够皇城人吃一年的！"财主一听也生气了："别看我的马车小，两块大洋顶你一只羊，我的大洋多得很，单摆在地上，可以从你家大门口，排队摆到奉天城！"达哈忙说："老爷错啦，我的羊两块大洋可不卖，非三块不可！好吧，现在老爷就去我家门前摆你的大洋，你的大洋摆到哪里，我的莫和尔图肥羊，就跟着摆到哪里，你的大洋能摆到奉天城，我的肥羊就可以沿路摆到皇城根儿……"

财主败了，达哈后来把财主京城的所有火锅店全收购了，让财主当了二老板，自己进皇城儿当上了大老板……

爱有多深，传说就有多深，爱永远与美长相随。以上是草原上的人们为赞美自己的家乡，从心底流出的故事，它像莫和尔图的河水一样，早已融进了那片深情的土地。

二

这些日子，我不时地思考这些年自己的城市人生。在自己筑起的围城里，我无以言表。按说群居的大都市，是智慧的阳光城，是欢乐的仓储库，是人间的大剧场，唯独我不能享受这大千世界的馈赠，我辗转反侧……那天，我陷入这个思考设下的怪圈。似乎生命都没了意义，周身血液凝固若冰，精神沉沦于沼泽，正当我茫然若失的时候，一个蒙古族歌者腾格尔吟唱的《天堂》似乎从天外飞来，直入我的心底，我心中的一扇窗子豁然打开：我的精神化作鸿雁，再次飞翔于二十年前生活的草原，那里是我心灵的净土，是我精神放飞的乐园。

海拉尔河流域的莫和尔图草原，是众多草原中的蒙古美少妇。现在想来，我爱上这片草原，是有足够的理由的。

1894年这里诞生了一个牧人之子摩尔森泰（1894—1936年），他的名字的前两个字与西方的大哲学家摩尔相同，而二人的命运却反差极大，这人就是后来的呼伦贝尔草原的著名民主人士郭道甫先生。这位曾参与创建"内蒙古人民革命党"，曾受到孙中山先生接见，曾给冯玉祥、张学良将军做过秘书，一生传奇、多才多艺、会多种语言的民族英雄，为了蒙古民族的生存和自由，走出这片草原，谋求民主政治，创办民族教育，复兴民族精神。1928年7月，莫和尔图草原的萨日朗花、野百合花盛开时节，回到草原的郭道甫，振臂挥枪，高擎义旗，领导了著名的"呼伦贝尔暴动"。这场震撼草原内外、大江南北的民族武装革命，铁骑荡荡，豪气震天，攻城池，袭击铁路，捷报频传，让封建军阀为之心颤。1931年九一八事变后，沈阳城陷落，日本人欲收买郭道甫充当其侵吞东北的蒙奸，并对其威胁利诱。在中华民族的危亡时刻，他毅然决然地返回故乡，电告在京的张学良将军："即便自己战死也不做日本人的亡国奴，要同日本帝国主义抗战到底。"他并未消沉。1932年10月呼伦贝尔抗日名将苏炳文将军，成立了抗击日本侵略的"东北民众救国军司令部"，他被聘请为咨议。救国军在滨洲线沿线同日军激战68天，连克数城，重创日军，他的抗日思想也在其中得到发挥。

郭道甫的建树还突出表现在办民族教育上，1918年，他和朋友福明泰在海拉尔创办了一所"呼伦贝尔私立小学"，招收少数民族学生百余名。这年秋天城内发生了大的鼠疫，不久小学停办了，他回到家乡莫和尔图，又请父亲捐款现大洋千元和几头牛，创建了村里的第一个小学。1922年，他请来了苏联布列亚特自治共和国主席玛莉娅·萨哈娅诺娃的二十多岁的漂亮妹妹索尼当小学教师，讲授俄语和"十月革命"。这位颇有学识的苏联姑娘，前后在莫和尔图执教两年多，后来郭道甫通过回国的索尼，把学校的五名女学生索布德、萨仁、海瑞、古日、仁贤送到苏联留学，还向父亲借钱1000元为她们做路费。这两起"女人行动"，在呼伦贝尔引起的震动，恰似海拉尔河春日破冰的响声，激荡着辽阔的草原。这举动在当时是破天荒的，是反传统的，是不为人们理解的，今天看来，显示了刚到而立之年的郭道甫的远见卓识。

如今在呼伦贝尔草原，上至百岁老人，下至学堂的儿童，都知道郭道甫是来自莫和尔图草原的英雄。

三

时空转换，物是人非。

1975年夏天，作为中学生的我，和一群同样年龄的孩子们来到了莫和尔图河畔野游，让我与这片人草俱佳的土地更近距离地接触了。人们说，这个叫巴彦嵯岗的村子出过不少名人，其中有著名作曲家通福，他谱曲的反映牧人生活、爱情的歌曲《敖包相会》《草原晨曲》等传遍了草原和祖国的大江南北，成了中国民族音乐的经典歌曲，他是莫和尔图人的骄傲。

莫和尔图草原的北面，流淌的海拉尔河，恰似美妇纤细腰间的一条五彩灿烂的腰带；南面弯曲的莫和尔图河，像她怀中胸前那排流畅的银纽扣儿；山岗上茂密的樟松森林，像她身上浓绿的袍子；草原上的羊群、牛群、马群，像她裙袍上的彩绘画儿；天上流动的彩云，像她头上的八彩纱巾……这里的草原确有着不同一般的反响。

那时，我是个整天迷恋长跑的学生，对这片草原没有任何感悟，只注意了它身边的大片的、郁郁葱葱的樟松森林，草地上的松子塔儿俯拾即是，感到这里的草香异常，这里的森林奇特，这里的村落迷蒙。

十三年后的1988年夏天，为我写的一部反映牧民当矿工的电视剧选外景，北京来的中央戏剧学院教授赵健导演，一下就发现了属于莫和尔图的美。选外景那天，他在一户牧民小院子里，看桦木杆子围成的牛圈，看红柳条子做成的羊圈，让他兴趣最浓的是干树枝篱笆围成的圆圆的干牛粪囤子，这是牧民过冬取暖的柴火堆儿，是火之源。这像农家粮仓一样的东西，让我们的赵教授眉飞色舞，他马上决定把一场"爱情戏"放在这里拍摄。开机那天，他把几十人的剧组拉到了离驻地40公里外的牧人村中，把所有动人的"重头戏""情感戏"都集中在这里拍摄。导演、演员为这里的草原和民族风情之美所陶醉，"入戏"极快，兴致勃勃，拍摄的进程十分顺畅。临了，兴高采烈的剧组人员遇上了一场强烈的草原暴雨，坐汽车返回驻地的演员们陷在了泥沼中，又饥又渴，情绪突变，愤怒了，诅咒导演不该来这里。那个曾演"马大车"而出名的大牌演员冲赵导大发雷霆，而眼前的教授导演却一脸的平静。我真佩服其肚量。当时若把几个当红的明星扔在草原上，那也是够赵导"喝一壶"的，但他为了艺术的美，一定是有在草原"牺牲"一番的心理准备的。现在想来，一定是那片草原给了他安慰，让他平静、沉醉，于是，他便听不到谩骂了。

　　一晃二十年过去了，我从青年到中年，从知情、矿工到机关干部，从公务员到记者，无论是到新疆天山背上的巴音布鲁克草原，或是到九寨沟的藏地草原，还是到吉林的前郭尔罗斯草原，我的脑海里"闪回"的总是小时候父亲领着我徒步在莫和尔图草原上的情景：春天，草香四溢的时节，我们迎着风儿，满草原地奔忙着采摘黄花菜；夏天，我们绕着草地上圆圆的蘑菇圈儿，采摘着紫花脸儿、白花脸儿；飘金时节，我们在莫和尔图河畔，采摘野果红豆牙格达、山丁子……

四

　　好像我记忆中的草原，多是诗意的、美好的。

　　今年夏天，我的工作再次变动，我现在所在的办公大楼就是当年伪满洲国的著名建筑。一天中午小憩，我望着办公室高悬的水泥屋顶，突然想起了发生在这个楼中的一件旧事。怎么这样巧?! 我的思绪和这个人的精神，在这里发生了强烈的碰撞。我被自己的发现惊呆了，顿时睡意全无，甚至连续几天，都不能午休。那个和我无任何关系的人，似乎把我的脑海当作广场，总在里面转来转去。

我想啊想，终于想通了，这个人与我有神交，更与我有着不可割裂的联系，因为我们都是从莫和尔图走出的同乡人。我们的区别，只是时代不同、命运不同罢了。今天的我离开草原，来到这座城市，在日本人曾经虎居的楼里工作，这是一个过程，一种个人生存轨迹的变化。而昨天的他，离开草原来到这里，便是走上人生的末路，是一种精神抗争的升华。

现在，我必须说出这个人的名字，他就是伪满洲国兴安北省省长凌升。

1936 年 4 月 24 日，伪满洲国国都新京近郊的南岭方向传来了几声枪响，年仅四十九岁的伪满高官凌升，连同他的三位高级同僚，倒在了日本人的枪口下。一周前，新京民众风传的凌升"通苏通蒙案"这么快有了结局，人们颇感意外，不禁要问，日本人为何在 4 月 19 日关东军司令部宣布《凌升等通苏通蒙公报》后的第五天，就对这位曾经"亲日"的达斡尔族省长下了杀手，这位凌升到底有何"罪孽"呢？

凌升 1886 年生于呼伦贝尔索伦左旗（今鄂温克旗，即本文所描述的莫和尔图草原一带），曾任呼伦贝尔副都统公署帮办，精通满、汉、蒙文。1917 年色布精额残匪袭击呼伦贝尔草原，民众惊扰，凌升率军民一举击败色匪，人气大增，民众爱戴。1932 年，他被任伪省长后，对日本殖民地政策极为反感，并公开反之。这年 9 月，抗日将军苏炳文在当地抓捕日本特务，日方要求副都统公署给予保护，他拒之，苏丙文率部撤入苏联境内前留下许多枪支弹药，他纳之。10 月，伪满高官到日本，每走一处都参拜天照大神神社，他公开拒绝参拜。1936 年 3 月，日本为加强在内蒙古东部殖民统治，召开兴安四省省长会议，凌升对日本向东北迁入开拓团，变日语为国语，日人当满洲官吏，把内蒙古东部分为四省分治等殖民地政策，发表了尖锐的反对意见。他的一系列言行，坚定了日本人除掉他的决心。几天后，在凌升刚返回呼伦贝尔的当天，日本宪兵就在海拉尔逮捕了他，并押解进新京为关东军司令部"特审特处"。处决他的"特令"就是在这座楼里发出的。

这桩七十年前发生的人生悲剧，以现在的我看来，无疑是一幕历史证明了的人生悲剧，无疑是我们的民族抗击外来侵略的正剧。这个矛盾着的铮铮硬汉子，曾引起我强烈的兴趣，也许是同出一块土地的关系，我今天必须写到他，因为他的身上，反映了当时伪满洲国的子民们作为亡国奴的一种无奈，而在当时中国东北却太缺少这样的中国人，伪朝廷内官员云集，而这类抗击非愿做奴隶的精神偶像却极少，正是这物以稀为贵，人以精为奇的时代，让莫和尔图草原上走来的达斡尔族汉子凌升抢了"头彩"，这就不得不让今天的人们对他刮目相看了。

这片坦荡、宁静的草原，有山岗、丘陵，有草地、森林，有湖泊、河流……这片令人遐思的草原，容纳了诗歌的意韵——

激扬幽远，小说的情绪——舒缓起伏，戏剧的节奏——曲张有节。我珍视每一位在莫和尔图草原上实实在在走过的人们，包括这里曾演绎的人生悲喜剧。

时间美好，是因为它会记住每一位善待它的人们；时间残忍，是因为它会让一切平庸和丑恶暴露无遗；时间无情，是因为它会记录每一位损害人类的人们。我想，眼前的莫和尔图草原，定不会忘记属于自己的历史。

这便是莫尔图草原的胸怀……

敬叩圣山草原

一

　　我出生在呼伦贝尔，在故乡生活的二十八年里，我没到过新巴尔虎右旗，没到过俗称西旗的这片神奇草原。

　　我真正踏上这片草原时，已是 2007 年的夏天，此时我已四十六岁。当时我随一个作家团出访蒙古国，从海拉尔出发，到西旗阿日哈沙特口岸过境出国，一周后又入境回国，这一去一回，累计在西旗停留了三天。在这片草原上行走，给我印象最深的是一湖一河。湖，是碧波荡漾的呼伦湖。河，是弯曲闪光的克鲁伦河。

　　那个夏天干旱，已是七月上旬了，草原似冬眠未醒，憔悴不堪。放眼望去，绿少黄多，天地苍茫。车窗外是连绵不绝的旱草原，过不多时，便引来视觉疲劳，我昏昏欲睡……车在下坡路上一颠，我醒来，眼前突然跳出一片醒目狭长的翠绿带。这条跟着汽车不断转"S"弯儿的翠绿，韧性十足，向草原深处持续挺进，时而伸腰，时而舞蹈……我疲软的情绪为之一振，问乌力吉师傅："为什么这儿的草原冒出一片狭长的绿？"他告诉我："这是从蒙古国肯特山里流出的克鲁伦河，她在西旗境内流经二百多公里，先入呼伦湖，再汇额尔古纳河、黑龙江，最后注入日本海。"

在呼伦贝尔草原西部行走，最能湿润我眼睛的就是这条不声张、不炫耀的河。在我出国的七八天里，草原上除了牛羊马群，无惧人的蓑羽鹤家族，暴走狂奔的黄羊群，傲然孤行的野骆驼外，我眼前就只有这条喘息的克鲁伦河了。它时而像一面镜子，接纳云霞，灵光闪闪，时而像牧人迎宾的五彩哈达，忽儿被苍天染蓝、被河柳描绿，忽儿又被岸畔蒙古包映白……我走过大草滩，穿越蒙古高原，沉静的克鲁伦河像老迈沧桑的父亲操着马头琴始终在我身边歌吟，波光粼粼的气韵，如热血时时滋润我的心。

半年后，我把走过西旗草原的所见所闻、所思所想，写入短篇小说《旱草原》和散文《克鲁伦河静静歌》，让草原牧人的生态环保理念在文学中展现，同时描述克鲁伦河的自然与历史，追述蒙元先祖的艰辛与荣耀，以及蒙古高原的丰富与辽远。这是我写呼伦贝尔西部草原最早的文字，也包含一束献给西旗的小花。

二

十年之后，受西旗的邀请，我同几位作家再次踏上这片美丽、辽阔、神奇的草原，再次来到克鲁伦河畔。6月平常的一天，西旗文联主席马特先生引领着我们来到达赉乡双骏牧户乌斯日乐图的牧场，体验牧人剪羊毛、挤马奶、煮手把肉的生活。

身着海蓝色短袍子、魁梧健壮的乌斯日乐图，眼神炯炯，一脸平和，话少音低。他所做的每件事，都在作家"扫描"的视野中。年轻的牧场主人，举手投足，利落洒脱。他进入羊圈，羊们拥挤成堆，慌然躲闪着，咩咩喊叫着，对主人不宣而入，颇感惶恐，它们很快挤成团儿，惊悸的眼睛齐刷刷地盯着主人，意外、不解、惊恐、疑问丛生……他靠近骚动奔突的羊群，稳步前移，不急不躁，躬腰伸手，一个闪电似的快动作，就把一只大绵羊拽出来，接着一个扬臂翻腕，这只八九十斤的大羊就乖惶惶地倒仰在草地上。它四蹄悬空，目露无奈，几秒钟即被主人的绳子扎牢，剪刀沿着羊肋侧走过，羊毛一片片落地，像雪花飘在夏日的草原上……

阳光里，白云下，乌斯日乐图剪羊毛的身姿动作，俨然是一组连贯轻盈的草原民族舞蹈，把我们全看呆了！这英俊的牧人，牵羊拴马，动作如流水般畅快。在羊群中他是羊倌儿，在马群中他是骑手。他就这样忙碌着，丝毫没有奉迎客人的味道。在空旷的牧场里，他的一切活儿都与日常放牧息息相关，都与牧人品格环环相扣。

乌斯日乐图的牧场，在距旗所在地阿拉坦额穆勒镇西北约20公里的大缓坡草原上，他是这片草原逐水草游牧的众多牧户之一。四季在他的铁青马蹄下流过，他的畜群散牧于坡下河边。每天他赶着羊群马群，晨牧夕归，融入丽彩云幻的天边。春夏秋冬，他的马蹄驱散牧野的寒冷，他的牛羊畅饮草原的清风。

他走近湿地湖沼感知新绿，他蹚过草滩惊醒露珠，他凿开冰河饱蓄力量，他踏碎残雪点燃篝火，他就这样时时刻刻、日日年年，守护着这片丰饶洁净的草原……他和乡亲们是舞动于克鲁伦河两岸最具活力的精灵。

在乌斯日乐图的牧场周围，没有树丛，没有河流，没有杭盖，百灵鸟的歌吟一串串地传来，把旷野弄得风情万种，春心浮动。远远望去，草原刚刚萌绿，几朵祥和的白云就在他家蒙古包头上约会，相吸相拥，化成地平线的梦幻婚纱，义重情浓。这片草原漫无边际的辽阔，把他的牧场、蒙古包、牛马羊，都定格在宽裕富足的时空里，融入悠然前行的游牧长河中……这年轻的牧人之家，生活殷殷实实，财富日积月累，品质匀速飙升。这一切不会凭空而来，皆始于乌斯日乐图勤勤恳恳的劳作，他深知自己能一路前行，靠的是耐力和信心。

当我问他对未来生活有何愿望时，他望着远方说："宝格德山在保佑我们呢，保护草原，让她四季健康，诚实劳动就能过好日子。我坚信我们的未来生活，就像克鲁伦河的流水，越向远方越亮堂，越向远方越闪光……"

三

在祭拜宝格德乌拉山的前一天晚上，我们在小镇上购买了哈达和糖果等祭品。拜山的当天上午，我们走过一片克鲁伦河拥揽的草原，又走访了宝格德苏木（乡）的"红色堡垒牧户"胡日亚的牧场。

中年牧人胡日亚和妻子玉珍，承包了5450亩草场。他的牧场离宝格德乌拉山不足十公里，站在这里可以看见大敖包似的圣山。

胡日亚说："我们年年祭拜宝格德乌拉山，祈求它保佑牧场风调雨顺，赐福我家的100多只牛、1000多只羊，无病无灾，健康肥壮，日日疯长。"身着藏蓝蒙古袍，头扎白丝巾，一脸慈善的玉珍告诉我，这些年她和丈夫在草原上择季而牧，逐水而居，辛辛苦苦、勤勤恳恳，日子过得快乐而充实，他们家的畜群不断壮大，羊啊马啊的出栏率、出售率都高，家里生活年年都有新变化。去年，他们家的草场喜获丰收，仅打草卖牧草一项就收入二十三万元，成了乡里远近闻名的富裕牧户。

日子像草原上的萨日朗花，静静开在无声处，其芳香早已迎风飘过十里八村。胡日亚夫妇日子过好了，老两口心里想着如何帮助那些生活困难的牧民。中年牧民三达嘎道尔吉，早年承包大片牧场，经营出现困难，又不慎被草场贩子钻了空子，他不仅丧失了属于自己的草原，还因还不起人家的高利贷，导致六口之家陷入困境。胡日亚和玉珍出面找来道尔吉，让他两口子到胡家来帮助照料牧场，干些力所能及的活儿，按月给他们发放生活费和工资。

三达道尔吉夫妇来到胡家牧场后，放羊、打草、捡牛粪、挤牛奶、修马鞍，见到活儿就抢着干，把所有的活儿都力求做得没有失误、尽善尽美。他们靠实干靠勤劳，赢得了胡日亚夫妇的信任，就这样两年干下来，道尔吉一家的生活困境开始慢慢化解。他们有工作干了，生活也充实了，两颗冰冷的心，开始变得暖意融融了,于是他们开始重塑生活信心,重振生活勇气。

三达道尔吉在胡日亚的牧场,找到自己坚强生活下去的理由,他的元气正在慢慢恢复……玉珍说自己是党员,她和丈夫是乡里树起来的红色模范牧户,帮助贫困牧民,让他们过上好日子,才是自己最愿意干的事儿。这位朴实的牧人之妻,话语不多,亦没有豪言壮语。胡日亚能成为这一带牧民致富的带头人,一定与这位脸颊红润的妻子玉珍息息相关,她的积极人生态度早已证明了这一切。

四

走出胡日亚的牧场,穿越一片平坦草原之后,我们来到宝格德乌拉山的脚下。这座海拔不高的圣山,在方圆几百公里内的大草原上无人不知,无人不敬,尽管它同国内任何名山都不可相比。它小而无奇,缺少精彩,尤其在我国的三山五岳面前,在神州华夏的大版图中,它几乎小得无足挂齿、无足轻重……但若要把这宝格德乌拉山放在广袤无边、一马平川的大草原上,这方圆几百公里内,没有比它更高的山峰,没有比它更奇特的地貌。可以想象,在草原浑然开阔处的大平野中,走着走着,我们的眼前陡然兀立一座海拔九百多米的圆润孤山,其视觉冲击力是何等强烈、何等震撼……

三百多年来,这座圣山滋养着万千牧民,早已形成自己独特的传统祭拜文化。文化给这座普通的山注入了"灵",于是,这座草原矮山实现了凤凰涅槃,变成了宝格德乌拉圣山。草原人年年祭拜它，就是叩谢上苍把呼伦湖、乌兰泡、克鲁伦河馈赠于草原；牧人三百年来祭拜它，就是叩谢这片辽阔大地赐福牧民世世代代的富裕生活……每年的农历五月十三和七月初三，是这座圣山的两个黄金祭拜日，现已成为呼伦贝尔各族牧民的节日。

宝格德乌拉山，经过几个世纪的孕育，已变成万众牧民心中的一座精神圣山……它是吉祥安康、团结幸福的象征。

呼伦贝尔民歌《在宝格德山上》，表达了牧人心灵深处的情感。人们唱道：

> 四面都是平草滩，
> 敦敦实实的杭盖哟多好看；
> 四个部族的人们啊，
> 团团围赞保佑牧人的宝格德圣山。

> 八面都是平草滩，
> 圆圆正正的杭盖哟真好看；
> 八个部族的人们啊，
> 殷殷叩拜赐福草原的宝格德圣山。

今天，我在呼伦湖畔，在宝格德圣山之巅，为它献上一束蓝哈达，目送一行鸿雁上青天，耳畔荡起悠扬的牧歌，这丰厚美妙的深情，已将天堂草原润泽，克鲁伦河光影婆娑……

第 三 辑
融雪高原

灯　语

我们东北过春节的很多习俗是相似的，亲人团圆，除夕夜吃饺子，放鞭炮"请神"等，曾留给人们无数美好的回忆。我的故乡高挂红灯笼的习俗，就是一种迎新春的独具特色的形式，至今令我不能忘怀。

我的故乡是大兴安岭深处的小镇——甘河，那里全年有7个月飘着雪花。由此，我可以肯定地说，家乡除夕夜挂红灯笼的习惯，缘于那里的冰天雪地，是寒冷养育了故乡人的灼热，是寒冷使故乡人有了渴望火的辉煌之遐想。

记得小时候，过年能吸引我的只有两件事。鞭炮买足了，我热衷的就是除夕夜高挂灯笼的趣事。为选到又直又高的灯笼杆儿，我和伙伴们蹚着没膝的大雪，在山岗上，在森林里，呼喊着，欢笑着，像雪兔般跳跃着，奔跑着，用猎人般的目光搜寻着。理想的灯笼杆的标准是：落叶松，无疤无疖，根粗不过碗口，梢细应如面杖，笔直似宝剑倒立，杆儿高十米以上。上山"采杆儿"，是苦活儿，更是累活儿，可我们这些被新年诱惑的孩子们，为一根直且高的灯笼杆儿，常常是奔跑一天，寻找一天。隆冬时节，进深山，钻森林，若不带"手闷子"，只几分钟，手指头就被冻得像剥了皮的水萝卜。戴上狗皮帽子，还得时时揉搓脸面，不然准冻成"局部冰场"。平日热闹的山野，此刻却不见了飞鸟儿，大概翅膀也给冻住了。当我们用爬犁拉回采"宝"般选回的灯笼杆儿，走在山间雪路上时，心里只有兴奋，只有喜悦。我的眼前闪烁的几乎全是除夕夜高杆子上悬挂的大红灯笼……

大年三十的夜晚，山里人家还未上灯，小山城却早已红灯高悬，一片通明了。此刻，雪野幽静，山峦默立，林涛平息，小城房屋朦胧，人影散见，而最引人的景观，就是夜幕中高挂空中的大红灯笼。人们这个时候多半立于自家的院子里，仰望满城高灯。谁家灯杆儿高，谁家灯笼亮，成为议论的中心话题。这有年、有灯、有话、有情的议论，是故乡人至高无上的精神享受了。我曾问及老人们挂红灯笼的缘由，回答纷纭不一，褒多于贬，其主要说法是：天神除夕之夜下凡，体察民情，挂高灯是为迎神照明。谁家的灯笼最高，最亮，最红，谁家全年就有好日子过。难怪故乡人挂高灯笼的兴致这么浓。真的有神否不去说，可人们向往好年景，向往美好生活的愿望却是真的。

当我是大男孩的时候，家里做大灯笼的事，自然就由我承担了。说到过年，不做个高挂灯笼，就像冬天光着身子在外面走路一样让家乡人耻笑。家里常常是年货还未开办，母亲第一句说的就是："雷，快做个灯吧！"我曾为能做这件让家人高兴的事而欣慰、自得。于是我找来铁丝、红纸、糨糊，一干就是一个通宵,丝毫不觉累,常是兴犹未尽。每当离过年还有十余天,我做好的高挂灯笼就已悬在我家院里正中。家里的气氛也由此发生了变化,先是家人为挂灯的成功抑制不住要品评一番,再就是邻人们往返灯前大加夸奖,接下来是一群围上前的叽叽喳喳的孩子们惊叹称奇。还未到年关,家里宾客常满,离去一个,带回三人,走了一帮,来了一群。屋里,男人们粗大嗓门儿震耳,女人们细声巧笑增媚,孩子的呼喊铜铃般清脆。这门里门外,来来往往,熙熙攘攘;这里屋外屋话语连天,欢声鼎沸,真像是正月十五看灯展。我和家人们被气氛簇拥着,还未过年胜似过年……

后来,我家迁居呼伦贝尔大草原上的大雁煤矿,这里除夕夜也有挂高灯笼的习惯,一盏盏高挂的灯笼同白茫茫的雪原对比鲜明,相映成趣,这景观常常让人们心底涌起阵阵热浪,忘却寒冷。不久,我下矿井当了窑哥儿,一位老矿工向我说起挂高灯笼的事时,话语干脆,耐人寻味:"那是窑哥儿们的灯,大年三十点上它,咱永远冻不着,全年都平安嘛!"这句话让我想到了煤矿的现实,冰天雪地,封不住心灵深处源源不断涌出的热流,这和那位老矿工说的并不矛盾。有一次,我问一位大学毕业来矿上当教师的青年对挂高灯笼的看法,他说得既浪漫又形象:"它让我想到了高尔基笔下丹柯高举着的为人们驱散黑夜的心……"他说的这句话和这个故事,我后来在大学的课堂里曾经学到过,并就此认真联想过,觉得他说得恰如其分。

如今我离开煤矿在城里生活多年了,每临近春节,我总想起大兴安岭的故乡和内蒙古高原的煤矿,那里除夕夜高高挂起的大红灯笼。尽管那里冰天雪地，然而，除夕夜因为有了它，黑夜变得辉煌了，阴冷逃得无踪无影，那高杆子上的大红灯笼就像一团团火……

那是北方人燃烧的心，北方没有寒冷。

瑞雪敲门

　　今年我生活的城市，很长时间没下雪，我和全城的人们都生出相同的渴望：新年快到了，下点雪吧，空气会洁净些……这天，我望着一片灰褐色的大地和这座城市，心里遂生焦虑。北方无雪，空气干燥，连生活的气氛都好像淡化了许多。

　　冬天少雪，对我这个在大兴安岭上长大的人来说，就好像平日生活失去了乐趣，心里总弥漫着那种怅然若失的感觉。这种情绪滞留久了，我就像丢失了自己的安宁，心中一片惶然。

　　这种情绪的变化，究其渊源是我们一家人来自大兴安岭雪乡，那里一年四季有三个季节是飘着雪花的。每逢雪花飘舞的日子，尽管这可能是极平常的一天，也好像迎来了个异常温馨的节日。

　　我的恋雪情结，受父亲的影响。父亲是新中国第一代大兴安岭人，是那片肥沃黑土地的首批拓荒者。二十世纪五十年代初，那里白雪皑皑，森林莽莽，在深山老林里铺路、伐木、架桥、造屋的父辈们，常年与雪花为伍，常年在原始落后的大山高处工作，少则几个月回家一次，多则大半年才回家一次。

大兴安岭小镇甘河的女人们，称丈夫上班是"上山"了，回家则是"下山"了。小时候，常听女人们悄悄说男人"下山"的话，却不解其意。在我的记忆中，父亲每次下山回家，都能带回些好吃的，狍子肉、松树籽、蘑菇等等，还有好玩的雪兔、松鼠，也许还能有一只小梅花鹿呢！我兄妹四人天天追问妈妈爸爸下山的日子，问得妈妈没了办法，就说："等雪下得大大的，快过年了，你爸爸就下山啦！"于是我们就盼着下雪。大年到来的前三天，爸爸真的顶着大雪片儿回来了。雪片儿纷纷扬扬，好大好大，如群群仙鹤飞来……

外面的天，冷得伸不出手，撒泡尿的时间都可能把耳朵冻硬了。因为天上飘着雪，我家的气氛显得分外热闹，妈妈笑容满面，张罗着包饺子。她剁饺子馅的菜刀声，要持续两到三天，邻居季奶奶、王二娘、丽华姐都来我家帮着妈妈包饺子。女人们边干活边说笑，一盖帘儿一盖帘儿的饺子像变魔术那么快地包成后，被端到院子里冻上了，然后再装在小缸里，就等着爸爸回来过年啦。这样的日子蓄满了渴望，蓄满了甜美。

我们知道，从这时起直到正月十五，所有民间节日，我们都有冻饺子吃了，心情快乐而放松。于是我们乐呵呵地在雪坡上玩耍，打雪仗、溜爬犁、滑冰板，我们还上山寻找又高又直的小松木杆，准备把家里过年的大红灯笼挂得又亮又高。我们常在院子里堆起两三个雪人，我还和弟弟联手做两三个冰灯。冰灯做成后，我想象着：过年时家里点亮大红灯笼，点亮玲珑晶莹的冰灯，这样的除夕夜该是何等漂亮啊！……我们在零下四十多度的寒冷中忙碌着，全身上下一点不觉得冷，心中悄然地想着："快下场大雪吧，那时爸爸就该下山了，我们就可以吃饺子啦！"

岁月流转，我已离开大兴安岭雪乡三十余载，在东北平原中部的大都市长春生活二十九年了。生命已入不惑，精神本该是到了大彻大悟、自由挥洒的境界，然而却不知是什么原因，近两年来每到冬天我总意外地感到心中有一种莫名的抑郁，进而导致精神上的烦躁、麻木、滞阻，时断时续地影响着工作和生活。我几度思考这种精神"滑坡"的原因，结论是，城里冬天过分干燥引起的。

这里，冬天少雪甚至无雪，引发空气污浊，加之工业污染，车辆喧闹，人声嘈杂，繁华的大都市成了阻隔人们精神回归自然的庞大沙漠。这些所谓的当代文明正在"蚕食"和"暖化"着当今的人类社会，千万年来大自然形成的规律正在遭遇不可遏止的冲击，空气中弥漫着让人类饮鸩止渴的不良指数，这些日趋不利的生态环境的变异，正在影响着我们今天的生活。

面对着人类造成的强加于自然的困境，我不能不关注影响我们生命的冬天，不能不关注属于冬天的自然标志，不能不关注天赐佳酿似的白雪。她馈赠人类的绵长润泽，不仅仅是我童年的欢乐，不仅仅是我们大岭母亲的渴盼，不仅仅是画家笔下的诗情雪意，她应该是大自然的客观存在，是人类赖以生存的必要条件，还应该是大千世界的净化剂，宇宙的精灵，大地的甘露……

入冬以来，我便对雪抱以热情，观天识云，呼风盼雪，时时用心来呼唤冬雪的韵律，用灵魂来拨动飘雪的琴弦，期盼北方热闹的大雪早日在我心间奏出无声的乐章。

一个静得出奇的冬夜，我在书房写作，深夜时分，一缕湿凉的风从我背后吹来，我忙走上阳台向外看。苍蓝的夜幕隐去了星光，明亮的路灯突然朦胧起来，灯光被一层迷幻色彩包围。天上的精灵像连绵的银沙纷纷飘落，大地白了，城市白了，世界似乎没有了黑暗……

我把酣睡中的妻子唤醒："快来看，夜里下大雪啦！"

今年的第一场瑞雪，静静地飞来，悄悄地落地，轻轻拍打着这座城市每栋楼房的一扇扇窗户，一个个宅门。

洁水岁月

　　已近一周没有水了，家中的缸、盆、壶里的水都马上用完了。家里人原来每天早晚刷两次牙的习惯被迫更改，晚上刷牙的程序被省掉，因家里的存水所剩无几了。

　　等水，盼水，已经把妻子的心搞得焦虑不堪。因为没水，妻子不敢擦地，不敢擦书架，不敢擦床头柜，更不敢洗衣服。我们给物管部门打电话，他们互相推诿扯皮，都言不是自己的责任，那么，喝不上水到底是谁的责任？难道是居民的责任！等饮水，盼饮水，想喝水，这一连串的与饮水有关的渴望，让我忆起早年的饮水往事。

　　二十世纪七十年代中后期，我们一家搬到大兴安岭西南的大雁煤矿，煤矿的饮水给我留下了苦涩的记忆。

　　当时的矿区只有两座水楼子，是从几十里外的海拉尔河引来的河水。两个水楼子相距几里地，离居住区很远，于是矿上便用马车拉水送到各居民点去。马车的每次到来都给居民区带来一阵骚动，居民们早已拿着水桶排成一条弯弯曲曲的长队。

有时马车上的一箱水放完了，排在后面的还没接上水，为此居民们常常为排队的先后而发生争执，居民们常为能接上水，强装着笑脸向赶马车送水的老吴头儿献媚，一副阿谀的表情，老吴头儿越发显得高傲不堪，洋洋自得。

老头儿高兴的时候，便尽力不把排在前面的水桶装得满满的，这样后面的水桶也就可以得到一点饮用水了。那些日子老吴头儿是最快乐的，因为居民们对他都得露出一脸讨好的笑，否则闹不好你就得跑出十里八里才能弄到一桶水喝……这样的境况持续到二十世纪八十年代中期，矿区人才用上了自来水。

记忆中最开心的关于饮水的往事，还是童年时期。

那时，我家在大兴安岭的小镇甘河，那里地处大山深处，在我和小镇人心中，从没有缺饮水的概念。那里林木葱茏，水草丰盛，我们站在每棵大树下，似乎都能听到下面有哗哗的流水声，好像每棵大树的下面都有一条河，或者一眼喷泉。

就在我们居住的平缓黑土地带，几锹下去，挖个深不足米的坑儿，用不上半小时，清亮而冰凉的地下水就会无声地涌上来，沉淀一会儿，就可以舀到锅里做饭吃了。当时，我们取水的工具叫洋井，多是铸铁做的，形似一把插到地下的弯钩头，头粗身细。铸铁井约高出地面1米，头里是一个用以引水的活塞抽子，用半瓢水倒进洋井嘴里做引水，手握弯曲的铸铁井把儿，使劲儿压上三五下，地下水就会喷涌激荡，从洋井的嘴里溅着水花儿流出来，水清，水纯，水旺。山里人等不及，人嘴对着井嘴抢先喝上一口，忍不住说："这水真凉！"这就是大兴安岭人对饮水最朴实的赞誉了。

后来，我们一家人跟着父亲到大兴安岭东南侧的小镇梨子山开发一座铁矿，当时的生活虽然简朴，一家人却过得劲头十足。小镇的房屋沿绰尔河畔一字形排开，前面是山，侧面是河，我们家的小木屋就建在依山靠河的堤岸上。二十世纪七十年代初，为"备战备荒"而仓促上马的那座地方铁矿，给当时来这里"抓革命，促生产"的父辈们以极大热情。父辈们以"先生产，后生活"的工作原则顽强地奋斗着，从没有问过家中的柴米油盐酱醋，特别没有关注过饮水的问题，饮用水就是河里的水。像所有的人家一样，我们走到五十米外的河岸上，抛下两只铁桶灌满水，挑着水回家，倒进缸里，就成了一家人的饮用水。

冬天，绰尔河哗哗的歌喉被冰面封住了，亮亮的冰河映着天上的太阳，人们走在河面上，如踩着太阳般惬意。我们一群孩子在冰面上溜冰板，打爬犁，欢呼着向一个被凿开的冰窟窿围过去。河冰2米多厚，从上往下望，这眼冰窟窿俨然就是一口深深的井，所不同的是井壁是亮晶晶的厚冰壁，在这里能看见深处的绰尔河尚未沉睡，黑色、冷清的河水悄无声息地向东方流去，生命力勃然显现……家住河岸上的人们，常常是男人女人挑着两只水桶向河井走来，打满两桶瓦凉瓦凉的河水，乐悠悠地向家走去了。

傍晚时分，夕阳恋在山头，映红了河面，河井旁人声鼎沸。来这里打水的人，盛水的工具各不相同，有狗儿拉雪橇运水的，有牛马大车拉水的，有小孩拉爬犁载水的，男女相融，老幼互答，牛鸣狗吠。人们在河面上排成一列弯曲的长队，洋铁桶的碰撞声，小孩子们的嬉戏声，山间猫头鹰的鸣噪声，形成了动静唱和的独特景观。似乎这里的人们不是在河井旁打水喝，好像是在这里开联欢会，山里人的生命活力在这里袒露无遗。这一切，构成了河井周围的主体文化氛围，犹如大画家笔下一幅动人的"冬日山间暮饮图"。

山里人喝的全是冬日的冰河水，凉却爽口，入腹而转热。冰河水让山里人的身体硬朗、健康。我们家一年四季喝的都是大河水，全家人从不得病，年过七旬的老外祖母身子骨结结实实，一年到头总是笑声朗朗，时至中年的父母体魄康健，脸上常年放着红光，我兄妹四人身高噌噌长。大河水越喝越强壮！大兴安岭的水到哪里都一样，水清，水旺，水壮，这是大自然给山里人的最佳馈赠。

如今，我们居住在省城的楼宅区内，想不到竟然出现了饮水的尴尬，这让我想起早年关于饮用水的往事，故而旧事重温。昔日故乡的水早已化作我的肉体，融入我的血液，铸造了北方男人的精神。

年酒醉小妹

临近年关，我竟然像孩子似的，在心中默数着十五天、十天……要过年了——这情不自禁涌起的童年感觉，让我回到三十五年前的大兴安岭上。

农历腊月二十九这天，大兴安岭小镇甘河，家家飘出肉香、鱼香、野味香，这浓浓的年味儿，刺激着我们想放鞭炮，刺激着我们想吃想喝。

那天，太阳把一缕柔光抛进我家东屋小窗内，我下地窖捡土豆。七岁的妹妹托娅问我："二哥，那是什么？"

我停止装筐，仰头看窖口，见托娅的黑眼睛直视窖里那个紫坛子，就说："那是妈做的杜柿酒，是年三十半夜吃饺子时喝的。"

对大岭人而言，过年是从秋天开始的。五花山时节，几乎家家都要上山采杜柿。开始，采回的杜柿果形似红豆，白霜蒙面，粒粒硬挺，口感极脆，孩子们狼吞虎咽地嚼着，酸甜可口，不过十分钟，嘴唇牙齿皆变成紫红色。顷刻间，家内外萦回着浆果的清甜味儿。

晚秋，山野像魔术师天天变，不出半月首场霜降临，一夜间杜柿由银灰变成绛紫，柔媚晶莹，紫透映霜白，像粒粒饱满的紫玉珠，入口轻嚼，酸涩皆无，满口淡酸浓甜的气息沁人心脾。我们欲伸手再拿，被妈拦住：打回家的草也能撑着贪吃的小羊羔。说完，妈轻声唱起故乡的长调："长生天送给山野阳光，白桦树怀春乳汁儿流淌，杜柿果受孕酿出酒浆……"

两天后，那些采来的杜柿果被妈用纱布滤成汁儿装进圆圆的紫坛子，放进东屋地窖里。杜柿们做起酒的梦，梦见雪花漫天飞舞，梦见河谷杜鹃绽放，梦见雪岭融化成溪。

托娅大眼睛一闪，又问："二哥，听说杜柿酒可甜了，我能喝吗？"

那是 1972 年，我十二岁了。我对妹妹说："大人能喝，你们小孩不能喝。"

大雪片儿驮来冬天。年三十这天，托娅像匹欢快的小马驹儿，早上跟着我和大哥呼斯图前后转，贴对联，做冰灯。她头上刚用粉头绫子扎成两只蝴蝶，不忍心让绿头巾遮住头上的蝴蝶，头巾只裹着脖子。小姑娘屋里院外地忙着，红嘟嘟的圆脸蛋儿热气腾腾。

午后，雪花像棉花纷纷飘落，群山被雪幕遮蔽，小镇白茫茫一片。

黄昏时分，十四岁的大哥到院里把大红灯笼升起来。我给妈妈帮厨，发现身边少了妹妹，遂向窗外望，见她从东屋出来，身子晃了晃，进了大屋。她留在雪地上的脚印很深，像数朵白莲。

除夕夜来了，小镇人家高低不等的红灯笼亮了，有男孩在街上放烟花。

妈满怀欢喜地看着满桌菜肴，猛然想起什么，对我喊："巴图，还少两个菜,扒牛肉片儿和炒羊肚,快叫托娅来，帮我剥蒜！"

我进里屋喊："托娅……"话没完，就被眼前情景惊住了：托娅在炕上甜甜地睡着，满脸幸福。我欲弯腰给她来个刮鼻子，却意外闻到她的喘息中有股淡淡的酒香味儿，哈，这丫头，刚才是去东屋地窖偷杜柿酒喝了，那可是发酵三个多月的野果酒啊，劲大着呢！

妈没听我说完，就去里屋看梦中的托娅，她脸红得像玫瑰。妈责怪我说："都是你巴图惹的祸，是你让妹妹喝的杜柿酒吗？"我忙说："我下窖取土豆时，托娅看到了那坛酒。"妈笑着说："让她睡吧……等吃年夜饺子的时候再叫她。"

午夜时分，热腾腾的菜肴摆满桌，紫红的杜柿酒斟满杯，光焰耀眼。全家人皆不动筷，围着酣睡的托娅，窃笑醉酒不醒的小女孩，谁也不忍叫醒她。妈上炕抱起她，用蒙古话喊："我的宝贝儿，过年就八岁了，还傻得能让狼驮走了。快起来，吃过年饺子喽！"

这时，小镇里炮仗声大作，过大年了……

白　桦　谣

坦白地说吧，你有时很希望，还生活在可爱的故乡！

——海　涅

长居大城市二十多年，白桦常常在我梦中闪现。

童年的我嬉戏于夏日白桦林中，花褐色的飞龙鸟正在桦林中翻飞；少年的我奔跑在秋日的桦梦中，斑斑驳驳的阳光透视金闪闪的叶片，白桦林如列队舞动的少女们，清纯的笑声在我耳畔流过……我醒来后，知道自己是在梦中，这醉人的甜蜜，在我心中持续一整天不肯散去。

我居住的平原大都市，远离群山，远离森林，远离河流，远离清新的空气。在城里生活久了，难免生出压抑之感。这种感觉像条绳子，把我的肉体缠裹得如僵硬的木偶，接着它又化作一条冰冷的铁链，无情地困锁着我的精神。

这时，我会想到那些圈养于动物园的猴子和老虎们，我并不比它们自由、快乐，我不知道动物们有没有苦恼。长时间不出城，忧郁和烦躁就会随之而来。我百思不得其解：城里生活的确丰富，高楼大厦，路桥如织，日夜不眠，人欲奔流……这一切就在自己的身边，而我为何不能与其相融，还常生出孤寂感呢？想来想去，我得出结论，因为自己是一个从大山里走出来的孩子，从我降生在大兴安岭森林中的那一刻起，直到12年后离开大山，那些岁月就像一架强势的孵化器，已将我孕化成型，我的肉体早已与远山大野融为一体，我的身上每时每刻都弥漫着森林的气息。

在都市里，每天睁开眼睛，我无视鳞次栉比的楼房，多如蚂蚁的汽车，只要一静下来，我的脑海中闪现的就是山岭，就是树林，红色的松，黑色的柞，白色的桦，这些充满灵性的树，与我气场兼容。它们不仅养育了我的肉体，还滋润了我的心灵，熔铸了我的精神。

在阿荣旗美丽的桦树沟，我看到眼前株株白桦与阳光接吻的动人情景。人在此地必然为桦林所同化，其内心之圣洁感遂跃升为朝圣状态。

这片狭长地带的白桦林，非株株独立，而是一束一束相拥而长，形似连体的凤尾竹。它们就像家庭和族群式的部落，根脉深扎在大地上，其叶片抖擞，光影粼粼，满沟的洁净。这里让我想到了俄罗斯画家列维坦的桦林与阳光，想到了作家屠格涅夫的著名小说《白净草原》，想到了美国作家欧·亨利的名著《最后一片叶子》，还想到了外婆给我讲的老丑婆和狼的故事。那个遥远年代的奇异往事，就发生在冬日的那片白桦林中。

这天深夜，窗寒屋冷，疾风刺骨。再过五天就要过大年了，六十多岁的老丑婆和丈夫王老头正被贫困煎熬着，他们犯愁呢，再过两天在甘河窑上当矿工的儿子就要领着媳妇回家过年了，他们却没有现大洋来买鱼和猪肉。二老想：总得让儿子儿媳过年吃顿肉馅饺子吧。可现在老两口口袋空空，没钱也没粮。唉——俩老人焦心地围着煤油灯，长吁短叹，愁眉不展。这对孤苦老人的身影映在墙上，在灯影里频频抖动，老头嘴上的烟袋锅的烟火明暗变幻着，漫漫长夜愁绪不散……

啪——啪——

这时木刻楞老屋外突然传来两声清脆的枪声，跟着还听到几声狼的哀号。

过不多时，好像有个沉重的东西撞在了王家的门板上。尽管声音不大，两个老人却听得清清楚楚，他们的心有种明显的坠落感。老丑婆神情紧张地问丈夫："老头子，我好像听到有什么东西在挠咱家的门。"耳背的老头说："老太婆，愁坏了脑袋了吧！哪有什么声音？"

老丑婆不听其唠叨，推开被大雪埋了小半截的屋门，又"妈呀"一声退回屋里。老人静待片刻，听外面无声息了，才颤抖着走到门边，只见一只灰褐色的大狼躺在门边，一双绿莹莹的眼睛乞求地望着老人。老丑婆反应极快："老头子，这是一只要生崽的狼！"老头听罢老婆的话，才注意到这只躺在门边的母狼肚子又圆又大。老丑婆看到母狼身体抽搐蠕动，还轻轻呻吟，她被母狼渴求的眼神感化了。老丑婆感到母狼正用温柔的目光向自己求助，立刻语出惊人地喊："老头子，快帮我把它弄进屋！"

他们把母狼弄进屋，放在灶火旁边，老丑婆抱来一束干草，垫在母狼的身下，然后轻柔地为母狼揉肚子。

过不多时，门外传来一个男人的问话声："老乡，你们看到山那面跑过来一只狼了吗？"老丑婆以手暗示丈夫，老头会意，马上高声对猎人说："没看见！你去山后桦树林子看看吧！"随后传来猎人远去的马蹄声。

母性是共通的，不管是人类还是畜兽，这来自生命内部的爱，其能量超越种群族群，是保持天地平衡的超级杠杆。这时，老丑婆手端煤油灯看母狼，狼前后翻滚，痛苦难捱，她干瘪的眼里流出两行湿亮亮的泪……她手揉母狼腹部，力度逐渐加大，狼不再呻吟。

后半夜母狼生下两只小狼崽。

老丑婆把仅有的一点苞米糁子熬成粥，又把米汤给母狼和狼崽喝。

两天后，母狼领着狼崽儿走出王家，走进老屋后面的那片白桦林。母狼立于林边，与站在老屋门边的一对老人，足足对视半分钟，然后仰天长啸一声，就消失在飘着雪花的白桦林中。

就剩两天就过大年了，这个早晨，晨曦未露，大雪纷飞。老丑婆听到外面传来一声狼叫，感到这声音熟悉，忙推门看，门却推不开，好像被东西挡住了。老两口合力推开门，看见门外一只被咬死的足有百斤重的黑毛野猪躺在门边。野猪身上仍有余温，雪地上血迹溅洒得像一朵巨大的蜡梅花。雪地中狼迹纷乱，最后消失在老屋后的白桦林里。老两口喜出望外，儿子儿媳晌午就回来了，不愁过年没有包饺子的肉了。

这个白桦林人家与母狼的故事，在我心里藏贮了近半个世纪。当年外婆把它讲给刚刚更事的小男孩，无外乎告诉我"行善事有好报"这类佛家道理，现在想来其所包含的意蕴，绝非那么单纯，它犹如夜幕的星辰一般，谁能说星辰只有照明一个功能呢。

那天我在鄂温克族的查巴奇（鄂温克语，意为白桦林中的人们）乡采访，面对许多鄂温克族乡亲，我想到了出自这个民族的著名作家乌热尔图先生。他是当年向我打开了解鄂温克族生活窗口的第一位作家，《七岔犄角的公鹿》《琥珀色的篝火》等多篇挖掘本族生存诗意的小说，带着大兴安岭原野的芬芳，再一次馈献给中国文学以丽彩和灵气，鄂温克族的人文精神亦随之融入华夏文明的长河中。

在鄂温克族老人那英笑的家里，我结识了一位隽秀美丽的鄂温克族少女。她身材挺拔如白桦树，浅浅的笑容十分妩媚。在乡里晚上举行的瑟宾节篝火晚会上，在那棵百年老神树下，在金火苗跳动的篝火旁，这姑娘红裙翩翩，其舞姿和神韵令人陶醉。我相机的闪光灯不停地对她绽放，却丝毫没影响她曼妙的舞步……此时，伴着飞扬的音乐，我的心已飞越这温馨的月夜，回到早年的小山村。我想到了猎人邻居卓格图的女儿乌娜与小梅花鹿的往事。

我十岁那年，在雅鲁河边遇见了七岁的乌娜。她手拎小篮子弯腰割草，我放学刚好经过她身边，听到一个甜甜的声音对我求助："哥哥，帮我采点草吧，不然我家的小鹿就要饿死了……"

我以为自己听错了："什么？小鹿！你家有？……"我的眼睛瞪圆了。乌娜咕噜着黑亮的眼睛反问："你不信？我家真的有一只小梅花鹿崽……"我迫不及待道："什么，什么，真有鹿？"我连连摇头。乌娜很认真地答道："鄂温克人从不说谎，我割草就是喂小鹿的。"我笑了："骗人，有鹿牵出来放就行了，为啥割草喂啊？"乌娜小声告诉我："快帮我割草，我领你来我家看小鹿！"

我接过乌娜递来的割草刀，俯下身飞快地帮她割草。当太阳变成金闪闪的圆盘尚挂于山巅时，我和乌娜抬着装满青草的筐子回到她家院里，乌娜把手指放在唇上说："喏，小点声，别吓着它。"

我看到院子东面有个四方形半人高的桦木小围栏，里面果然趴着一只小梅花鹿，它扬脖抬头看着我俩，眼神直率、清纯，还有一丝惊恐。乌娜告诉我，前天她阿爸上山打猎时，吓跑了它的爸爸和妈妈，拣到了这个小母鹿崽儿。它来家里一天一宿了总是叫，不吃不喝的。乌娜说着抓把青草递到它嘴边，它双耳摆动着，用鼻子闻着青草，就是不张嘴吃。乌娜担心地说："看到了吧，它就是这样子总不吃草，急死人！"

我说："你爸为啥不放了它呢？"乌娜说："阿爸要把它养大些卖到公家鹿场去。"我说："过不了两三天，它就饿死了……"乌娜急得脸红红的，眼里盈满泪水："那怎么办啊？小花鹿，你吃点青草吧！"这只小花鹿好像听懂了小女孩的话，站起身子，头贴在乌娜递给它青草的小手上。它神情迷茫，还委屈地叫了一声，这一叫乌娜的眼泪就流下来了。

　　我忙安慰她：“别哭，乌娜别哭，我去给它弄点米汤来！”很快我在外婆煮粥的锅里，给小花鹿舀来碗大楂子米汤，送到乌娜手里。她鼓起腮把米汤吹凉了，递到小花鹿嘴边。天呐，小花鹿用鼻子闻闻米汤，终于张嘴喝米汤啦！

　　喜不自禁的乌娜，高兴地唱起一首古老的部落歌谣：

　　　　满山的鹿儿，

　　　　你听清楚，

　　　　春天来了，

　　　　桦树绿了，

　　　　天空赠你晨露当饮水，

　　　　大地赐你青草作食料。

　　　　渴了，你喝露珠，

　　　　饿了，你吃青草，

　　　　饱了，草地上打个滚儿，

　　　　累了，你桦树林里睡个觉，

　　　　不许夜里呜呜叫，

　　　　引来野狼哈哈笑……

　　傍晚的山谷里，暖风悠悠，黄昏的小村内，霞光夕照，女孩和小鹿映在红红的光晕里，身影变成玫瑰色，像一幅油画。

　　第二天，小村里传来个惊人的消息：猎人卓格图的小女儿乌娜和那只小梅花鹿不见了！全村人直找到太阳西下，在天光与河水相映染的金色河岸上，终于找到了睡在草丛中的小女孩乌娜。父亲卓格图蹲下身,静静地看着女儿乌娜红彤彤的小脸蛋,轻声问:"乌娜,你怎么在这么远的地方睡着了? 让我们好找。"

乌娜醒了,小声回答:"我累了,就睡着了……"

父亲问:"乌娜,你干什么去啦?"

小女孩揉着惺忪的睡眼,用手向东面的那片白桦林一指:"喏,把小花鹿放到桦林里了,它去见妈妈和爸爸了……"

父亲卓格图望着山坡上那片茂盛的白桦林,眼睛湿润了,他弯腰抱起女儿,映着夕阳,向地平线下的山村走去。

老丑婆与狼的故事,小女孩与鹿的故事,伴着我的故乡梦在山川、河畔飞翔……

四十年匆匆飞逝,那梦幻般的故土,与我生命血肉相连。

我知道我的生命与大兴安岭同在,与河水同流,与树木同长,与百草同眠。这片土地的神灵,这些早年的记忆……伴着欢腾的河水流下大兴安岭,伴着悠扬的牧歌飞越广袤的呼伦贝尔草原。这童年的歌谣来自那神奇的北方大地,这大地的童谣,萦回于碧水蓝天间……

缺失苹果的高原

　　大都市生活的喧闹和复杂，使我有被多重负载包围的感觉，这感受常把我的精神拉出躯壳，让我的心飞得很高很远，回到三十年前的内蒙古高原。那里的山峦和草原，那里的河流和煤矿，那里的友人和往事……都曾让我心向神往。

　　我生活的小城，坐落在丛林葳蕤的大兴安岭西部，是一座现代煤矿，她有个好听的名字——大雁。小城在斯塔诺夫山脉和大兴安岭对峙形成的呼伦贝尔草原怀抱里，受蒙古高原和俄罗斯西伯利亚地域环境的影响，那里是高寒地区，一年四季只有四五个月无霜期，冬天平均温度零下 30 摄氏度左右。二十世纪七十年代初，那里同全国许多地方相同，处在物质生活极端贫乏的时期，我在那里度过了少年和青年时代，在那段岁月里，我们孩子最渴望的就是两件事：见到绿色和吃上水果。

　　我们的小城在鄂温克旗境内，中东大铁路自东向西穿越大草原，我们的煤矿居于典型的高原地带。在当地，常年食土豆、大白菜、大萝卜，这"老三样"既是我们碗中的菜，又是口中的代水果。

我们那里本来就不产水果，再加之我家人口多，父亲挣得又少，不可能有买水果的钱，在家里我几乎一年也见不到水果。我常看到干部人家的孩子啃着苹果，吞着香蕉，我和邻居崔大伯家的二林子只能在一边咽口水。

一次，我俩实在忍不住了，便跑到野外，先在人家绿蓬蓬的土豆地里抠出几个土豆生吃。一阵狂嚼过后，嘴唇和嘴角粘满白白的淀粉，仍感不解渴，于是两个大男孩的双眼闪着渴望的光，在原野上搜索着，终于发现不远处有一座树条子围着的大菜园子。我们像两只小饿狼似的，饥不择食地钻进了菜园子。

园子里，一个老汉正弯腰在地里干活。在土豆、白菜、芹菜的包围中间，我俩发现了几垄长势旺盛的黄瓜架，于是，两个大男孩的眼睛，顿时闪出了贪婪的光。

二林子的嘴马上变甜了："大爷，架上结黄瓜了吗？"没等老汉回答，我俩便蹿进黄瓜地。

这时身后传来老汉的话："天道冷，只结两个，没舍得摘，留种呢！"

这边，我们的眼睛正在瓜架瓜秧上搜寻着呢，两个少年的眼睛，一如小窃贼扫视路人的口袋般诡异。我们终于发现一个钢笔长短，大拇指粗细，顶端仍系着金花的黄瓜。二林子的目光，唰地聚到这个黄瓜上，他像猎人发现了目标般兴奋。他回头看看，见老汉没注意他，右手变魔术似的一个翻腕动作，那棵嫩嫩的黄瓜，便闪进了他蓝破衫内的胳肢窝下。

做贼心虚，我们急匆匆走出菜园子，不到二十米远，就听背后老汉追出来大喊：“哎——你俩站住！”

两个淘气的中学生撒腿就跑。

在小山岗上，我们气喘吁吁地分吃了这次“劳动”成果，心里觉得无比的幸福。我想起这一幕，心中除却欢乐外，还有一丝内疚，把黄瓜当作眼珠的老汉更值得同情呢。

二十世纪七十年代中期，我高中毕业，赶上了“知识青年上山下乡”的尾巴，因为我们都是煤矿职工的子女，大家多半“下乡”在离家不远的矿办农场里。

那段精神匮乏和物质短缺的现实生活，也不同程度地影响了我们这代年轻人的情感世界。

一个身材苗条、长相秀气的女同学颇得男知青的好感。我和她是中学同学，我家和她家均在火车站南侧临郊地带，两家是近邻，相距不足二百米。自上初中起，我和她就已是校文艺队的骨干了，每晚排练完节目回家，要走夜路，总是我送她到家门口。每次演出时，我在乐队里拉二胡为她伴奏，她跳着欢快优美的维吾尔族舞蒙古舞，舞姿翩翩，神采飞扬，台下的男同学为她拍红了手掌。

高中毕业后，知青时代开始了，我们下乡在同一农场，我看菜地，干杂活，她当上了猪场的饲养员。当年临近元旦的前半个月，农场搞迎新年文艺演出排练，我们再次成为“同团艺员”，晚上仍同路回家。冬夜漆黑，沿着一条矿用铁路，两人默默地走着，话语极少，而这时心里的感觉已经发生了微妙的变化。尽管她干的是喂猪的活儿，但她区别于其他姑娘有点艺术化的外在气质，对周围的男知青们有强烈的吸引力。好多小伙子在悄悄暗恋她,却没有一个人敢对她说出那句"捅破窗户纸"的话。我也不例外,因为她父亲当时是小镇政府的官儿。

1978 年大年初二,呼伦贝尔高原一个寒冷的晚上,农场的几个小伙子,怀着各自不同的心情,打着给她爸妈拜年的幌子去了她家,其实是为了同她拉近距离,表现自己。按照当地习俗,初五前去任何人家拜年都得酒菜相待。她爸妈见来了几个大男孩,心里越发高兴,于是做了一桌子好吃的,还拿出"北大仓"好酒款待大家。

临吃饭,不知谁说了我的名字,她马上让妹妹小四儿来我家把我喊去。

刚进屋,她一脸灿烂地对我说:"你怎么才来呀!"好像她早就约过我似的。

我也借坡打滑,顺势说:"不都刚到嘛!要我先来,好吃的我就全包啦!"

酒意酣浓,大家向她要冰砖(当地海拉尔奶油雪糕很著名)吃,理由是要解解酒。她先给宝昌和亚安拿来冰砖,又给二林子拿来半碗醋,唯独没给我任何东西。众哥们兴奋地嗷嗷划着拳,气氛异常热烈。我不胜酒力,两杯酒下肚,脸红目赤,坐于桌边默不作声。她看了我一眼,嫣然一笑,转身在靠墙的黄木箱里很认真地翻了一阵,竟然掏出一个红彤彤的大苹果!众哥们的眼光,唰地集中到她手中的红苹果上,惊奇的神情中,饱含渴望,又显复杂……

想不到,在众目睽睽下,她竟然大大方方地把这个既抢眼又诱人的红苹果递给了我,还找理由似的道:"他酒量小,不同于你们。"

这帮小子立刻变得狼一般嫉妒，他们的目光像火似的跳动着，迅即转跳到我手里的苹果上，旋即又跳到她的脸上，这张秀气的脸瞬间变成了红绸子，羞涩伴着喜悦，尴尬伴着神秘，率真伴着纯情，如春风般妩媚动人……我手上的红苹果，又大又圆，又嫩又光，红得均均匀匀，红得艳艳娇娇，我捧着它，宛如捧着一轮升起的太阳……十八岁的我，第一次为姑娘的真情怦然情动。那一刻，我真的有了醉酒的感觉，似乎高原的冬夜也伴着我涌起热流……

这是前半生我吃到的世界上最甜最甜的苹果。

草原残雪融尽的四月，我下煤矿当了一名矿工。

五月的一天上午，身着浅粉色短袖衫的她，突然出现在我家，不约而至，让我既惊奇又暗喜。细看她，恬淡表情的背后，饱含一缕愁绪，忙问其因，她告诉我，父母让她去林区姑母家复习功课，准备明年高考。我很疑惑，一个比大雁镇落后许多，又远又闭塞的山中乡镇学校，能培养她攻克高考高地的"山头"吗？后来的事实证明我的判断是正确的，这是后话。

这一天，我隐隐约约地意识到了什么，可又马上否定了。向往再次迷惑了青春痴情的眼睛。

第二天下午，我上夜班提前出门，骑自行车赶到火车站特意去送她。看到她和家人站在那里，我正欲奔到她身边，她母亲老远地对我喊："别过来啦，去上班吧！"那个要面子又傻气的我，竟然被一句话拦在了铁路的另一侧。

我心里上下翻腾着，双腿沉重，举头眺望，远方刚见绿的草原，也好像沉在离别的伤感中，一副呜咽的面容。对面的姑娘说不出话来，远远地看着我……

"我的心呀在高原，不管我走到哪里……"

三十年后，当我在心间再次吟诵英国诗人彭斯的这句名诗时，我的青春连同我的精神，早已飞向了遥远的内蒙古高原呼伦贝尔故乡，那是我终生不能忘却的地方……

高原流水

二十年前，父亲对我的终身大事，只提了一个要求，找个蒙古族姑娘做媳妇。

婚姻是一种缘分。这句话在我和妻子的身上得到了奇妙的验证，纵观十八年的婚姻生活，我确信了这点。世界这么大，偏偏我们都是大兴安岭长大的孩子，十多年后我们又同在一个煤矿的中学读书，虽然各自不曾相识，中学毕业下乡却又下到同一个农场，后来成了一家人，全在于"缘"上。

一

二十世纪七十年代，我们的家先后从大兴安岭搬迁到呼伦贝尔草原的大雁煤矿，两家相距不足一公里，却彼此没有见过面。等我的几个要好的朋友开始注意周围的姑娘的时候，一天，我家的邻居计大伯乐呵呵地对我父母说："向华饭店，有个蒙古族姑娘，可漂亮啦，给你家小子说说……"老汉说这话，也是有前因的，他的儿子小安是我的中学同学，二十好几了也正在找对象，小安看上了这个蒙古族姑娘，但是背地里一打听，人家姑娘的父母要为女儿找个同民族小伙子，老汉知道儿子"硬件"不达标，也知道我家是蒙古族，于是就有了前面的话。这时，我父亲只是一名普通的工程师，我刚在煤矿参加工作，而且是一名生活在最底层、日夜奔波于千米大地之下的矿工。而她当时可谓小城的"公主"，父亲是地方政府党委的书记，家里有名气有地位，她长得俊俏可人，这是所有见了她的人背后窃窃私语的话，加之她有个很体面的工作——饭店的收银员。这样悬殊的对应条件，可想我们离缘还有一段值得追索的距离。有一次我和几个哥们儿去那个饭店参加送朋友的宴会，隔着玻璃窗见到了她。她的确如人所言：漂亮，皮肤白皙得几近透明。见了这张脸，我的心里幻化出抚摸婴儿白嫩脸蛋儿的感觉。大而黑的眼睛像澄静的深湖，轻轻睨视这双眼睛，似乎感觉到那里一汪明净的泉水即刻会涌出来。那年她刚好二十岁，我二十二岁，这是她留给我的第一印象。可能我的父母考虑两家地位悬殊，差距过大，他们没有过深地提及此事。

　　命运的驱使和安排，或喜或忧，或喜忧参半，常常使人猝不及防。1977年我高考失败后，在呼伦贝尔草原一个小农场下乡不足一年，又一头扎到矿井下当了矿工。这四年多的人生旅程，工作环境极其恶劣，生命时时受到威胁，越是这样我越发强烈地感到精神生活的极度饥渴，感到精神世界需求的惨烈。在为谋生拼命的同时，我已没时间抱怨，从矿井下爬上来，洗去全身煤尘，发疯一般地到处找书读买书读。我的中学语文老师额尔德尼的家，就曾经是我的不算小的精神家园，这对夫妇是达斡尔族，勤勉聪慧，为人友善，他们酷爱读书藏书，家里有两个大书架，这在当时的小城是唯一的"首富"。我在老师家里享有"特权"，那书架下面的藏书柜唯独对我开放，装在柜子里的这些书珍贵少见，当时多是禁书，如莎士比亚《温莎堡的风流娘们》、卢梭的《忏悔录》、莫泊桑的《漂亮朋友》，我每读完一本书，老师都要和我交流一番，他宽大亮堂的额头内承载着无尽的知识，还有他漂亮的板书和潇洒的毛笔字，他的魅力如磁铁般把我吸引过去，我似乎丢了魂儿。在他身边，我享受到了精神的极大满足，我们的话题从未离开过文学和人生。

一天，老师突然一扫往日的平静，一脸严肃地对我道："单老师(额尔德尼的爱人)对你评价不错，有个蒙古族姑娘，叫巴拉，她想给你们介绍介绍……"这个名字让我有种触电的感觉，当时的我大概未藏住"真相"，脸上滚烫，心咚咚直跳，但还是认真地点了头。这件事给我造成了意想不到的负担，原来我是每天晚上必去老师家的，现在为了显示我不着急，改三天才去一趟。闲在家里的两天晚上却难熬极了，读书难进，坐卧难安，去老师家又不敢问此事，敷衍几句便逃也似的躲回家了，浮动的心直到午夜亦不能平静。这样的日子大概持续了两周，终于有一天单老师抱憾地告诉我：另一个蒙古族小伙子先入了姑娘的家门，条件也比我好，一米八的大个儿，爸爸还是个当官的，可谓门当户对。似乎在冬夜刚刚跑完了一万米，出了一身大汗，我渐渐平静了。爱是不能单方进行的，只有耐心地等待。

二

在大地之下，我是矿工，我艰难地跋涉着，体验着意大利大诗人但丁抒写的走过地狱、炼狱的苦难历程：

> 当我们到达黑暗的井底，
> 站在比巨人脚下还要低的地方，
> 我仍在仰望上面的高墙，
> 我听到一个声音说，
> "你走路要当心呀！"

这几句诗表达的人生苦难境界，让我在黑土草原之下整整磨砺了四年半。直到 1982 年，我才拼出一个读大学的机会。我们的学校就在草原的小城里，二十几个同学面对着电视和录音机开始了学习生活，听张志公先生的现代汉语课，听刘锡庆先生的写作基础课，听陈惇先生的外国文学课……这个时期，我仍去老师家找书读，读《一生》《仲夏梦之夜》《威尼斯商人》《安娜·卡列尼娜》《静静的顿河》《查密莉雅》等等，我读得如痴如醉，这些书里最能让我动情的就是主人公的爱情，大师们把姑娘和女人们描写得美丽善良，爱情上却常常最为不幸，约娜痴情于于连，却受到了意想不到的欺骗，阿克西妮娅着魔一般爱着的葛利高里，他却用皮鞭把她抽打得遍体鳞伤。苦辣酸甜的爱情，荡气回肠的爱情，让我激动，让我落泪，我越发羡慕爱情。半年之后，我的同学高玉斌一天突然对我说："我爱人同事有个姐姐，是个蒙古族，在政府妇联工作，你嫂子想给你介绍介绍。据说姑娘长得挺好，她叫……巴……拉……"我一听这个既熟悉又陌生的名字，头脑里产生了一种说不出的希冀感，怎么总是她，两年来总有人向我提到她，而每次都是要见面了，却又节外生枝。我有点望星星，向往看到它真面目的渴求，我心里暗暗说：不管你是沉鱼落雁，还是金枝玉叶，我非一睹你庐山真面目不可！于是，我对同学说："不要打草惊蛇，你陪我先去看看她长得什么模样。"

第二天上午九点，我们找借口到政府妇联调研，敲开门进屋，只见一个穿红夹克衫的姑娘，坐在桌边低头看报。还未等我反应过来看清她的面目，她迅速拿起报纸，把脸儿整个挡住了。我们在办公室坐了大约五分钟，这张报纸始终没有从脸上撤下来，我的同学故意找话，问人家的主任来了没有，报纸那边说出去办事了，就再无话了。屋里静得出奇，只有墙上的钟在"嗒嗒"地走着，我感到压抑，再也坐不住，给同学使了个眼色，逃也般地退出来。直到我们关上门的最后一眼，我看到那张报纸还挡在她的脸上，这次她留给我的印象就是一张报纸。我感到很沮丧，心里如打翻了五味瓶，又想这姑娘真够机灵的，反应像只飞奔的梅花鹿一般快。越是得不到的东西，越充满神秘和诱惑，想到这儿，我忍不住也笑了。虽然未看到她的脸，可人家的举动却反映她当时的态度：拒绝。

为何连让我看一眼的机会都不给，当时我极其迷惑不解。在不大的小城里，我们两家的交往是有些的，在当地蒙古族老乡中我们的父亲见面机会不少，他们都是颇受人尊敬的，又对各自家庭情况有基本了解。在当地蒙古族知识分子和朋友圈子里我父亲的厚诚、睿智的人格是有较好影响的。我在小城蒙古族青年中是站在前排者，上中学时就有点小名气，一直当班长，又是校团委文艺委员，在同学们中人气很旺，既能写能唱，又拉得一手好二胡，还是学校春季运动会连年长跑冠军；在矿井下出苦力的四年，业余时间给矿广播站写新闻稿，故小城知道我名字的人为数不少。由此我对她及其家人对此事的淡化有些不解，甚至有点愤然。后来又有一两个朋友曾主动为我们"搭桥"，均被她和她的家人挡住了，她一直保持着不解释的沉默。我想起了"天涯何处无芳草"这句诗，心里慢慢平静下来，又一头钻进了书本中。

后来，我们真成为一家人时，妻子曾告诉我其中的"奥秘"，对朋友、亲属的提亲她反应很明显，为何几次提到的都是这个人呢？她说这是她的第一感觉，似乎觉得自己跟这个人可能要有点故事。她母亲去世不久，又有人提到这个人，她很认真地去征求老姨的意见，想不到老姨夫给她泼冷水说："这个人聪明是真的，但将来很难把握，再说他的个子也矮了点。"就是这句话，在当时犹如重磅炸弹，对一个人生经历深刻的人都可能产生影响，何况面前是一个涉世不深的姑娘。外甥女听了姨夫的话，而姨夫曾经是那个小伙子的中学语文老师。姑娘笑了笑，果断拒绝了几次向她招手的爱。

时光飞逝着，青春健步走向高潮，我的爱情仍未来到。

三

内蒙古高原的夜晚，头顶的月亮又圆又大，我常常情不自禁地眺望窗外那轮清冷的月亮。

1983 年，呼伦贝尔草原的秋天像个早衰的母亲，9 月刚过，原野已一片灰黄。直到次年的深冬，我的情感、精神都处在极端孤苦和惨淡的状态中。那些日子，每到晚上我就怕见到月亮，她时缺时圆，给我的印象总是冷冷的。越是想避开她，越是悄然映入我的眼帘。那时父母远调到长春工作，弟弟妹妹们都到远方上大学，成了孤家寡人的我，仍在高原的小城苦读着。

如果把一个人拥有了不受干扰的独处视为幸福的话，那么一个年轻人选择爱情应被视为大自然赐予的天地良缘。我在那个淡化自我的时段里，遭遇了两次爱情的碰撞，迸出的不是爱的火花，却是刻骨铭心的苦涩。第一次是一个飘雪的冬日，我偶然发现了同在一校读英语专业的曾是我中学同学的女生，在一方红毛巾下包裹的那张脸，在白雪的映衬下显得格外妩媚。我们联系时间不长，她便处在身为更夫父亲的喝骂之下，那个山东老汉的理由是：他的女儿不能找蒙古族人，必须找个山东老乡！她不敢有违老父，处在极端痛苦中，我主动予她以解脱。第二次是一个暗中关注我许久的姑娘，她托父亲的朋友为我们介绍。此人曾是我在煤矿工作时非常厌烦的师傅，他除了喝酒打老婆，再没有别的营生可做了。徒弟们都请他喝酒，唯独我不曾请他喝酒。他因我未请他喝过一顿酒而生我的气，两年过去了对我的气尚未消去。加之这姑娘的父亲已不在世，可以想到她去托他，他一拖就是一年半。后来姑娘勇敢地找到了我的宿舍，那时我刚好同另一个姑娘（后来成了我的爱人）相处了一周，我向她如实陈述，她泪眼婆娑地问："你真的爱她了吗？"我无法用话语回答她，但我相信自己心里的真实感觉，只轻轻点了一下头，她便泪流滂沱了……这中间"环节"是我听了这姑娘的述说才知道的，这是后话了。还是回到我要说的这个人上来吧。

我在爱情的荒原上疲惫地奔跑着，属于自己的坐标仍在一片茫然中。还有大半年我便大学毕业了，最后半年伴随我的主要有两件事，写好毕业论文，找到爱情之箭的着陆点，周围的朋友、同学走马灯似的为我牵"红线"，尤其既是我的光屁股娃娃时代的同学，又是铁哥们儿的宝昌、冬梅夫妇，给一个正在两千公里外读大学的女同学写了数封信，那姑娘真的千里迢迢赶来见我。当送走女孩儿宝昌得知我对她没那种感觉时，此兄把我一顿痛骂，搞得我如偷鸡贼被捉般难堪，心里灰灰的、苦苦的、涩涩的。他气头上怒吼了一句话："你是谁？你在等谁？"这句话引起我的思考和自问，是啊，我到底在等谁呢？我回答不出。

1985 年呼伦贝尔草原的春天像个性格急躁的新娘，刚过三月中旬，我们高原小城人还没有脱去皮毛冬装，高原的太阳就把原野的雪地抚摸得春水四溢了。3 月 29 日，一个永生值得记住的日子，昨天还干号的大风这天忽然住嘴了，高原苍蓝的天幕上，那明晃晃的太阳也一下变得温柔了。这天，我的同学、好友阎长虹、王建华夫妇为我搭起了一道巨型彩虹，我在他们的引导下，走进了四年前就萦绕于我梦中的姑娘的家。那天，她穿得极普通，一双春水流芳的大眼睛，一件藕荷色的毛外衣，一下就摄住了我，让我茅塞顿开，有了魂魄不知真似梦的疑惑。看着坐在对面的这个姑娘，我感到喧嚣的世界在一瞬间平静了，我有了属于自己的感觉……一个半月后，北下的暖风刮过呼伦贝尔，躲藏在大地下的春意催出了草原的淡绿。5月中旬小城人迎来了土豆的播种季节，我们集聚在红胡子沟峡谷被犁过的黑土草原上，抢播着土豆。数百条一里多长的地垄沟，每条都要码上1500余个土豆种。油黑的土地，饥渴地张着嘴，丰饶的土地，急待人们的梳理。从弥漫着泥土味儿的黑土中，我们感觉到了大地、草原的深呼吸。我看到所有的人都被迷醉了，人们跟着小拖拉机拉的犁铧奔跑着，土豆种子从人们的手中雨点般投向垄沟，小伙子们狂呼欢笑着，姑娘们踩着垄沟唱着歌儿，高原迟来的春天在峡谷中回荡着。在人群中，我的眼睛始终集中在那个唯一穿红衣服的扎着白纱巾的姑娘身上。她不张扬，不尖刻，不大声说笑，动作稳稳当当，仪态大大方方，那双眼睛总是静静凝视这个世界。

休息的时候，我们一起走上山岗，眺望刚刚萌绿的草原。在一个避风的山坡上，我们发现了一丛野杏树，粉红色的杏花正怒放着，沿着山坡望去，那里是一片杏花的海洋，争奇斗妍，热情洋溢，把旷野的草原一下变得生机勃然……身边的姑娘突然喊："晓雷，快看——野杏花开啦！"这一声呼喊回荡在天地间，直入灵魂。我感到全身燥热，默默难言，双眼满浸泪水，望着茫茫的草原，起伏的山岗，我想起了英国诗人彭斯的吟唱：

> 我的心呀在高原，我的心不在这里，
> 我的心呀在高原，追逐着鹿麋。
> 追逐着野鹿，跟踪着獐儿，
> 我的心呀在高原，不管我上哪里……

我看到了山岗下一条亮晶晶的小溪正欢腾地流淌着，猛然悟到：二十六岁的我，拥有了属于我们的爱情，她来得正是时候。我拉着我的蒙古族姑娘的手，向杏花开放的山岗走去……

野杏花山岗

大晴天，刮着小风。

早晨六点半，我来不及吃饭，就赶到甜儿的家。我对她说："给我点吃的吧。"甜儿微笑着，给我一根麻花。甜儿的二哥及其内弟，加上我和甜儿，其妹妹其格，一共五人同坐着政府的中客汽车向草原天边的红胡子沟驶去。越过舒缓的山岗，下面就是一片椭圆形的黑土地，我们要在这里播种今年的土豆。这是呼伦贝尔人一年的重要大事之一，不然冬天我们吃什么菜呢。

八点多了，跃上山岗的太阳灼热而刺眼。山沟里刮起的风凉爽透彻，土地被吹得干燥，拉犁的小拖拉机每耕过一条地垄儿都带起来干黑土，像扬起的风沙一样，衣服上和脸上落满了尘土。黑土地垄散发着泥土的香味儿，每条地垄长约三百米，每家每户只分种三条地垄，收获的土豆就足够一家人吃一冬天的了。

小拖拉机拉着犁在前面"突突"地翻耕着垄沟儿，女人的花衣服像彩旗迎风发出"呼啦啦"的声音，男人嗷嗷地呼喊着，孩

子们奔跑在田间运送土豆种子，男女老少抖动着手腕，土豆种
子像星星般落入黑土垄沟里……草原这片被开垦的黑土地，让
春种的激情点燃了。

到了中午，已经耕种完六分之四的土地，大家开始休息，
在汽车里吃午饭。饭后人们下车在草地上或躺或卧地休息。身
旁的单老师和我闲谈着，甜儿也坐在我身边。郭书记走过来，
坐在我们身边，问甜儿："巴拉，你们啥时结婚呀？"甜儿无声
地笑了，不回答。单老师说："那时，我做娘家亲做婆家亲都行，
我看还是做娘家亲吧，吃第一桌宴席啊！"这句话把周围的人
都逗乐了。人们都知道我和甜儿到了谈婚论嫁的时节。

我无以回答，看还要等一段时间才能干活，便拉着甜儿的
手说："走啊，咱去玩玩，上山。"她坐在那儿，一脸红云。当
着这么多人的面和心爱的小伙子去山上玩，是需要勇气的，大
草原不光给她以坦荡胸怀，孕育她一腔柔情，也赋予她朴实的
羞涩，她坐在原地未动。单老师以理解的口吻对她说："去吧，
姑娘，跟我们这些老太婆有什么唠的，你们去唠唠吧，当着你
们的面我们老太婆要唠的话也说不出呢！"她身边的女人们同
意地点头，无声地笑着，眼中的理解无限。

甜儿站起来，和我一起向高高的山岗走去，眼前的草原顿
时开阔起来。

山岗上的野草根部刚刚发绿，细看，贴着地皮的枯草下已
生出淡淡的春绿色。唯有光秃秃的山坡上，低矮的野杏树在争
奇斗艳，浅粉色的杏花怒放着挂满枝头，真像冬天的蜡梅花，
姿色逼人。山野的凉风刮着，杏花随风舞动着，她们同博大的

草原相比渺小之极，然而她们的顽强正是这片土地培育的，她们才是北方之春的真正使者。

我和甜儿走进一条山沟里，这里的风小了，再往里走，风几乎全住了。在金黄色的草地上，有一种不知名的野草，已经长出半尺高了。它的叶子又绿又厚，茎儿和叶儿都像灌满水似的，翠生生的，光亮亮的。它们在金草地的山坡上极为显眼，远看像地下忽然钻出的一堆堆的金翡翠、绿玛瑙。我拔下一棵沉甸甸的绿草植物，问甜儿："你知道这草的名字吗？"

"不知道，我光知道这几类草。"她指着地下匍匐的一蓬绿草说。

"这是什么？"我故意问。

"这是婆婆丁，这是曲麻菜，这可能是燕尾草……"她按照我手指的，不停地说着各种草的名字。我们坐在草地上，山岗反而把我们同其他人隔开了，那些种土豆的人们看不到我们，山沟里只有我和坐在我一侧的甜儿。风在山岗上轻轻地吹着，野杏树摇曳着身子，似乎在向我们点头致礼，杏花像一双双嫉妒的眼睛，不过这些眼睛里没有怨恨，只有羡慕。甜儿的红色外衣，在山野中格外耀眼，好像草原上飘动的一片夺目的朝霞，她似乎正急切地同野杏花争春，比野杏花更俏……不经意间，引来几只鹅拉鸟，在我们的头上飞来飞去。

眺望着山岗上的野杏花，此刻我感到，我们的心儿已经被辽阔的大草原陶醉，我们的躯体血脉同广袤的天宇融通，心中鼓荡着万缕春风，我们忘记了疲劳，没有了拘谨，没有了别人的天地，心中似乎只有属于自己的世界。我们发现了属于自己的诗意——这个草原上播种土豆的季节，真的让我和甜儿陶醉……我们感悟到，自己确实到了可以互相托付终身的季节。

我不知自己在想什么，也不知甜儿在想什么。

"哎，你说，大兴安岭上的花开了吗？"

"大头香早已开过了，那颜色要比杏花更深更艳。"

"我们那儿不叫大头香，叫达达香，其实它们就是野杜娟。"

"是啊，先开花，没有绿叶，像干枝梅，一开花满山遍野的都是紫色，花海一样，好看极啦！"

我们都是在大兴安岭度过童年的山娃儿，谈起山岭，谈起林区，谈起山里的生活，一股脑话儿，就会像河流汇到了一起，我握着她的手说："你的手今天不凉，真热啊！"

甜儿笑着小声说："我不是说过嘛，我的手是随着季节变化的。天冷手就凉，天热手就烫，今天真好啊……"

在山沟里，我看到脸上还挂着干土的甜儿，心里一阵激动，拥抱了她。她轻声说："让人家看见。"我的手无意间触碰在她的前胸上，软软的，颤颤的，我的手臂像通了电流儿，惊慌地躲开，心里剧烈地跳动着，好像做了见不得人的事……年轻人感情冲动的时候，连自己也感到害怕。

我们静静地坐着，享受山野的风，草原的风。

过了好久，我站起身，拉起甜儿说："走，咱们上山岗，去采野杏花。"

爬上山岗，我们寻找着结蕾未开放的野杏花，我折断一枝递给她，她拿在手中，草原的风从山下往山上呼啦啦刮着，像一把桃木梳子为我们梳理着头发，惬意而舒适。我说："走，爬到山顶上去，望望大雁，咱们未来的家。"甜儿勇敢地跟着我向上攀涉着……

我们走在山岗的金草地上，一时没有了话，默默地注视对方，像是在感悟各自的心灵精神沟通也许就是爱情的永恒。

这时，我们望见山下的人们开始分布在地里，又要继续种土豆了。

我们从山坡走去下来，转过头，静静地望着山坡上的野杏花，她们正迎着我们绽放。杏花香掠过情人的鼻翼，年轻人醉了，一种从未有过的幸福萦绕于心间，充盈四溢。

走在返回去的山岗上，我们看见了土豆地里的人们。甜儿边走边折采着野杏花花枝，呼伦贝尔草原的清风簇拥着她，像在花海中畅游，如诗如画。

我们感到眼前的草原舞动起来，广阔起来……

初别十日

你晚上要离开家，去一千公里外的天津参加房地产学校的招生考试，来去要十余天。

你让我从保姆陈嫂家接回女儿爽爽。女儿还是小啊，刚过十个月，她不知道母亲就要离开，一直在笑。她昨晚感冒了，还流着清鼻涕。

送别你后，回到家里，屋里的一切顿时变得清冷起来，心中涌动着空空荡荡的感觉。从陈嫂家接回爽儿，她感冒还没完全好，我抱着她，跟她说："你妈妈走了，你和爸爸在家不要哭，过几天妈妈就回来了。"小姑娘像真懂事似的，看着我不哭不笑不闹，头轻轻地伏在我的肩膀上，像是在安慰我——到了晚上十点钟，我把女儿安顿好了，她睡了。

这是我们结婚一年多来第一次分别，一种涩涩的思念和孤寂在我心中萦回着。夜静得出奇，自己翻来覆去睡不着，便索性披衣坐在桌前，抑制不住写起初别的感受。

你走了，
草原的春夜把一颗心点燃，
俯卧在黑土地上的我，
谛听你的足音，
暖风拨动野草，
大河荡起波涛，
像你的心欢跳。

你走了，
草原的春夜把一颗心点燃，
站立在山岗上的我，
眺望你的身影，
星月在天上闪动，
森林在呼唤早晨，
像你明媚的眼睛。

夜里刚刚下过雨，天还阴着，地上湿漉漉的，说不准一会还会下的。

你走了整整五日了。人就是这样奇怪，你在我身边的时候，我们唠唠嗑是极正常的小事，我从没把夫妻之间的这种生活小节当大事，更没意识这是一种幸福。这几天，我感到一个人工作一整天，回到家里又没个叙叙闲话的人，自然是一种悲伤和不幸。面对没有感情的屋子和不会说话的女儿，我想到了你，你在家的时候，我们闲谈些单位的事儿和所见所闻，其实就是相互交换着我们之间的感情。是啊，"艺术就是感情"，那么，生活何尝不是感情呢？没有感情的交流就是一潭死水，如果夫妻间没有感情交流，这种婚姻其实就是名存实亡了。

你不在我的身旁，我的感情无法表露，有时心里有种难以忍受的压抑感，我不愿意自己待在家里。我只好自我调解，一种方法是听音乐或看电视，另一种方法就是和不懂事的女儿"说说"话。我孤独的感情，多在女儿身上得到了补偿和安慰。别看她不会说话，可她咿咿呀呀的声音就像是在说话，我能从中感受到女儿对生活有了属于自己的鉴赏，比如说我高兴了，把她一扔老高，或者我唱歌的时候，她脸上神情兴奋，微笑着咿咿呀呀地"说话"，你能说她小，不理解我吗？应该说她对爸爸由于寂寞而寻求欢乐的心情是有感触的。女儿清脆响亮的笑声，能把我的孤独赶走，能把我的愁绪驱散。当我听到女儿"咯咯"的笑声，我立刻成了充满生机的人。同我们的女儿在一起我不感到沉闷，有时我们父女之间的感情交流，是我和你之间所难以表现出来的，当然，妻子和女儿是不能互相代替的。

你走的第一天夜里，我怕女儿哭闹，就给她冲了一瓶很浓的奶粉。我想这样至少可以解决两个问题，一是不尿炕，二是不再起夜喂她。谁知女儿对爸爸的用心不理解，还是哭还是闹。我费了九牛二虎之力好不容易才使她不哭了。夜里谁也想不到，她竟从自己的小褥子上滚到了我的褥子上，不一会儿就撒了一泡尿，搞得我十分狼狈，忙开灯为她换尿布。后半夜两点多钟，我又起来了，是被女儿的哭声叫醒的，其实我根本没睡实，女儿总蹬被子，我怕她感冒（你走时感冒还未好），又给女儿喂上了很浓的奶粉。她闭着眼睛睡着了，而我却一整夜也没睡好，就像是神经出了毛病，一会儿就得摸摸身边的女儿。

第二天，陈嫂见我给女儿打扮得干净利落，立即高兴地问："昨晚哭了吗？哈——爸爸给你打扮得挺干净的哩！"我得到了保姆的夸奖，你该替我高兴吧，这话无疑证明我是个称职的爸爸。夜里女儿不再闹，没睡之前，我抱着她，她就趴在我的肩上，像是睡觉，其实是在静静地休息。

女儿不闹了，不哭了，我的心里自然就放松了许多，还像你在家时一样，两天给她一洗澡，当天洗衣服。每个晚上，我都忙得一头大汗，除了干活还要陪着女儿玩儿。那次，女儿从床上掉到了地上，她哇哇地大哭，就像刀子扎在我的心上一样难受，我再不会让女儿挨摔了。最忙时候是吃饭和洗澡，每次吃饭，我们父女俩都得忙一个小时。昨天我喂女儿吃饭的时候，她屙了，弄得我一手抱着一手为她擦拭。洗澡后，我又要热奶，又要洗衣服，还得看着玩耍的小兔子般的女儿。她玩够了，我接着就哄她睡觉，等小姑娘睡着了，我已经疲惫不堪了，甚至连写日记的手都举不起来了，看书的计划也只好放弃了。

其实这样忙，也有好处，至少我已经忘了你，就是顾不上想你了。这不就是女儿在帮助爸爸"排忧解难"吗？更是对爸爸的"理解"呀！……

晚上，爽儿的大姨夫来了，他见我抱着女儿在大屋里边看电视边逗小女孩玩儿，说："看看，多可怜！"我忍不住笑了，这算不了什么，生活里有很多事，是需要用理智战胜感情的。没有感情的人不是人，而只有感情没有理智的人，同样不是人，二者有机结合才是一个真正的人，一个完美的人。

那天，孩子的姥姥和姥爷领着大表姐索日娜来了，我正忙着做饭，他们为我解了围，并邀我星期天回去。昨天，从夜里就下雨，直下到午后三点多钟，雨不大，淅淅沥沥的，一整天下个不停，天总阴沉着，弄得我心里很沉闷。我领着女儿学走路，最后她也不迈步了，抱起她还是哭，我的心里烦乱极了，就把邻家的姑娘大春叫来，帮我把孩子背在后背上。这时，雨已经停了，我们去了姥姥家，女儿的两个舅舅、舅妈全在。吃完晚饭，我又帮妈妈种豆角，完事后，我顶着风背着爽儿回来了，这一下，我阴沉一天的心开始变得开朗了。

现在已经是深夜十二点十分了，爽儿睡得可香了，我却没困意，我想，你已经考完试了，效果不知怎样，你睡着了吗？也许……

唉，孩子醒着的时候，还常常喊"妈妈"，你能说她不想你吗？孩子和我一样心里有你。

我总算把女儿安顿好了，她现在睡着了。我睡不着，想到了你，趁现在肃静了，同你说几句话吧。不知啥原因，女儿今天吃得特别多，晚饭我给她做了鸡蛋糕，拌大米饭，她吃了小半碗儿，饭后看电视，她又吃了一个橘子，还要吃，我抓了几块"豆奶饼干"，她又吃了。九点半，给爽儿洗完澡，沏大半瓶奶，里边加了十四个"豆奶饼干"，她又都吃了。我愕然，骇然。

一宿儿女儿睡得很香，早晨摸了摸小褥子，尿了，抱起女儿，见褥子上还有一滩屎。把褥子撤去，换上新的，女儿又睡着了。

今天下班后我去接女儿，陈嫂说："这孩子今天拉了七八次，准是你昨晚给喂多了，撑着了。"这下我才想到，昨晚确实给孩子喂多了。晚饭后，女儿闹，我带着她到邻居石哥家去了，她玩得很高兴，在地上来回走，陈嫂在一边看着，一会儿女儿又屙了，弄一裤子，石嫂帮忙擦着，陈嫂说："今天下午我背着她，就听'咕噜'，全都屙在我的背上了，毛衣衬衣都弄脏了。"

看到这情景，我的心焦虑起来，反抱着女儿开始擦洗，陈嫂也来了，在一边抱着爽爽，等我把一切收拾完，已经快晚上十点了。

我怕女儿"亮"着肚子，一宿也睡不着，给她盖了多次被子，心里沉沉的。

你可以知道了，让爸爸当妈妈是不行的，不管爸爸多么细心，一失误给孩子带来的痛苦是难以想象的。对我们的爽儿来说，我是个不称职的"妈妈"。

夜深了，我们的女儿睡着了，我睡不着，仍在想你，你走了近十天了，我很少有今晚这样情绪好的时候。今晚下班后，我去陈嫂家接爽儿，陈嫂对我说："这孩子发烧退了，没再泻肚子，屙的屎都变干了。"我的心平静了，你要是在家，也一定会松了一口气的。哎，我们是女儿的父母啊，孩子是我们爱情的结晶嘛……

告诉你，最使我心中不安的是昨天，上午和下午我都回来了，及时观察女儿，如果不止泻，我就得抱着她去医院了。我坐卧不安，等到晚上，孩子的病情好于上午，我那像火烧着的心，才稍微好受了些。如果没有这个好的变化，晚上歌唱家李双江的演出，我也不去看了。单位给我们发的票，窗口售票价是二元七角！著名歌唱家来边陲矿山演出还是首次，矿山的人们把听歌当成小事儿，把看大明星当成大事了。你要是在家那该有多好，咱们可以一起去看演出，那才真叫享受呢！

今天的心情真好，上午和下午都有点休息的时间，可我躺在床上，就是睡不着。我想你，似乎你的影子就在我的眼前转着，可以看得见，却摸不着……结婚快两年了，你离开得这么久，还是第一次，我说不清夫妻不在一起的时候感情该有多么复杂，只有一点我感到很清楚，那就是盼望你早日归来。我想起了今年春节联欢会上，美籍华裔歌唱家费翔唱的那首《故乡的云》里有一句震荡人们心灵的"归来吧，浪迹天涯的游子"的歌词，真是让我撕心裂肺啊！

夜更深了，窗外的一丝声息也没有，我仍难以入睡，我的心里不断重复这令人心动不已的歌词。我多想大声呼唤，归来吧，我的年轻的爱妻……我的眼前一片迷离，终于情不自禁写出下面的诗句：

我看见——
原野的绿色出来了，
枯树在向她招手，
你也从异乡转回头。

我看见——
遥远的河水归来了，
干涸的大地张开口，

故乡的热土把你等候。

我看见——
南飞的燕子回来了
心中的恋歌难停休，
母亲的乳汁滋润歌喉。

我看见——
耀眼的太阳低下头，
饥渴正把光暖追求，
播种的土地等待丰收。

我看见——
洁白的云彩飞回了，
紧紧拉住你的手，
一片真情深沉纯厚。

我看见——
辛勤的蜜蜂飞来了，
带着甜蜜驱散忧愁，
爱情的世界没有尽头……

你是昨天启程的，明天就回到我和女儿的身边啦，这是多
么让我激动又高兴的团聚，小家三口其乐融融……你离我们越

来越近了。

　　现在，已经是夜里十二点四十七分了，你和我们再有十个小时就要见面了，我和女儿都将紧紧地拥抱你，让你享受妻子和母亲深情之爱呀！

　　十天，像过了一年似的，一个家庭的夫妻离别，就意味着相思和痛苦，缺少任何一方，生活将失去热量、光彩。

　　我们的女儿恢复正常了，现在睡得正香哩，女儿没病，和我们没病一样，幸福潜藏在生活里了。

卜留克高原

近日，读巴金先生的散文《黑土》，让我产生了一个想法，为何艺术家们对东北流油的黑土高原发声不强烈，甚至于集体失语呢？我百思不得其解。将军作家李存葆先生以审视历史为"经"，以直面现实为"纬"，写了篇以我的故乡内蒙古东部黑土高原为人文底蕴的"大散文"《呼伦贝尔记忆》。这篇非凡力作让我眼前大亮！将军描述的发源于大兴安岭古代鲜卑人的悲欢离合、爱恨交加、历史变迁等诸多故事，让当今世人知晓了黑土高原先民们的昨日足迹，让我对黑土高原上生活的先祖们有了崭新的认知。

今年6月23日这天，我随中国作家采风团在大兴安岭深处根河市金河镇"冷极第一村"吃晚饭，我因临时跑到一位退伍老军人家采访而迟到了。当我赶到餐厅时，桌上饭菜已食酒过半，人们情绪高涨，大声喧哗着。呼伦贝尔市文联主席、女作家艾平指着桌上一个炒菜，对我大声招呼："晓雷，快坐下，这是炒卜留克丝啊！"

在这"纷乱"的环境中，别人根本不会注意她的这句话，也不知道她特意提示我的真正用意，然而这句话对我来说，不仅具有尝鲜的味道，关键是她道出我一个特殊时期的生活秘密，我为此心头阵阵发热……我联想到我故乡的黑土地，联想到许多黑土高原的往事。

当年，我走出大兴安岭的深山时才十二岁，尽管自己降生在黑土丰厚的大岭深处，却对自己尚未悟化的土地没有感知，一切都司空见惯。那个年代孩子的童年清贫、简单、快乐，甚至有点傻里傻气，那时好像我们对世界的感受皆在玩和吃上，每天能吃到什么东西，对我们而言比干什么更重要。

说起这"卜留克"的由来，在呼伦贝尔的草原和山川间，有个流传了近百年的传奇故事。

20世纪初，俄国十月革命暴发，列宁的布尔什维克红军和老沙皇的旧势力白军打响了一场推翻旧国家体制的战争，烽烟席卷了广袤的俄国大地，战火连绵，民不聊生，尤其远东地区许多村庄在双方的"拉锯战"中遭到了毁灭性打击。

一个冰雪尚未融化的初春傍晚，中年农夫康斯坦丁·尤里领着全家六口人逃离家园。他赶着一辆四轮马车匆忙逃亡，马车上载着妻子薇拉和一男三女四个孩子，最大的哥哥九岁，最小的妹妹才两岁，车上除有够五天用的饮水和面包外，细心的尤里竟然在忙乱中没忘记带上少量的农具和两包种子，一包是向日葵籽，另一包就是卜留克籽。

尤里一家的马车避开大路，先在乡间小路行进，又在草地林间穿行，急迫紧张，疾命奔逃，日夜不停，这辆双驾马车和一家人只在人困马乏时，才躲进沿途的森林中休息。他们就这样一连走了三天四夜，穿过茫茫草原，跨越涅尔斯琴克山脉，沿着乌鲁利云圭河谷一直向东奔行，终于在一个晨曦微露的早晨，他们跨过了冰雪覆盖的中俄界河额尔古纳河，在离得耳布尔河很近的一个山谷盆地里安下了家。这里地势平坦，林茂草丰，避风临水，依山而居，实在是个不可多得的好地方。尤里望着这静静的山谷，心中洋溢着一定要生活下去的渴望和激情，他相信这里就是自己和家人开始新生活的地方。

骄阳灼照的七月，大地生机无限，当地人看见尤里家的四周开遍了金灿灿的向日葵，人们还发现尤里家门前新开的黑土地上长出了一大片绿绿的叶子，地垄上那像馒头大小的东西，俏皮地张望着原野，它们那副静待收获的样子很让邻人感到好奇。

邻人忍不住问尤里："这是什么东西？吃的吗？"

尤里用生硬的中国话回答："卜——留——克——，吃的。"

说完，拔下一棵卜留克，拧掉缨子，用刀子切下一块，先放到自己嘴里"嘎嘣嘎嘣"地嚼着，又弄一块递给邻人，还用手不停地对邻人比画着说："吃，吃！"

邻人疑惑地嚼着卜留克块儿，脸上的表情急速变化，由迟疑到欣赏，到溢出笑容，还学着尤里的腔调连连说："甜，好吃，卜——留——克！"

尤里大笑着再次教邻人："对，卜——留——克！"

这"卜——留——克，卜留克"的认同声，此起彼伏，很快就从尤里家的小院里传出来，当地人都知道了这个由俄罗斯人带到呼伦贝尔来的高寒蔬菜物种，它不仅长得快，长得大，而且可以当水果吃，当粮食吃！这名字发声音节连贯，说起来响亮流畅，极其好记，就自然而然地传承起来，大岭人就跟着人家俄国老大哥们一顺地叫"卜留克"了。

卜留克，是我的故乡独特的高寒蔬菜，它适合在东经115度至126度和北纬47度至53度的黑土高寒区、山地高原区速长成活。它生长周期最短两个半月，最长三个月，就能长成大碗那么大，重一二斤平平常常。在低坡肥沃的河谷地带，它能长到茶盘那么大，重量可达二三斤！

大兴安岭的黑土地肥沃，从卜留克种子落地的五月，到完全长成只需三个月。卜留克种子形似芝麻粒，个儿比芝麻粒大不了些许。它们在湿润的黑土下，饱纳营养，日夜暴长，七八天碧绿的幼苗就破土而出，其苗壮鲜绿的身姿，就像阳光下的青蛙，连蹦带跳，展示着超凡的强势。在人们还未来得及注意它的小半个月里，它圆润如扇面的叶子就"扑棱"开来，把油黑的地垄给遮住了。在人们不十分注意它的月余里，它叶子下面的果实悄然长成拳头大小了，只有当山风刮过，掀起它绿叶裙裾的下摆，阳光照在一半露于地表，另一半深扎黑土地的卜留克上时，人们才能看见这一片片、一垄垄圆圆的鹅黄色的卜留克，它们很像一排排列队出操的活泼少年，生机勃发，欣欣向荣……

遇上风调雨顺，当地人到七月中下旬就可以吃上中碗儿大小的卜留克了，把它们洗净，切成细丝，加盐加酱油加醋加味精，生拌一大碗端上饭桌，这时满屋都飘散着卜留克独特的香味。

大岭人饭桌上的枯燥气息皆被它驱散了，即使面对清贫的日子，人们坚持过下去的劲头也会随之增加许多。

我刚出生不足一个月，就赶上中国当代的一个经济困难时期。母亲说："当年怀你的时候，几乎没有什么东西可吃，可咱们这儿的黑土地最有劲儿，除山里的各种野菜外，只要是不怕高原寒冷的种子，把它们埋在黑土地里，再遇上好雨和阳光，不过月余就可以吃上小葱、小白菜、水萝卜了，可这些东西不能代替主食。那时咱们家孩子多，主食靠那点供应粮做的大楂子、窝窝头总不够吃，我和你爸爸每年都要在大河边种两三片地，就种咱那儿最高产的东西，最多的是土豆，最实惠的是卜留克。这两样东西长得快，收获多，还经吃，咱家就是靠着吃这两样东西，才度过了大兴安岭那段最为艰难的日子。"

二十世纪六十年代中后期，大兴安岭的冬天是最难熬的。大雪封山之后，当时来自全国各地珍贵如金子般的粮食到边远偏僻的大兴安岭林区就寥寥无几了。那时我们大岭人家几乎每家屋内的地窖中都贮满个头儿大大的土豆，与其相伴的就是卜留克。在大冬天里，岭上根本见不到新鲜的蔬菜，孩子们对水果的向往皆变成了美丽梦幻，但我们渴望吃水果的心却从不气馁，于是我们找到了"借代物"——即把卜留克切成片儿，当成水果生吃。我们口中一边嚼着嘎嘎作响的卜留克，一边想象着它们是鸭梨、苹果，甚至是甜杏、鲜桃……这就解了我们的馋。特别在寒冷腊月的夜晚，在电灯下切开的卜留克金光闪闪，看着它总让人想到高原夜晚头顶上那轮温暖、宁静的月亮，咬一口又脆又甜，细细咀嚼着，山里孩子的心中洋溢着满足，似乎缓慢的生活中再没有忧愁了。

到深冬时节，卜留克没有土豆那么幸运，屋内的地窖多存储土豆，它们大多数不能入窖，没办法只好把它们堆放在院子里，用草袋子盖上。大雪飘来，卜留克堆儿盖着厚厚的雪，它们冻硬冻实，如河里的鹅卵石，从远处看卜留克堆儿很像一座碉堡，人们坚信，只要它屹立在那里，冬天就没有什么可怕的。吃卜留克时，我们要预先把它们拿到厨房化冻，再洗净泥土放在大铁锅里烀熟，然后切成片儿装在大盆里端上桌。顶着热腾腾的气焰，全家人狼吞虎咽地吃下去，就像完成了一次重大的任务似的，极其开心。

那特殊的年代，土豆和卜留克是大兴安岭人维系生命的重量级食物，它们常常在同一锅里被烀熟，土豆被一切两瓣儿，雪白雪白的，看上去银闪闪的，卜留克多被切成厚片儿，橘黄橘黄的，看上去金灿灿的。它们散发着缭绕蒸腾的热气，装在盆子里或盘子里被端上我们的饭桌时，每户木刻楞小房子里的男女老少，皆忘记了寒冷严冬的存在，好像窗子上的霜花也在为这小屋子的温馨含笑绽放。

这时的屋外，正呼啸着寒风，飘着大雪，我们这些山里孩子一手抓着土豆，一手抓着卜留克，就着大葱，蘸着香喷喷的大酱，吃得满头冒汗，一会儿个个肚子溜圆，嘴巴上还粘着残留的大酱。吃饱了不饿的孩子们突发奇想，称"土豆是我们的太阳，卜留克是我们的月亮"……孩子们见面就问："吃饭了吗？"对方答："吃了——月亮！"

当胃里塞满的卜留克给全身以热量的时候，孩子们心里就早想着外面的冰雪世界了。滑冰、溜爬犁是万万不能饿着肚子的，这些大山里的孩子单薄的身子能抗零下四十余度的严寒，就是卜留克发出的巨大热量在起着不可替代的作用。是卜留克让我们战胜了饥饿、严冬，我们的童年因此而独特精彩。

那时，我是个躁动不安、极其淘气的孩子。

一个夏末的傍晚，姥姥正忙忙碌碌地为全家准备晚饭，我听邻家的石头哥哥说烧卜留克好吃，就趁她不注意，偷偷把一个卜留克投进炉灶里。我求吃心切，就不断地用炉钩子翻动它，盼它快点熟，结果把姥姥的炉子捅落了火，让她贴了一锅的玉米面大饼子全溜了锅，变成了一锅糨糊状的玉米面粥！姥姥气极了，挥着锅铲子对我喝道："你个小现世报（东北方言，小鬼的意思），你淘得没了边沿儿！"说完踮着小脚，气冲冲走来欲揍我一巴掌。我像一只惹了祸的小猫儿，灵巧地躲闪着姥姥，尽管这样，我还没忘了从炉灶里掏出尚未烧熟的卜留克，一边跑一边啃。姥姥见我手里捧着烧得黑黢黢的卜留克，嘴角和脸上粘的炉灰把我弄得像唱京戏的"花脸"，被逗乐了，她喝道："这孩子，卜留克有这样吃的吗？看你那魂儿画的脸，像个小鬼儿，快给我洗洗去！"

快要吃晚饭的时候，我见姥姥脸上如平日般亲切慈祥了，才敢坐在桌边准备吃饭，可心里仍怦怦直跳，眼睛总斜睨姥姥，担心她把我干的坏事告诉爸爸妈妈。

我刚坐在炕边，姥姥就把一大盘冒着热气的切成厚片儿的熟卜留克端上饭桌，接着又把一小盘卜留克放在我面前。我仔细看，一共四片，是用豆油煎过的，表面一层金黄色的嘎渣儿，像在卜留克片平面上画了几朵金光闪闪的玫瑰。这油汪汪的东西散发的香味儿，弄得我直咽口水，这是姥姥为给我"压惊"特意做的"专供美食"。我早已馋得等不及了，忙伸手去拿，被姥姥一巴掌打在手上："热啊，烫着你——"我愣愣地住手，滑稽相把全家人都逗得哈哈大笑……

这时，姥姥又端上了一道菜——辣椒油、酱油生拌卜留克丝。

姥姥把黄澄澄的卜留克切得像粉丝一样细、一样均匀，这也是一道全家人最喜欢的美味佳肴。这盘生拌卜留克丝儿，弥漫着大岭菜肴的特殊香味，我看到全家人的眼睛都亮闪闪的，像夜里的星星在小屋子里聚会！

这个晚上，我们家好像开了个卜留克全餐"宴会"，记得爸爸宽宽的额头上的皱纹散开了，妈妈的脸颊挂满喜悦。姥姥轻轻拍了拍我的后脑勺儿，说："傻小子，还愣着干啥？吃啊！"我们四兄妹像听到了发令枪声，低头抓起卜留克，一阵风扫残云……

夜深了，我读着巴金先生笔下深藏情感的文字，慢慢进入他描绘的意境中：二十世纪初，一个流落上海的俄罗斯游子，每每来到咖啡馆里，都会面对自己从故乡带来的一小袋黑土凝视、沉思，然后默默无声地垂泪……相同情景和境遇，让我不敢相信这竟然是一个巧合，当年那个从俄罗斯流落到中国呼伦贝尔高原的农夫尤里，给这片古老的土地带来了崭新的种子——高寒蔬菜卜留克，虽然尤里的命运与上海对着黑土垂泪的俄国同胞大不相同，但这两个俄罗斯流亡者的命运却证明了"勇敢地融入，无私地传承，不断地创造，就是再生"的人生道理。

在讲完几个人生命运的故事后，巴金先生在这篇散文的最后，动情地写道："我每次想起黑土的故事，我就仿佛看见：那黑土一粒一粒、一堆一堆地在眼前伸展出去，成了一片无垠的大草原，沉默的，坚强的，连续不断的，孕育着一切的，在那上面动着无数的黑影，沉默的，坚强的，劳苦的……"

读到这里，我这个多年远离大兴安岭高原故乡的游子，鼻翼间即刻回荡起卜留克的清香，我的心为之湿润了，我的眼睛模糊了……

外祖母和高原香酱

我自儿时养成了爱吃酱的生活习惯。

若不能每日吃一次酱，即像全天未进粒米，胃里空荡荡，精神无着落，似有拽着自己的头发打秋千的感觉。这嗜好始于何时，是谁为我养成？想来思去，我的结论是：清贫的大兴安岭童年生活，和会做一手好酱的外祖母，赋予我的独特馈赠，蘸酱吃菜，就酱下饭，已成为我的饮食习惯。酱不仅是我不能舍弃的美食，而且早已成为我精神生活不可分割的部分了。

我五岁记事，那是 1964 年。外祖母那时刚好四十七岁，身材直而瘦，用现在的时髦话叫苗条俊秀。她的眼睛像苍蓝夜幕的钩月，所不同的是天上一个月亮，外祖母却有两个月眼。这双弯弯的月眼，像黑夜的烛光，像冬日的炭火，像春日的阳光，更像秋日的天空……在我们心里，她的月眼有时是吸铁石，是指挥官，我们这群躁动的淘小子，只要对视她，立刻变得乖顺、平静了，她让我们感到周围的人们那样可爱，世界那样美好。

外祖母响亮、硬朗的声音，从她薄薄的双唇里发出。我感到好奇，伸出小手去抚摸那张好看的嘴。此时在炕桌旁挑拣黄豆的姥姥，边躲边说："小捣蛋鬼儿，抓我的嘴干啥？帮我干活，帮我挑黄豆，姥姥给你做大酱吃……"怪了，我这虎狼年龄的男孩，竟被姥姥的声音打动，平生首次干活，即是为姥姥做大酱挑黄豆。记忆中，从大兴安岭飘雪花的 11 月起，我家每年要做的一件重要事情，就是姥姥为全家做大酱这档子事。那年月，大兴安岭人冬天没有鲜蔬菜吃，主菜只有土豆和冻卜留克，总吃这两样菜，枯燥不堪，味同嚼蜡（时过三十多年，我仍对土豆心有余悸，虽然它养育了我）。在长达五个月的冬天里，土豆就成了粮食少、子女多的家庭的主食了。上顿下顿吃它，孩子们的胃受了伤，在外玩着玩着，嘴里常常涌吐酸水。那个粮食缺乏的年代，没有别的可吃，我们不吃土豆吃什么呢？这时，外祖母的大酱帮助了我们。只要蘸着油汪汪的大酱，什么难吃的东西，我们都能咽下去，烀土豆、烀卜留克蘸酱吃，甚至连煮过的干白菜叶子、卜留克缨子、大萝卜缨子，童年锋利的牙齿嚼不碎、咬不烂的东西，只要蘸大酱吃，我们就能一并咽到肚里去，并让其释放出足够的热量，来供我们长身体的需要。

现在想来，好像什么东西都吃得够，唯独外祖母做的大酱、盘酱，吃了二十年却不曾吃够过。

每到做酱时节，外祖母的热情爆发出来了，满屋回荡着她的笑语，左邻右舍皆能听到其说笑声。她身轻如燕，一会儿屋里，一会儿厨房，一会儿院外地忙个不停。此刻，她的那双月眼，流光溢彩，生机勃然，充盈着不尽的激情、慈爱、善良……姥姥做酱是极讲究工序的。首先要把原料黄豆中的土坷垃、沙石子、瘪干坏的劣豆和杂豆挑筛出来，保证粒粒饱满的干黄豆三四十斤。这堆大小相同、光滑匀整的黄豆，个个像底气十足的兵士，只待将军一声令下，即可赴汤蹈火。第二道工序，把洗净灰土的黄豆倒进大盆，加温水泡上两天两夜，让豆子涨得比原来大至少三四倍。第三道工序，把泡涨大的黄豆放进大灶锅里，用洋铁井压出喷着花儿的纯净瓦凉的地下水，添加至大半锅，即开始炸煮黄豆了。砖炉灶里的木柴，需均匀添加，保持火势平稳，不紧不慢地燃着。豆子在锅里有滋有味地"咕嘟"着，轻吟低唱着，好像千万大岭人的生存之梦不在山岗上，而在这沸腾的大锅灶里烧煮着呢！这升腾的热气和均匀的歌吟，同外面白雪覆盖的酷冬形成极大的反差，屋内热而有声，屋外冷而无声。低矮的平房里因姥姥的忙碌变暖了，炸黄豆的大锅唱着歌儿生发丝丝的热量，室温逐时升高。姥姥鬓角汗珠闪闪，颊挂两片红云，劳作让姥姥变得魅力无穷，精神焕发，新媳妇般光彩照人。开锅后半小时，黄豆慢慢煮热，豆香味儿便飘满屋子，小半天下来，一大锅黄豆被慢慢炸熟了。盛出一小碗儿，加点盐面，加点葱花，拌一拌即成速成小菜儿，吃着极香呢。第四道工序是碎豆。姥姥挥着菜刀，在面板上一刀一刀地把黄豆剁碎，使其呈微小颗粒状。碎豆的过程一般要持续两天，每年要用干黄豆三四十斤，炸熟的黄豆是干黄豆的三倍大，要把一百多斤的熟黄豆剁碎，劳动强度极大，不但费时间，更费力气。为减少过度劳累，保持连续工作，准备工作须十分细致。姥姥先把面板放在屋里的炕上，再把两个大盆放在面板两侧，一个装熟豆，一个装碎豆，她自己则盘腿（她这个功夫很神奇！）坐于炕上，笑意飞扬，一副菩萨的模样。只在挥刀剁豆时，我才感到这是我慈祥的姥姥，不是画中的神仙，我觉得她的身上有灵光闪动着，灼灼耀目。剁豆的菜刀声"当当"地响了一个短暂的上午，又响了一个悠长的下午，直持续到全家人要上炕睡觉的晚上，姥姥才疲惫地收工，面带倦意，汗痕未干，表情似秋日的原野。

第二天，姥姥高挽袖管儿，把大盆里的碎豆再揉搓成面团儿样，然后再在面板上把金黄色的黄豆面团儿蹾摔、夯实。黄豆团儿和面板碰撞，发出叭叭的声响。我故意把小铁盆放在面板一角，随着姥姥蹾大酱团儿的动作，小铁盆也发出咣当咣当的响声，像敲锣一样好听。我在一边看着，高兴得手舞足蹈。姥姥手中的黄豆面团儿在一片音乐伴奏中，神奇地变成了两块砖大小的大酱块儿，重量足有二三斤。姥姥先把这十几块大酱块在窗台上晾晒半天后，再用粗糙的白纸将其包得方方正正，放在离天棚最近的吊板上。尽管大兴安岭的冬日雪大天冷，而我家低矮小砖房里那大面火墙火炕发出的热量却使我们犹如整天被太阳烤着，而悬挂在棚顶处的大酱块儿，也在接受这种高热的洗礼。在经过慢慢四个月的发酵风干后，它们就该走出小屋见太阳，接受大兴安岭的风华雨露。孕化香酱的日子离我们越来越近了。

外祖母做的酱，是北方豆酱的两个品种：一种叫大酱，另一种叫盘酱，做起来也是两道工序。两种做好的酱，在色彩和味道上是有区别的，前一种色泽呈土黄色，吃在嘴里味道清纯、原生态，像无伴奏的民歌。后一种色泽呈咖啡色，油香味儿十足，含在口中，润嗓壮喉，细品有股难以形容的回香，像山背后传来的山歌，绵长悠远，回味无穷。

每次，外祖母在做一大缸大酱的同时，还要做一小坛儿盘酱，这是姥姥不为外人所知的绝活儿。我注意到，我们家的饭桌上，从不缺少大酱，可姥姥的盘酱却从不轻易端上桌，只有家里来了亲朋好友，姥姥才把一小碟盘酱，郑重地摆放于桌子中央。那油汪汪的咖啡色的盘酱，香味儿直冲客人的鼻子，诱得亲朋忍不住先以筷子头蘸酱入口，顿时爆发一阵赞叹："呵！这么香！这是什么酱？"

"是盘酱。"平时姥姥的声音脆生响亮，这时却变得平静低沉了。

客人又问："是哪儿买的？"

姥姥笑答："是我自己做的。"

客人又赞："真香啊！"

姥姥说："香就多吃点。"她平静的语调背后，掩饰着一种巨大的喜悦和自豪。我看得出，每到此刻，姥姥眼望着小碟盘酱的神情，充满温馨和诗意，像微风拂过山野，拂过草原，拂过湖面一样温暖、恬淡。

姥姥做盘酱的方法，多与做大酱的工序相同，但我确信一定还有许多属于她独创的诀窍，这是被盘酱独特的香味儿证明了的。成年后，我对自己的记忆全程"搜索"，发现一个环节极为重要，认定盘酱的异香味儿就来自这道工序，即泡黄豆前把干黄豆在砖炉灶木柴火烧热的大铁锅里不急不躁地炒匀炒熟，淡黄色的豆子变成无数的微型"花瓣足球"，或像京戏中无数的花脸，这时，普通的黄豆似乎立即生发了新元素、新生命，个个大有争相表演的气势！

外祖母熠熠闪动的双月眼，看着这些炒热炒好的花瓣豆子，喜欢得就像个小姑娘，不时地抓起几个滚烫的花瓣豆儿，俏皮地扔进嘴里嚼着，还把几粒豆儿塞进我嘴里问："嚼嚼香不？"

我快嚼快答："香！"

她笑容堆上眼角，神秘自信地说："等吃我的盘酱吧，更香！"

我只顾一把一把地抓着炒熟的黄豆往嘴里塞，"嘎嘣嘎嘣"大嚼着，根本没听她后面的话。

姥姥大叫："小现世报，快停手，你把炒熟的豆子都嚼吃了，我拿什么做盘酱！"

我不听劝阻，连忙抓几把豆子往口袋塞！姥姥急了，一边挡我的手，一边喊："吃这么多豆儿，晚上要胀肚的！"

我仍不罢手，直到姥姥用围裙抽打，我才嘿嘿地坏笑着逃走。看着踮着小脚追不上我的姥姥，我做着鬼脸，边跑边吃，到河边，颇痛快地趴下喝了一肚子甘河的凉水。

晚上，睡在滚烫的热炕上，不到半夜，我肚子即咕咕叫，好像有股压力十足的气儿，在我肚子里东跑西颠，上蹿下跳，实在难受。我拉被子盖上头，咬着牙与它抗争，把自己闷出了一头大汗。后来，我又感到肚子里的气体变成了狂奔的足球，直飞对方球门，我似乎是被逼急了的守门员，越缺乏信心，越发抑制不住自己，终于，一个响屁犹如夏夜的一声雷鸣，几乎把全家人都震醒。我身边的达弟，捏着鼻子喊："臭死啦，臭死啦！"妈妈说："这孩子是不是吃撑着了？"姥姥伸手摸摸我圆鼓鼓的肚子说："快起来，尿泡尿，能轻松些……"话音未落，我的一个连环屁鸣响而出。姥姥长叹一声，跟妈妈耳语，我知道她们在说什么，装睡不语。后半夜，我偷偷去撒尿，故意把里屋的门留条缝儿，好让我的臭屁味儿快点跑出去。

前些年，台湾作家柏杨的书《丑陋的中国人》里，有个传之极热的词儿——"酱缸文化"，这是用来讽喻国人窝里斗这一劣行的，先生"哀其不幸，怒其不争"的呼号，颇让国人反思良久。我不知南方人怎样看酱，而北方人却多有吃酱的嗜好。二十年后中国较快变化、发展，恐怕先生独擎"酱缸文化"的观点，是立了汗马功劳的。而据我所知，柏杨先生是中国北方南阳人，定知酱的韵味，酱的妙处，酱的魅力，不然就难将"酱"这极为单一的词儿，扩升为"酱缸文化"的高度。我们当认定这是先生的创新，在引起举国共鸣的同时，也感动了身处草原小城艰难读书的我。而我心中的"酱"，非先生那个"苦酱"，却是外祖母留在我口中的香酱，留在记忆中的甜酱，那是大兴安岭人一个富有时代深情的记忆。

高原的太阳发出热量的时节，山岭上厚厚的白雪渐渐融化，湿润的山地中散发着腐质土冲鼻的土香味儿。阳光把山野的潮湿慢慢赶走，大地一夜间活起来了，河边的柳树像羞红脸的姑娘，山坡的达达香像出嫁的新娘匆匆绽放。不经意间，落叶松、白桦树、黑柞树的枝干也吐出翠绿的嫩芽儿，像飞满山岭的萤火虫。大岭上刮进第一丝春风，千山万岳干爽起来的时节，外祖母的大酱块儿在屋顶睡足四个月后，即第二年的五月初，漫长的风干发酵期结束了。此时我家满屋弥漫着苦艾草的味道儿，这味道儿传递着全家人的热望，传递着姥姥一个等待许久的喜讯。这些日子，她脸上闪着超常的光彩，双眼笑眯眯地弯成了好看的月牙儿。当我父亲把木窗框上的牛皮纸封条拆下，清扫双层玻璃间用来保暖的锯末子，打开封闭了一冬天的窗子，岭风儿忽地涌进来，满屋暖风荡漾时，姥姥的一双小脚，颤巍巍地站在木凳上，把高悬于屋顶的一排大酱块儿，一块一块地拿下来。这时的酱块儿水分已消减三分之二，轻了许多。姥姥把包装纸一层一层剥下，像给初生的婴儿脱衣服般认真精细。酱块儿干瘦的身子着上斑斑点点的灰绿色"毛装"，像个小丑孩儿，而姥姥无一丝厌恶，相反却爱怜有加。她先用净水把酱块儿的"毛装"洗去，再把酱块儿掰碎，变成形状各异的小"石块"，然后把它们装进院子里朝阳的大缸里，把盘酱块儿装进一个小坛子里，再往缸、坛里加适量的盐，加大半下温水后，用三层白纱布把缸口、坛口封住。高原朗朗的太阳光直射在酱缸口上，这圆圆的白纱布封着的酱缸口闪闪发光，好像我们家里正培育着一轮朝阳。

干大酱下缸后，外祖母坚持每天早晚两次给大酱缸"打耙"（用小木耙在酱缸里上下搅动），这是酿造豆酱的最后一道必不可少的工序。山岭上春夏两季的早晨，凌晨三点半山后的天幕就放亮了，四点多霞光染红东天边和岭上的树梢，近五点时高茎草丛上无数的露珠像千万点小灯笼，一小时后它们都变成了缥缈的潮气蒸发于山野，融化于崇山大野中。这阳光和地气的融合过程不足三小时，却是天地的大交合，宇宙的大喘气，万物的大吸氧，受益最丰的是生活于此的高原人，而受益最早的却是山里人家放在院子里的大酱缸。经过一整天的日晒，又经一整夜的发酵，缸里的豆块全散开了，颗粒亦泡涨发大，浮于缸口处的豆块儿拥挤不堪，好像所有豆颗粒都张着嘴儿，急待吸足这高原天地间的灵气，丰富和充盈自己，为山岭的人们储蓄足够的营养。

　　大概六点的光景，外祖母梳洗完毕，把黑发规范地绾成髻子固定于脑后，踮着小脚，来到院子里太阳下的酱缸边，打开封口布，开始给着急了的酱们打耙。这打酱的耙子，是一块半掌大小，两头宽，中间窄的桦木板（不能用松树板，松脂味破坏酱香），在板中间掏个眼儿，安插一根匀称细长的柞木杆（防腐不烂，不往缸里掉木屑，别的木杆易腐），即成了专用工具——酱耙子。打耙，这事儿看似简单，却是极有讲究的。首先要有固定的人来做这事，心地善良、性格温和、德高望重，是打耙人的首要条件，据说这样的人打耙出来的酱均匀黏稠，色泽油润，味道绵长。而性急的人打耙的酱苦涩，疲沓的人打耙的酱味中生臭，多人打耙出来的酱味儿嘈杂。外祖母打耙的时候，极为端庄、郑重，高挽衣袖，数遍净手后，先用湿毛巾把酱耙上的浮尘擦净，才开始打耙。耙子从缸底往上捣着，上面土灰色的酱被赶走，下面发了一宿的酱被翻到上面，颜色渐变为新鲜的金黄色。随着姥姥的酱耙子画着椭圆形的弧线上下搅动，一股淡淡的豆香味儿升起来。伴着每天的打耙节奏，这股豆香味儿在逐日变浓变烈……姥姥打耙，每次要持续15分钟左右。这套程序在太阳落山后，晚霞满天时，还要认认真真地重复一次，从这里可以看出姥姥是个踏踏实实的农妇。在我记忆里，朝霞中打耙的外祖母脸颊红红的，眼睛亮亮的……俨然一个如诗如画的新媳妇。

富足、奢华的享受如过眼烟云，二十年后再悟得，那曾经的荣耀，恰似雨后为太阳所驱散的厚云彩儿，雨前惊心动魄，迷幻万千，如诗如画，滂沱雨后，即再难忆起此前多姿、旖旎的云影了。那些凭现代影像器材留住的当年盛况，是表面化的，而非心之记忆，驻留于精神深层的东西，经岁月陶冶、提炼后，可滋润我们的心灵，激活我们的人生，值得我们珍藏。

二十世纪六十年代中叶，大兴安岭人的生活极度困难，常有大半年吃不上蔬菜的时候。每年三月下旬到五月下旬这个时段是枯菜期，冬储的大白菜、大头菜基本吃完了，院子中堆放的冻卜留克吃没了，室外室内地窖储存的土豆也所剩不多了。这时，干白菜叶、干大萝卜条，成了我家的桌上主菜，姥姥把它们煮烂，再用凉水拔过，在烧热的大铁锅里放少许的油、盐和葱花，这样炒出来的干菜尽管土腥味儿少些，嚼着却如食干草，连续吃上半个月，它们在嘴里似乎变成了食之无味的干牛皮。我实在咽不下去了，苦着脸呆坐桌边。姥姥眯着月眼看我，像突然想起一件天大的事似的，神秘地对我说："吃不下了？看姥姥的新酱是不是能吃了，蘸酱就能吃下了。"很快，姥姥用小瓷碗盛来半碗酱，放在我眼前说："还没发好，要再等十天半月，一定会好吃！"我夹一箸干菜叶儿，蘸点土灰颜色的新酱，放进嘴里。奇啦！土腥味儿瞬间不见了，满口萦绕的豆香味儿，一下便直入心底。我的眼前似乎哗地打开一扇窗子，我的腹腔里似乎一下子长了几百张嘴。我食欲大振，蘸着姥姥的新酱，把桌上的干菜和苞米窝窝头一股脑地咽下去，几乎风扫残云。

　　五月中旬，山岭上埋下的蔬菜种子尚在黑土中萌芽儿，山野里的婆婆丁、曲麻菜、小根蒜、车轱辘菜、马舌菜飞快长大，被大人孩子采回家，洗净后成了我们的桌上餐。这些多有苦涩的野菜，是那个年代岭上人必吃的菜肴，而且是生吃。如单把它们塞进嘴里，苦不堪言，更难以咽下……当我们蘸着外祖母酿造的香味儿十足的、金灿灿的大酱、盘酱吃时，这道山间野菜的性质发生了神奇的变化。它们顷刻间变成了天下最香的美食，用现在城里人的时尚说法，是最纯粹的绿色食品了。姥姥看我蘸酱吃饭，露出一副虎狼相，小肚子已圆鼓鼓，嘴里还狂嚼着大饼子，爱怜地喊："贪吃的小子，慢点，别撑着啊！"

　　如今，外祖母已经长眠辽西故土二十余载了，算起来我已经二十年不曾吃到她做的大酱、盘酱了。城里超市的酱种类多多，五花八门，老妈辣酱、香其干酱、双茸农家酱、黄金酱等多得让我眼花缭乱。因有食酱习惯，这多种酱我都吃过，然而就是没有外祖母当年亲手酿造的大酱、盘酱的独特香味儿。按理说，酿酱的工艺在发展，酱该越来越好吃啊，可我却未感到。我深思多日，终于悟得一个能说服自己的理由：大兴安岭致纯的水质和空气，内蒙古高原炽烈的太阳，是外祖母酿酱香的第一因素。外祖母精心投入的感情和技术，加上那个特殊贫饥的年代，使得外祖母的酱一直香在我的心里。斯人已去，斯岭已远，我再也吃不到外祖母的酱了。但我坚信，外祖母和她酿造的香酱，早已化作我的精神营养，注入我的肉体，融入我的血液，变作亲情和活力，仍在我的生命中激荡着……

吹口琴的铁匠和他的俄罗斯母亲

一

二十世纪七十年代初，身为工程师的父亲为参加一座新型铁矿的建设，把我们一家从大兴安岭的甘河镇带到了岭东南，以中东铁路重镇博克图为起点，走博林线八十公里，准备在刚刚命名的梨子山重建我们的家。

这个坐落在绰尔河岸边的小镇，一夜间涌来了成千上万的开铁矿的"会战"大军，把这个静幽幽的山谷搞得人声鼎沸。当时，建设者们面临的第一问题就是没有房子住。父亲便把我们的家暂时安居在滨洲线和博林线两条铁路的分岔处，一个名字叫"沟口"的小山村里。

在沟口沿铁路西行十五公里就是重镇博克图，再往前走就是要挂两个火车头才能上行的著名的大兴安岭最长隧道了。进沟，在当地就意味着进入了大兴安岭山区。沟口，顾名思义就是进岭和出山的一个必经门户了。小山村面前两条铁路呈"Y"字形排开，进沟的铁路从滨洲线掰开不到一里路，就遇上了哗哗奔流的雅鲁河。河边是一座孤零零的，形似埃及金字塔的小山，当地人叫它小孤山。

我家暂居沟口，是由父亲的朋友张元鸣叔叔介绍的，其哥哥张元洪是一位邮政电话线路的护理员。张家三代同堂，元洪伯伯老两口上有八十六岁须发银白的老爷子，下有四儿三女。同张家人一样，山村的人家对我们都非常友好。张家的朋友中有个二毛子铁匠，姓夏，足有一米九的大个儿，满脸黑密的连鬓胡子，一双笑眯眯的黑眼睛。他一见我们小孩子，就像老鹰抓小鸡一般，抓住谁弯腰就把谁抱起来，黑硬的胡子紧紧贴在孩子的脸上，把我们扎得哇哇叫，他却咧开大嘴哈哈大笑。男孩见他个个都感到恐惧，女孩见他远远地如小鹿一般飞躲而逃。不知何原因，我是既惧怕他，又喜欢他，好像他身上有一股磁性，一会儿不见他就像这世界没了欢乐一样。第一次见他，是在元洪伯伯家为我们到来举行的晚宴上，父亲让我们叫他夏大爷（读去声）。也许是由于害怕，我们谁也没有把这三个字喊出来。那天，铁匠喝得两眼通红，嘴里唱着我们谁也听不懂的歌儿，不一会儿，他又奇妙地从口袋里掏出一支闪亮的口琴，并自我陶醉地尽情地吹起来。琴声悠扬、缠绵、优美，传得很远很远……大家都屏住呼吸，痴痴地听着，都觉得那调儿好听极啦，真的让人回味无穷。大人和孩子们都怔怔地看着他，其黝黑的脸上光彩飞扬，一片自我迷醉的神态，好像这个世界只属于他一个人。

小山村静静的黄昏被这优美的曲调渲染得生机勃然……

　　吃完晚饭，天已经完全黑了，我们一家被朋友送到租住的村边郭爷爷家的小土房时，我顿时有了害怕的感觉。外面又黑又静，小屋里没有电灯，只有星火一样的煤油灯，幽幽暗暗的。十岁的我喊着闹着不住这里，眼泪如雨水奔流，搞得我父母极为尴尬。这时，夏大爷一把抱起我说："这孩子不喜欢这里，走，上大爷家睡，我又有一个儿子啦……"夏大爷把我放在他家炕上，对已经躺下的夏大娘喊："老太婆，咱又来个儿子！"这一喊，夏家人全醒了，个子矮小的夏大娘向我微笑着，他们的眼窝深深的儿子小力正在审视比他小五六岁的伙伴。让我感到好奇的是，里屋的门拉开一条缝儿，里面一双俄罗斯老女人的蓝灰灰的眼睛正望着我。我的心里一阵骇然！夏大爷对我说："叫奶奶……"这两个字，我说什么也没有叫出来。

　　我躺在夏家陌生的炕上没有一点睡意，屋里好像弥漫着一股浓浓的草香，还有一丝淡淡的牛粪味儿。

二

　　在山村的大人中，铁匠夏大爷是我最好的大朋友，他的家和他的铁匠铺是我常去玩的地方。我的心中有三个秘密：我爱看夏大爷打铁，爱听夏大爷吹口琴，爱去夏大爷家，更爱看他妈妈的那双幽幽的蓝眼睛——我是偶然发现这位俄罗斯母亲的蓝眼睛的。

　　那天，我去找小力哥哥玩儿，在夏家的大门口停着的勒勒车上，坐着围着金色披肩的俄罗斯奶奶。她的咖啡色的长裙子，把她的脸映衬得如白云一般，我被奶奶漂亮的衣裙吸引。作为孩子我长到十岁，第一次见到七十多岁的奶奶穿得这样华丽。更让我感到好奇的是，奶奶面前就是辽阔的草原，远处是连绵起伏的山峦，此刻奶奶正深情地望着远方，聚精神，眼睛一眨不眨，连我喊她奶奶竟然也没听到。我感到奇怪，绕到她面前想看个究竟，这一看我顿时愣住了：夏奶奶的眼睛咋那么蓝哟，像山岭上的天空，像山下的深湖，像梦中的海洋……我想在奶奶的脸上搜索她为什么这样痴迷，顺着奶奶看的方向，我踮着脚尖向远处眺望，天幕下就是草原，就是蜿蜒的山。这有什么好看的呢？我自己看奶奶时一副傻呆呆的样子，一下把俄罗斯老太婆逗笑了："傻小子，你看什么呢，想把我装进你的眼睛里吗？看我撑坏你小子的小眼睛！"老太太突然虎着脸大声说话，把我吓了一跳。我像挨打的小兔子，一跳跑开了。我背后传来了奶奶的一片笑声……

事后，我问小力哥哥："你奶奶一天到晚地站在勒勒车上看什么啊？"小力说："看家啊！"我说："哪里有家，远处就是山啊。"小力说："我奶奶的眼睛能翻过山看到家。"我又问："家在哪啊，她的家什么样啊？"小力想了想说："她的家在山那边的苏联，她家的房子是一座漂亮的白色小洋楼，她家窗子外是一个红色的像胡萝卜一样尖的小……庙，不，奶奶说叫教堂。"我又问："那就是她的家吗？"小力哥哥认真地点了点头。我从他的深眼睛里看出他说的是真话。于是，我闭上眼睛，想象奶奶的家的样子，总难以把小洋楼和什么教堂幻化出来。夏奶奶的家在我的脑海中是模糊不清的。

后来，我经常看到夏奶奶站在晨曦中，站在晚霞的映照下，甚至站在冬日洁白的雪地里，痴痴地望着远方。她的蓝眼睛闪闪发光，有时还看到一行泪水，沿着她的脸颊流下来……看到这个情景，我们一群在她身边走过的孩子谁也不敢大声说话，好像谁也不忍心惊扰奶奶的梦，我们都知道夏奶奶又想她的白色小洋楼和胡萝卜教堂了。我看到夏奶奶的身影常常被晚霞染得通红通红，这景象把我弄得心里一阵阵的激动，有一次我远远地看着她渐渐变弯的映在夕阳中的背影，自己也流了泪……我对自己都产生了怀疑，男子汉怎能哭呢，真丢人！

三

冬天，大雪纷纷扬扬地飘来，小孤山变成了白面馒头，雅鲁河的流水声不知不觉渐小了，随着冬雪的一天天加厚，这条吵闹的大河便盖上厚厚雪被甜甜地睡着了。

沟口的严冬最寂静，连公鸡打鸣儿都能传出三里远，一声狗吠就像夏日的滚雷，全村都能听到。这样的声音只在早晨和傍晚出现，一瞬间就过去了，接着就是大半天一整夜的沉寂，似乎山村里的人们大白天也在睡眠，这个世界冻住了，凝固了。

当每天的太阳升上两杆子高的时候，一阵叮叮当当的声音从不远处夏家的铁匠铺里传来，这悦耳的声音，如老师的集合哨，把一群寂寞难耐的男孩子的魂儿都勾去了，我们寻着声音冲进了夏大爷的铁匠铺。

铁匠铺四周的墙壁被常年的烟火熏得漆黑，屋子不大，摆满了铁器和铁匠工具，里面最耀眼的是熊熊燃烧的炉膛和那个放在地中央坐在厚木墩上的笨重的大铁砧。此刻屋里好热闹：伴着炉膛的火焰和嗡嗡作响的鼓风机声，铁匠夏大爷那张平日笑嘻嘻的脸紧绷起来，火光映在他油亮的脸上，越发凸现了那黑硬的胡茬子密密麻麻。大高个儿身材被劳动布作业服包裹着，胸前还系着一个垂到膝盖之上的黑胶布大围裙。他一手持短把斜平头铁锤，一手持长柄大嘴火钳，正躬身于铁砧台边。他一扫往日的慈善状，正指挥徒弟大柱子抡着大铁锤锻打那烧红的铁块——他们正在给马儿造"鞋"——锻造铁马掌。这时，铁匠手里的火钳夹着一块烧红的铁块放在铁砧上，另一只手里的短把铁锤上下挥舞着，力度极强。每敲下一锤，他的嘴里都会发出"嗨嗨"的喊声。他抡锤的规律是一下敲在铁砧上，发出清脆的"当当"声，两下敲在烧红的铁块上，发出沉闷的"啪啪"声，再伴着大锤砸下去的声音，这小屋子里好像装了一个大型的打击乐队，其"演奏"节奏鲜明，声音响亮，悦耳动听。光着膀子的徒弟，抡圆了大铁锤，随着师傅手锤"两轻两重"的指挥，起落有序，长短相间，轻重缓急地锤砸着。火星飞溅，闪闪烁烁，像过年放礼花一般好看！再看那红亮的铁块，在师徒俩一阵狂锤中，变得像柔软的面团儿，一会儿由红亮变成暗红变成青紫了，几分钟就变成了一个月牙儿形的铁马掌。这个时刻，夏大爷眼睛炯炯发光，脸上坚定自信，两鬓流汗，躬步弯腰，稳健如铜塑，一副蓄满力度的非凡气势……

　　我们在一旁看着，我被夏大爷的神情震慑，被他那舞动的手锤勾引得跃跃欲试，不知不觉挪到离他很近的位置，恨不得抢过那把手锤，自己酣畅淋漓地抢上一番。那时我想，自己要是夏大爷一样的铁匠该多好哟！

这铁匠铺传出的"叮当——啪啪——啪啪——叮当"的锤砸锻造声，无疑是一首融化大兴安岭寒冷冬天的音乐。这响当当的铁锤声，从铁匠铺里出来传得很远，把山村沟口宁静的上午搅得热热闹闹。这来自夏大爷铁匠铺的抒情诗似的锤声，让冬日的山谷一下子就活了起来。

四

转眼到了 12 月底，那几天大雪不停地下，我们随时把自家小院子里的雪扫出去，四周堆起了一个四方形雪墙。麻雀们成群结队地落到我家小院的土地上，我偷偷从家里的米袋抓一把大碴子抛到院子里。麻雀们啄着食不飞了，我和弟弟趴在窗子前看着它们，悠闲地消磨着山里孩子的寂寞童年。

这天晚上，刚从铁矿归来的爸爸带着妈妈要去夏大爷家参加一个宴会，我因大雪在家憋了三天，狂野的心再也收不住了，哭号着死缠爸妈带我去。爸爸说："大人的事儿，小孩去凑什么热闹？"我说："我找小力哥玩儿。"妈妈说："你不是怕老毛子（对俄罗斯人的俗称）老太婆吗？"我说："我不怕，我爱看夏奶奶的蓝眼睛。"大人见我犟如老牛筋，只好带我去夏大爷家了。现在想来，如果那次我真的去不了夏家，就不会有这篇文章的最精彩结尾，就会失去一个认识夏大爷和他的俄罗斯母亲最为人性化的生命的辉煌一瞬，就会失去影响我乐观面对人生，实现自身性格豁达的最为关键的"点拨"的机会。

夏家的朋友都来了，邮电护线员元洪伯伯和伯母，牛奶收购站的吴叔叔和吴婶，驻军的王团长和老婆，火车站李站长和媳妇……夏家的气氛绝非往日的节日可比。夏大爷和大娘屋里屋外地忙着。夏家屋正中一个紫檀色的大圆桌上摆满了好吃的，大块的牛排、烤羊腿肉、熟狍子肉、红香肠、黑色大列巴、成瓶的秀水大曲酒，屋子里弥漫着冲鼻的香味儿。在物质生活极端贫乏的那个年代，突然间见到了这些食物，可想而知它们对我的诱惑该是何等巨大。我馋得直咽唾沫，见四周没人，伸手想抓起一根香肠，我的手被轻轻打了一下。我抬头一看，是描着红嘴唇的夏奶奶。她今天的衣裙格外艳丽，紫红色的长裙和一条金色的披肩，此刻她微笑的蓝眼睛正看着我，我的脸火烧一般难受。奶奶没责怪我，却问我道："孩子，你知道今天是什么节吗？"离阳历年还有好几天，今天是啥日子谁知道，我摇摇头。奶奶拉长声音对我说："今天是圣——诞——节。"接着她拉着我的手向小院子里一指说："看，那是圣诞树。"这时我才发现院子里有一棵挂满冰灯的松树，小力哥哥正往树上挂灯笼呢，我忙跑去看。

大概过了半小时，屋里的气氛一下热烈起来，吆喝声，碰杯声，划拳声，欢笑声，连成一片。我和小力哥哥上桌就大吃大嚼起来，很快就吃饱了。这时，我看到大人们纷纷站起来向夏大爷和他的俄罗斯妈妈敬酒。这母子俩谁也不推迟，端起酒杯一饮而尽。这样几个来回，大家都喝得耳红脸热了，大人们开始敲着碗碟说话，把酒杯碰得当当响，把筷子放得啪啪有声，把手掌击得呱呱作响。不知谁提议："让老夏给咱们唱一个歌吧！"夏大爷放下酒杯，抻着脖子大声唱起来。他是用俄语唱的，所有在座的人谁也听不懂他唱的是什么，只觉得这个歌儿太悲伤、太忧郁。我看到刚才还欢喜无比的俄罗斯老太太，像突然换了一个人似的，她还同儿子一起轻轻哼唱起来，表情极端投入，几分钟的工夫老太太就变成了一个泪人儿。元洪伯伯对我父亲说："雅堂，老夏唱的啥，你给咱翻翻。"我父亲是这群大人中唯一知道这首歌的人，他轻声为大家翻译着：

> 冰雪覆盖着伏尔加河，
>
> 冰河上跑着三套车，
>
> 有人唱着忧郁的歌，
>
> 唱歌的是那赶车的人，
>
> 你看这匹可怜的老马，
>
> 它跟我走遍天涯……

　　唱着，唱着，如铁塔般刚毅的大个子铁匠也流了泪，酒席的气氛骤然变沉闷了。矮小的夏大娘受不了啦，马上对铁匠大喊："老夏，大家是来高兴的，你不能唱点高兴的吗?！"铁匠和俄罗斯妈妈猛然醒悟，铁匠不好意思地擦去泪，换上一副笑脸说："噢——我喝多了，让大家笑话啦！咱来点儿高兴的。"说完，他从他的屁股兜里，掏出那把闪亮、精美的口琴吹起来。琴声欢快、优美，一会儿就把屋里的气氛改变了，大人们的情绪又变得高亢起来，开始敲碟敲碗，与琴声相唱和。有人拍手打着节拍，有人轻声跟唱，宴会由刚才的低谷向高潮逼近。这时一个意想不到的场面出现了：七十多岁的夏奶奶，一撩她的紫红色长裙，站到屋的中央，接着一个潇洒的亮相后，便轻盈地舞动起来。裙子像一朵盛开的睡莲花，她的神情如火光般闪耀，似乎青春又回到老人的心头。我们眼前的夏奶奶，俨然是一个十八的俄罗斯姑娘，她旋转着，把屋里所有人的心拨动了，把所有人的眼神掠夺了。她的儿子一边吹着口琴也走到地中央，一只手拉着母亲和她共同跳舞。母子的配合极端默契，这一精彩的节目，把宴会的热烈程度推上了白热化……冬日山村的夜晚沸腾了。这样的舞在这里二十多年都不曾有了，大人们惊喜地高喊着，欢笑着，哼唱着，个个都像未长大的孩子，一脸的天真，一脸的单纯，一脸的童心。他们为铁匠和他的母亲助威助兴，为中国儿子和俄罗斯母亲的欢欣激动，为山村散发的勃勃生机欣喜若狂！宴会一直持续到子夜，持续到崭新的一天即将来临的时候。

在那个年代，小山村沟口竟然上演了这样动人的一幕！过了几天，沟口的一些人还在议论七十多岁的老毛子太太和她的二毛子儿子跳舞的事。这也难怪，当时坐在我身边的他们的儿子和孙子小力就生气地小声对我说："看，这对疯子！"

五

三十多年过去了，我在大都市已生活十几年，大千世界如万花筒，许多事情在心中不留丝毫痕迹，如过眼烟云一般。不知是何原因，这些日子我的脑海中常闪现童年在山村沟口度过的那个圣诞夜，那也是我第一次知道有圣诞节这回事。

不知沟口现在怎么样了，因为我家第二年春天就离开沟口搬到铁矿梨子山去了，后来又搬到呼伦贝尔草原的煤矿。

大概过了四五年，沟口来的人说，我家走后两年夏奶奶就倒在那架勒勒车旁，她的眼睛仍然看着她从年轻时就一直望着的方向。

后来还听说，过不几年夏大爷因喝酒过多得了脑血栓，瘫在炕上，不久也死了。

还知道夏大娘就想在沟口给小力找个媳妇，但小力看了几个姑娘都说不行，再后来他连妈妈的话也不听了，壮着胆子从沟口走出去。据说去博克图找对象了，那可是比沟口大得多的城市，从此也没有了音讯。

一晃，我已过了不惑之年，虽然我心中那个叫沟口的小山村渐渐离我远了，可那个铁匠和他的俄罗斯母亲的故事却越来越清晰，我的心间总回荡着那个大个子铁匠的口琴声……

第 四 辑
旅途心语

行走阿尔泰山

新疆的美，让人目不暇接。

早年，我领略过吐鲁番的温馨炽热，喀什的遗韵古风，赛里木湖的恬淡静美，巴音布鲁克的曼妙神奇。

今天，我在阿尔泰山的丛林间穿行，似在云雾间飞翔、梦幻中漫步……这山青青、水灵灵、草碧绿、毡房点点白、牛羊漫山岗的景象，让我疑惑自己不是身处遥远的新疆，这里俨然是我的呼伦贝尔故乡。

这起伏的山岗，这冲鼻的草香，这纯净的空气，让我产生了奇妙的幻觉。在最美的地方旅行，映现脑海的第一印象常常是：这美丽就像我的故乡。

现在想来，从知道"阿尔泰山"的名字，直至半个世纪后，我才有幸亲近这座横亘在中国西部簇拥三国疆界的"金山"。这是新疆再赐我的好机缘，这是上天再赐我的深情厚礼。

我像个虔诚的朝圣者，在森林中穿过，在河谷里迂回，在山脊上行走。

我眼前是蜿蜒绵长的青绿山脉，满川茂盛葳蕤的冷杉云杉，满谷激情涌动的高原河流，满目首尾相连的峻峭雪峰……我瞠目赞叹，我叫绝惊艳！

我确信自己果真投入阿尔泰山的怀抱里了。

此刻，阿尔泰山就在我的眼前，昭示着生机和敬畏。

阿尔泰山的大森林，像疏密相间的浓眉，繁盛而挺拔，深情脉脉，丰盈厚实，其浓绿绵长不绝，生命流向远方。

阿尔泰山发源的额尔齐斯河，像奔腾不息的血脉，洁净而执着，一路向西向北，穿越亚欧大陆，直抵北冰洋。

阿尔泰山的青褐岩体，像支撑生命的骨骼，强健而刚毅，庄严中饱含热度，坚固中高举永恒。

阿尔泰山的空气，像健康肺叶过滤的清风，润爽而柔情，抚慰旷野，催开百花绽山岗，小鸟天鹅放声欢唱。

阿尔泰山就在我的身边，呈现着雄浑和圣洁，升华着浩渺与广博……

远眺莽莽无边的山峦，近观牛羊徜徉的牧野，仰望苍鹰翱翔的蓝天，我猛然感悟到：人类在阿尔泰山的怀抱里，如众多大小不等的微尘。尽管人类是渺小的，却该自觉相融于阿尔泰，呵护于阿尔泰，这恰巧是在保育我们生命的根。

此刻，阿尔泰山内外放射的炽热磁力，让我惊愕，让我驻足，让我心动，让我身不由己。我似一粒微尘铁砂，被它暖暖地吸纳，紧紧地拥之入怀，之后我陡然跌进了丰饶幽深中，变成了懵懂的"醉氧"者。这对我这个多年寓居于水泥高楼、几乎断了"地气"的城里人而言，无异于一次跨世纪的超级穿越。在七小时万里飞行之后，我竟然在森林手臂的簇拥下，在群山颔首的施礼中，在水笑河欢的真情里，变成了少不更事的孩子，惶惶然不知身在何处，飘飘然未饮酒怎奈身先醉，欣欣然未遇喜事为何激情汹涌。

我情不自禁，心以何堪？

思来想去，解释我几近癫狂的理由只有一个：就是我闯进了阿尔泰山的博大胸襟中，被其彰显的大与小、远与近、厚与薄、狭隘与广袤的巨大落差所震惊，大有圈养小马初见广袤草原的惊诧与惊醒——这人与大自然撞击的回响，将长久萦回于我生命历程里，给我恒久的启迪。

阿尔泰山是生机无限的母亲，是人类栖息的福地。

面对这座沉实厚重的大山，我感到我的肉体无形缩小，我的心境无限拓宽。站在阿尔泰山的肩膀上，我顿悟远祖传承于我们的生存精神：人若立"人"，必须平依大地，眷顾苍天。

今天，我走过阿尔泰山，迎接我的即是一次盛大的生命洗礼……

博尔塔拉秋思

　　九月底已是新疆北疆的深秋。我们的小车在笔直绵长的博尔塔拉草原公路上驰骋，天开地阔，万籁俱静，宇宙间似乎只有我们这辆红色的"甲壳虫"在爬行。此时，车轮飞转，可我们还是感到车速太慢。茫茫的草原像如来佛，我们则像孙悟空，那感觉真似永远也跑不出佛祖的手心。眼前的博尔塔拉草原深沉、庄严、宁静，起伏的轮廓如沉默的历史，绵长的延伸似永驻的记忆。听着秋风掠过草地的飒飒声，我的思绪在天地间飞翔。

　　在作家周涛先生的散文《博尔塔拉冬天的惶惑》里知道"博尔塔拉"这个蒙古自治州名，作家并未就这里的自然和历史进行过多的描述，他那探寻生命奇迹，追问灵魂自由的个性化思考，让我叹服不止，是这篇文章勾起我对这片遥远土地的向往。普天之下哪里有土地，哪里就有亲情和思念；哪里有土地，哪里就有生命和希望；哪里有土地，哪里就有广袤和深邃：这是一个永恒的定理。土地给万物以生机，给人类以生命，给我以力量和温暖，这是我今天远离故乡几万里的真实感受。这种如炭火般灼热的情感来自脚下的博尔塔拉草原，这片土地的肥沃和厚重，这片土地的勃然和丰饶，这片土地的内涵和精神张力，似乎是一个巨大的磁场，植物、生物、动物、人类和山川河流均为她融为一体。这里演绎的是人类与土地永远表述不尽的血脉之情，牧人与草场的天人合一，飞鸟与蓝天的永久谐调。博尔塔拉的金秋确有道不完的诗韵和悠远……

也许因为我生命里流淌着北方蒙古民族的血液，也许是东北的黑土地给我以太多的耿直，也许我在繁华的大都市和喧闹人群中驻留太久，那种无形的压力，常搞得我心中空空荡荡，头脑一片空白。于是，重返自然，回归自然，也成了一种来自自我的现代奢侈，而放飞精神几乎就成了一种求之不得的渴望。眼前的金草地平缓舒展，绵延开阔，脚下的公路像一条跃动的青色河流，似乎正蜿蜒流淌，速度极快。尽管我们奔驰的速度已超过每小时一百公里，可是眼前的河流总不能被我们征服，前面的路仍然漫长不绝。不知是草原畏惧长路，还是长路臣服于坦坦荡荡的草原，我的眼前总是个浑然的整体。

这弯曲的公路，这起起伏伏的草原，让我想到了历史，想起了古代，想起了崛起于草原的成吉思汗，还想起西征欧洲，后来一路拼杀东归祖国落籍新疆的蒙古族先辈。昔日的刀光剑影，马嘶人吼：碧血黄沙中走来了铁木真、忽必烈，枪林弹雨中冲出了嘎达梅林和乌兰夫。从部落首领到元帝国的皇帝，从牧人到抗日的民族英雄，从进步青年到共和国的领袖，他们经历的铁骑刀枪、战火硝烟，其征战之惨烈，其英雄之壮举，无不是为了国家、民族的利益，无不是为了生活的安宁和平静。

在这片草原的地表下埋藏着蒙古族人的剽悍和勇武，埋藏着鲜血和弓箭，埋藏着洋枪和侵略者的尸体，埋藏着一个民族的足音，还埋藏着一个沉重的历史，我们永远也不能完善的历史。生于草原的蒙古民族，崇尚于草原，融会于草原，牧人与牲畜共享于草原，草原为有英雄而骄傲，草原为有人畜而显生机，这是生生不息的规律……

在博州草原，秋天是蓝色的——透彻的天空和美丽的赛里木湖是其代表；秋天是金色的——无际的草野和丰腴的骆驼是其浓缩；秋天是明媚的——高悬的艳阳和天山的白雪是其证明；秋天是诗意的——蒙古包的炊烟和伶俐的牧羊犬是其意境；秋天是深思的——草原的博大和肥美的牛羊是其哲理；秋天是生机无限的——干牛粪烧得奶茶滚烫，着红袍子的哈萨克女人正把散着热气的奶茶送到客人的嘴边……这是我眼中秋天的博尔塔拉草原。

行走在厚重的草原上，天穹之下的我们似蜉蝣般渺小，在这里人尽管是活的生命、活的群体，但同草原相比只不过是一粒微尘，一粒看不见的离子。天地之大，草原之阔，让我感受了个人的微不足道，让我悟出了融入群体，融入宇宙的奥妙：博大是在渺小中诞生的。此刻，我回过头看看自己身后的长长旅途，想到人生多有磨难何所惧。眼前的博尔塔拉草原告诉我：包容、坦荡和坚强，不计年轮千万转，总是生机勃然，阳光灿烂。

走喀什的路

车窗外的变化让我吃惊，再也不见绿草，再也不见飞鸟，这就是去喀什的路给我的第一印象。

黄沙，黄沙，迎风飞来的黄沙咬着牙往车窗里钻，似乎黄沙也耐不住荒原的寂寞，只有挤进车来才能同人们一起享受存在的快乐。尤其火车过了阿克苏后，几个小时也见不到一丝绿色。车的右侧是绵绵不绝的山，这是天山特色的山，青色的、蓝色的、红色的，甚至有绿色的，石头山居然能有这么多的色彩，我初次见。我想，坐火车看这类山，无疑是一种欣赏、享受，如步行在山下，就可能是一种折磨了。石头的色彩是视觉上的认知和涉猎，而人更注重心理上的感知。没有鲜活的水气，没有生长的植物，没有活动的禽兽，没有让人呼吸的草野味道，在这样的环境中行走，就如同受酷刑一样了。人是活的生命，没有与之伴生的生命，就等于成了孤独之旅。只有石头相伴的路是最艰难的……车的左侧是平阔的沙漠，风卷沙起，昏黄一片，视野不足百米。又走一个小时，天晴风住，太阳照在沙漠上，大漠闪闪发亮，奇怪得让人感到刺眼睛。我知道再往里走就是著名的塔克拉玛干沙漠了，这里只是沙漠的一个小小的序曲，长篇小说的一段引子，更弥漫，更酷热，更厚实，更神秘，更难挨的魅力正在这沙漠的深处。

我原定从喀什到和田，然后横穿塔克拉玛干沙漠，据说坐一天汽车即可穿越过去——这对我而言是理想中的梦！而我的两位兄弟因没有认真的准备而推辞，我只好收住心，走眼前的路。我知道沙漠是残酷的，人敢于进入沙漠，其实就是对自己生命的挑战。在这个世界第二大的沙漠中，无数的英雄梦断黄沙，骨埋黄沙，最悲壮的莫过于前年来这里的上海探险家余纯顺。他的长路断在了罗布泊，他的英雄梦埋在了茫茫大漠，他人虽去，精神却与大沙漠同在，他的生命似乎就是一个符号。这个符号给勇者的是思考，给弱者的是畏惧，他对我就是一个挑战和诱惑。

当年我在北京的一个书店里，第一次读到《余纯顺日记》，站在那里几小时不觉累。当我放下那本书时，我的心还在久久激荡着。如果他不是孤身一人，或多制造些社会舆论，或求助新闻媒体，或像今天张健横渡渤海海峡一样，有护航的人，他就不会有那样的悲剧。那时理解他的人太少了，他真的成了孤旅。"孤旅难行"这句俗语的道理他不一定不明白，基于这点，对先行者我们不可苛求。然而，最不能让我平静的是世人对余纯顺的麻木。我觉得他比二十世纪八十年代的青年探险家尧茂书还好些，他的死只在很小的范围内引起共鸣，除《中国青年》发表一篇通讯外，还有四川电视台的导演马龙骧拍了一部电视剧《长江第一漂》。余纯顺的精神在社会上的影响面较尧茂书大了许多，他死后有人为他出了《余纯顺日记》，上海的诗人赵丽宏还为他写了大量的诗，并其摄影作品集一同出版，多家媒体报道了余纯顺的事迹，这些做法都是民众对探险家行为认同的结果。社会越发展，探险家的价值就会被人们越来越深刻认识，时间越久其含金量就会越来越大。

　　沙漠是无情的、残酷的。就文化人而言，主要是看艺术家站在什么样的角度去看待沙漠。他们的艺术表现方法不同，他们的认识程度不同，沙漠的形象也在不断地变化。美国电影《撒哈拉沙漠》《阿拉伯的劳伦斯》《英伦情人》都是以沙漠为主要背景的，艺术地展示沙漠形象，在观众的心目中却有着不同的情感色彩。第一部电影是以沙漠的单纯美结合英国少女战胜邪恶，重返自由为主体的，这里沙漠就是战胜强盗的巨大力量；而后一部电影则以沙漠的绵绵不尽，象征式地叙说一段悲凉而绵长的爱情故事，第二次世界大战的恐怖和沙漠的荒凉都难以阻隔爱情的发展和久远……面对沙漠我想了很多，尽管沙漠是无感情的，但如果我们把它注入人的情感，沙漠就变成有血有肉的生命了。

　　望着连绵起伏的青石山和无一丝绿色的原野，我才真正感受了什么是苍凉和荒芜。朋友晓东说，如果把犯人全放在这里管理，何用改造来强迫他们，只要每天供他们吃喝，不用去教化，犯人自会做深刻反思的，便会主动改邪归正的。我认为把任何人放在这里，性格都会改变，如果说优良的生活条件会渐渐使人变美，那么恶劣的环境就可使人变善，尤其是到了天山的苍茫之中。这时人似乎就成了魔术师手中的道具，让他怎么变他就怎么变，人失去自由，其实就等于失去了生命。把鲜活的人，放在无生命的世界中，无疑等于失去了生存的空间，即使这个人还活着，他也和死了一样，即使死不了，也得脱胎换骨。人是大自然的精灵，同时也是大自然嘲弄的对象。

青山、灰山、红山伴着列车前行，这变化极少的景物，让我们感到十分疲惫，真的渴望能见到绿色，见到飞鸟。这里没有，因为这里是通往喀什的路。山下公路上的汽车，像长方形匣子，许久也跑不出这青灰色山峦铸就的通往喀什的路。

午后五点多，我们似乎跑到了太阳的前面，窗外的沙地变了颜色，地面的浮沙渐少，出现了黄土地，地面一层白花花的盐碱，像雪，像东北初冬第一场霜，举目远望，似霜花开满原野，白茫茫直到天尽头。这时远方闪出一条河——喀什噶尔河，好像这遍地的盐碱都是来自这条静静的河里，河水亮亮的，河岸白白的，太阳照在上面明晃晃的，这从未见过的奇观，似乎比不毛之地更残酷。谁能在盐碱的长期浸泡下活下来呢，这是美丽外表下的残忍。

眼前的景致电影一般地变幻着，青山、荒原、沙漠、戈壁、盐碱滩……这一切似乎让我经历了几个世纪。我似乎从远古走来，从赤身裸体到披挂树叶，从洞穴到平房，从用火到穿衣，从部落到村庄到城市，似乎度过人类成长的各个不同时期……在大半天的旅途中我有了追思先祖，认识今生的感悟，这难道不该感谢通往喀什的路吗？我心底的回答是肯定的。

乌拉斯台酒歌

　　这是我在新疆伊犁地区尼勒克县采访，遇到的一个久违、难忘的夜晚。

　　深秋，我们顶着蒙蒙细雨，去巴音郭勒村蒙古族牧民巴万家采访，回到乌拉斯台乡已是晚上八点多钟。乡党委书记马进禄对我说："今晚可热闹！"当时我并未在意这句话。他安排我们在小旅店住下转身走了。

　　乌拉斯台是蒙古族、哈萨克族、维吾尔族、汉族杂居的乡，蒙古族占六成，是多数居住者。稍事休息，我见雨停了，便走出小旅店，想好好体验这个散发着泥土气息和民族气息的乡村。走出小院，眼前是雨雾迷茫的草原，起伏的原野一片金黄，只有丘陵的低洼处仍残存着不多的绿色，多色调景观越发增加了草原的内涵……一股强劲的秋风，吹得我瑟瑟发抖，忙返回屋。我想起那首描述新疆的民谣："早穿棉，午穿纱，晚上躲在被窝里吃西瓜。"

　　不一会儿，一阵汽车声传来，老马进屋一脸喜悦地对我们说：

"走，去巴雅尔家！"

吉普车在泥泞的乡村道上拐了几个弯儿，三五分钟就到了赛利克·巴雅尔的家。这个蒙古族人家的场面让我颇感意外：屋里酒香萦绕，歌声入耳，男女老少人人微笑，各个亲善……我们被迎进东大屋，乡亲们早已围坐炕上。墙上是漂亮的壁毯，炕上厚厚的羊毛褥子，散着热气的大碗奶茶，扑面而来的喜庆气氛，一下便感染了我们。马进禄说，牧民巴雅尔三岁儿子赛强过生日，乡亲们借此一聚，你们三位有幸赶上这日子，就得与民同乐啦！我看见炕中间干净的大布单上，摆满了蒙古族自制的传统果子、蜂蜜、糖块、一瓶瓶伊犁大曲酒，再看围坐一圈的人们，那张张喜气洋洋的脸……过草原、穿戈壁的孤寂和疲劳一扫而光，我有了到家的感觉。

秋夜虽凉，而欢乐畅饮已蓄势待发，秋夜虽暗，而蒙古族人家正灯火灿烂。

刚坐在炕上，一阵沁人心脾的歌声激荡我的耳鼓，我循着歌声而去，中间屋子里宴会早已开始。这里的人全是蒙古族长辈，头发花白的额印和满脸皱纹的阿爸，大家都席地而坐，地毯上的长方形布单上摆满酒杯、果子、羊肉、马肠。那动听、悠扬、缠绵的歌儿是老人们唱的，酒醇肉香，气氛灼热，我举起相机把这极富风俗韵味的场面抢拍下来。未等我祝酒，一位老阿爸早把一杯酒举到我的面前——因为我是远方的客人，按风俗应是首先要被敬酒的人。我说："祝额印、阿爸健康长寿！"便一饮而尽。我尚未坐下，东屋人喊我："快来，宴会要正式开始啦！"

我忙坐到东屋炕上，巴雅尔的祝酒歌便开始了：

> 秋天的乌拉斯台草原，
> 大地披金，鸟儿欢欣，
> 牛羊肥壮，牧歌长吟，
> 姑娘的舞姿白云伴，
> 额印的奶茶暖人心。
> 远方的朋友啊，
> 骏马驰骋迎远客，
> 浓浓的奶酒醉不了您……

　　年轻主人的歌儿豪放、悠扬，对着我们三位来自远方的客人尽情唱。我被歌声陶醉，眼前似乎是无边的草原，长长的流水。我的朋友杨晓东、戚其龙也被眼前的盛情激动，把手中的大碗酒连连喝下，顷刻间脸上红云相伴，一副幸福难言的神态。欢情之下，我亦难能把持自己，把半碗白酒一饮而下，此刻，我的心在狂跳，我的激情在燃烧，似乎只有这样，才无愧我的蒙古族同胞。我尚未缓过神，赛强的捏捏（蒙语"奶奶"）巴撒，也双手举杯向我们敬酒。眼前的蒙古族大妈，皮肤黛里透红，身体健壮，神态敦厚、善良。这大草原母亲的酒，我们岂敢不饮？我的酒碗见底了。

　　炕上的民族果子撤下去，端上来的是大盘的手扒羊肉。额印用刀子灵巧地削下一块香味四溢的羊肉递到我面前，马进禄对我说："这是羊的胸口肉，是献给最尊贵的朋友的。"又喝下半碗伊犁大曲酒，我才有资格接下额印献上的羊胸口肉。 这时，哈萨克族副乡长阿里亚克拜尔也起身敬酒。这位大眼睛、魁梧漂亮的中年人，用音乐般动听的哈萨克语致祝酒词后，一首圆韵的《醉酒歌》，似乎伴着清脆的马蹄声，从他的心底飞出：

> 马儿草原上跑，
>
> 羊儿咩咩叫，
>
> 小伙子醉酒哈哈笑，
>
> 小姑娘醉酒把舞跳，
>
> 老爸爸醉酒说酒少，
>
> 老妈妈醉酒总说要，
>
> 朋友醉酒啊，
>
> 趴在草地上睡大觉……

这诙谐、欢快的哈萨克民歌，把晚宴的亲情拉得悠长，变成了明快和轻松，不管年轻年老，人们同时伸臂举杯，伴着哈萨克汉子歌声的节奏，摆头、抖肩、舞臂。尽管大家的下身都静止于炕上，上身的动作却变成了起伏 、律动的节奏。这舞动的手臂，飘香的酒杯，欢欣的笑脸，赤热的深情和善良的人心，组成了一个征服一切的氛围。眼前这不大的屋子，似乎变成了一个盛开的巨大花环，这不同民族的人们，似乎已把这狭小的空间变成了浪花飞溅、宽阔激荡的海洋，我们被大海的欢乐感染、陶醉……

草原上的人们个个是歌手，高挑的小伙子才仁是个歌王，他一口气唱了《黑眼睛的朋友》《我的父亲》《蒙古人》《美丽的尼勒克》四首美丽的民歌，仍唱兴未减。这时，赛利克的伯父杜戈尔加夫——七十六岁的老汉也动情地唱起来：

> 连马儿都为你长鸣，
> 连小河都为你高兴，
> 你娶来了诺尔汗，
> 连月亮都躲得没了踪影，
> 亲爱的，你不能贪酒喝醉，
> 别忘了，你得抱着新娘数星星……

马进禄为我翻译：诺尔汗是哈萨克语，意即月亮一样漂亮的姑娘。人们为老汉的深情所打动。杜戈尔加夫老人似乎并没有注意人们的表情，他闭着眼睛，深情地唱着，声音虽然有些沙哑，感情却极端投入。他的表情告诉我，老人已回到了自己的青年时代，辽阔的草原、驰骋的骏马、健壮的小伙子、美丽的姑娘和难忘的岁月，都在他的歌声里流连忘返，都在他的闭着双目的精神世界里闪现……老人端着酒碗的手臂在抖，随着老人的歌声，人们在唱和，人们在豪饮，人们的激情像火焰喷发，人们的精神早已把深秋的寒夜驱散。我看到唱完歌的老人，脸上汗泪俱下，滴落在酒碗里，老人又把这碗独具韵味的酒一饮而尽……

　　这歌，这酒，这人，这情，这草原的夜啊，谁能不沉醉！

　　这场多民族的欢宴，到凌晨还在持续，我们三人因要起早远行不得不提前告辞。走出赛利克·巴雅尔的家，乌拉斯台草原沉睡在夜色里，虽然仍有一丝寒气，我一点不觉得冷！

喀什留言

　　我走在喀什的大街上，心中欣然、怅然、悠然——这里就是中国最西部的历史名城。

　　此前，征求朋友此行的意见，朋友说，来新疆不到喀什，等于没来新疆。肯定是这句话引发了我浓厚的兴趣，于是三个男子汉过巴音布鲁克草原，跨开都河，越天山大坂，穿库车大戈壁滩，来到两千年前的古城喀什。当年张骞出使西域，他向汉皇上书称这里为"疏勒"，历史是这样延续的：班超在这里建大本营，唐王朝以此为安西四重镇之一，丝绸之路的要冲城市……这里成了"万邦商旅一途通"的大商市，盛唐最繁忙的大都市。

　　喀什的路通八方，喀什的人多情多彩，喀什的货聚展整个世界，喀什是财富、美妙、梦幻、神秘之都。于是喀什的无言魅力吸引了世界，吸引了各行各路的人，我就是这些人中的一个，一个想触摸历史、风俗、文化和百姓生活的普通人。我钟情喀什的一切，甚至于飘散的尘土、满街的羊肉味儿、沿街烧烤的馕香味儿，似乎连那听不懂的维吾尔语也散发着诱人的甜美。这是何种因由酵化的情感呢？我说不出。这是喀什留给我的谜，留给我的无法叙说的赠言。

长途颠簸，使同伴卧床长睡。此时已是秋日的傍晚，喀什的太阳还正浓正艳，灼温烤脸，热气催人。我情不自禁地加入大街上喀什人的行列，融入男女老少的世界。喀什中有了我，情感的河流汇入喀什，于是，外省人的烙印在眼前消逝了，我似乎是一棵平平常常的胡杨树，根在这里觅到了土。满街的花裙裾和蒙面纱的女人，卖油馕的长胡子老汉，追人擦皮鞋的巴郎子（男孩），兜售巴达姆的阳冈子（媳妇），还有扬鞭催赶毛驴车的维吾尔族老妪……

这些同街道、摊床、店铺、清真寺、铜器一条街、弥漫着酒香肉味的空气，构成了一个活的、跃动的喀什。这里的闪光点是艾提尕尔清真寺，最亮点是满街的维吾尔族女人的眼睛。

当今中国最具个性、笔力最凝重的作家张承志，蘸着心的血和心的泪写下这样的文字："新疆是语言隔膜中的无言神交。"他深情而又痴迷地写到喀什："十五年前的那一天，我的心被掠夺了……但不知怎么，就像走错了路一样，越过那么辽阔的大沙漠，我独自跑到了这里。于是人就无法不想念，春夏秋冬，我身在异乡，一丝游魂却时时在这条街上游荡。"先生的这篇名叫《正午的喀什》的散文，出自灵魂，发自肺腑，从对喀什古城的感受写起，其中写了古老的巷子、炎热中的泥土民房、白瓷般的小姑娘、读《古兰经》的维吾尔族老汉，尤其写了那个"蒙着褐色纱巾"的神秘而奇异的维吾尔族女人。文中流露出作家抑制不住的爱恋："我必须说，虽然不见眉眼，尽管隔着褐色的面纱，但是轻轻地跪坐着，用低柔沙哑的嗓音很快地述说的她，浑身都笼罩着一种形容不出的美。"这位曾以冷峻著称的作家，在进入喀什后，内心和情感似乎"腾"地燃起火焰，其对喀什的爱，如黄河水喷涌而出，达到不吐不快的"癫狂"程度。读这篇写喀什正午阳光的美文，体味到喀什的诱惑更强烈，喀什的魅力更无穷，走喀什的决心在此刻便坚定地形成了。

　　如果喀什没有迷人的魅力，像张承志这样的大作家会一趟一趟地去个没完没了吗？我觉得这不仅仅因他是伊斯兰信徒，更主要是他发现了深藏喀什的、久违了的人间真情，那种现代大都市里早已逝去的自然人的本性和少数民族中仍保留的原汁原味的生活气息。这些我看到了：艾提尕尔清真寺里虔诚跪拜的男孩，陈列展览的古楼兰女干尸，凝固了的金首饰古街，沉睡的香妃墓，十一世纪维吾尔文学巨著《福乐智慧》作者玉素甫·哈斯·哈吉甫的圣墓，还有集古商市和现代商场于一体的东巴札、香港巴札，还有坐在街头等待找工作的维吾尔族、回族农民，他们多是中年以上的男人，他们的目光似搜索的灯，只要心还在跳动着，这盏灯就永不熄灭。人追求美好生活，其本身就是个艰难的旅程。

　　我漫步在古老的维吾尔族风情小巷里，被热闹的商业气氛感染。这历史悠久的小巷，其实就是大千世界，生意人叫着喊着兜售自己的商品，其情又急且躁，大有你不买东西，他即死去的"逼迫"。是钱的强烈意识改变了其为人的本质，而憋着劲儿不买货的顾客，本身就是对这些只看钱的人的一种挑战和藐视。生意人似乎看穿了这种现象，也不生气，也不发火，轻轻微笑着迎接挑战。打个比喻，喀什生意人是火苗过后的炭火，热而不虚，持久绵长……这是历史的因素造就的经商韧劲。两千年的经商历程，使这里的生意人见多识广，他们知道，生意的河流是不能间断的，生活的河流源远流长，只有像炭火一样灼热、平稳，生活的滋味才能像美酒，越品越醇香，越品越清纯。

写到这里，我想起一首赞美喀什的诗篇：

喀什噶尔艳丽的佳人一旦秋波传情，

会让天下的美人顿时羞得无处躲藏。

谁若到了喀什噶尔，天堂仙女也难使他迷恋，

甚至连他可爱的故乡，都会被他忘得精光。

作家张承志为未能成为喀什人而缠绵感叹，情急之下又写了一篇《相约来世》，他说："不知为什么我总觉得此生若还有一件遗憾，那就是没有真正成为喀什的儿子。"其心之所向，神之所往，融于喀什的是何等深沉的爱呵！

我心中的喀什是埃及的金字塔，是古罗马的斗兽场，是古中国的明星，是当代中国的当空皓月……

是为喀什留言。

遥远的巴音布鲁克草原

　　车载着我过天山怀抱的巴音布鲁克草原，金色满目，草浪连天，我思绪万千：草原——我并不陌生。

　　我降生在大兴安岭上，十二岁到呼伦贝尔草原生活，整整二十年与草原为伍，直到1992年我才真正离开草原。现在我身居长春这座现代化大都市，可我与草原的缘分并未因此隔绝，妻家亲人多半还在那里，我家里三分之一的电话是来自鄂温克草原的。

　　幼时喜欢草原，是从读书开始的，蒙古族作家玛拉沁夫的《茫茫的草原》、乌兰巴干的《草原烽火》，曾让我品味到了草原的美好，从此，我的精神世界里拥有了草原。中学时的一个冬日，我的音乐老师金铁宏怀里抱着一本破旧的精装书，我伸手要拿，他一闪身子躲过，说："那得等我先看完！"这本书就是苏联作家肖洛霍夫的长篇小说《静静的顿河》，这个史诗般的故事，开篇就是从草原写起的，主人公葛利高里·麦列霍夫和阿克西妮娅的爱情故事，伴随着沉重的主题，在秋日顿河辽阔草原的大背景下展开。浑厚、广袤的草原，载着苍凉、悲壮的人物命运，我被这本书迷醉了，故事好，草原更好。后来，又读到屠格涅夫的《白净草原》、契诃夫的《草原》、高尔基的《草原上》……特别是契诃夫笔下的草原，那简直就是一首草原的抒情诗、赞美诗，尽管他的草原充满忧郁，但那必定是歌的草原、诗的草原、俄罗斯的草原——这强烈的草原印象，如同烙在我心中的烫金画，永远磨不掉了。这是草原注入我脑海的神交，她坦荡可以包容人类的任何行为，她深沉可以笑纳世界的任何爱憎，她广袤可以揭晓宇宙的任何谜底。这是我心中的草原。

脚下土地是中国新疆的天山，眼前的草原是巴音布鲁克，我第一次走上海拔四千米以上的山地草原。在天山的脊背上竟有这么平坦辽阔的草原，这是我做梦也没有想到的，刚才因山路险要惊扰的情绪开始渐淡，心底因融入草原而渐松缓、宽敞。两侧青黛色的常年积雪的天山，形成两座天然屏障，把这片平坦而狭长的草原，装扮得格外独特，无限秀美。冰雪天山像庄严、冷峻的男子汉，巴音布鲁克俨然若一位纤细、温柔的俊媳妇仰卧于男子汉的身边。这黄色的土地朝气蓬勃、辽阔深邃，金灿灿举目望不到边，走在她的怀抱中，感受的是无尽的温暖。巴音布鲁克的草原曲线柔缓，呈现着活泼的弹性，呈现着古老的意韵，呈现着生命的勃然，呈现着母亲的慈爱和博大……

我在这草原上行走，似乎别的世界不复存在，就连头上的太阳也是为装点草原而存在的，天山上刮来的秋风在为草原漫舞，身边走过的羊群在为草原点缀，眼前飞过的小鸟在为草原欢欣，脚下透明的开都河也在为草原歌吟。在这里，巴音布鲁克还像一个变幻的聚宝盆，随着时间和太阳的转换，这个聚宝盆闪闪地变幻着诱人的魔光。早晨的草原到处都是嘴巴和眼睛，当太阳越过山巅把晨光洒在狭长的草原上时，那无数张嘴噙含着露珠，那千百万双眼睛浸着欢欣的泪珠。在朝阳的映照下，早晨的草原顷刻间变成了巨大的天幕，这露珠和泪珠马上变成了萤火虫般闪亮的星光，此刻的草原似乎就是光的天空，希望的诞生地，作为生命勃发的人，谁不想投入这给生命以力量的怀抱呢？正午，头上的天蓝得海洋般绚丽，那片白云就像系在太阳脖子上的领结，飘逸而洒脱，太阳的亮，天的蓝，云的白，山的青，把巴音布鲁克变成了金魔毯。骑马的蒙古族牧人和羊群，似乎都成了阿拉伯神话里的鲜活形象，金魔毯正载着他们在宇宙飞翔，而大地的磁力就是不让他们离开天山这块地方，于是这里便诞生了属于自己的奇观，天作地合，人作梳妆，天山和草原早已婚嫁成双，直到地老天荒，谁也无法改变他们的模样。

甜睡的草原头枕兀立的天山，开都河像他们眼角溢出的喜悦泪痕。开阔的胸怀，雄健的肩膀，证明着大自然衍生着的爱是无穷无尽的。爱情才是世界最伟大的永恒。

太阳偏西了，巴音布鲁克和天山渐变，草原越发沉静，山峦越发黛青，我不忍心打扰这对痴心伴侣，还是离他们越远越好，让巴音布鲁克成为遥远和美好的梦忆……

松潘导游小马

　　去九寨沟，汽车刚开出松潘县，一个手拿话筒的小伙子向大家自我介绍："我叫马宗权，是你们游九寨沟的导游，我父亲是回族，母亲是藏族，我随母亲是藏族。"

　　看到车窗外的藏族村寨，我们异常兴奋，多数人都是初次看到这挂满旗帜的村寨。小马见大家高兴，就主动为我们介绍九寨沟的风景，介绍藏族的风俗，介绍当地的婚丧嫁娶。他的普通话还不流利，却能听清楚，表情达意也蛮风趣的。我向他提的问题多，很自然和他先熟悉了。到九寨沟后，住藏族村寨，举办篝火晚会，他一直在忙着，我们也就没有闲谈的机会。

　　游完九寨沟，过了岷江的发源地贡嘎雪山后，我被车窗外的藏族男女正春播的情景吸引，并为之动情了。于是我问这个地方的名字，小马告诉我这里叫漳腊。这里是我们从都江堰出来后见到的土地最多、最开阔的地方。岷江从这个市镇的两边流过，形成了平缓丰饶的冲积平原。这里是开阔的河谷地带，土地油黑油黑的，没有大块土疙瘩，藏民们耕种得精细。岷江北南走向,两岸平缓的坡地上村寨清晰可见,随风飘动的红幡帜,看上去像整个寨子都在舞动,显现了活灵活现的生命力。我几次在心里暗暗赞叹:藏族人的眼力是无可挑剔的,他们在这么漂亮的地方安营扎寨,是长益于子孙,造福后代的举措,世世代代都在享受大自然的俊美馈赠呢!

汽车到川主寺了,我看见了金碧辉煌的庙宇,檐瓦迎着太阳闪闪发光。昨天我们经过这里时,小马曾告诉我这儿的地名,在村外挨着树林的一片碧绿的草地上,坐躺着三个藏族少女,她们的感觉像大城市的姑娘们依坐在公园一样,自由自在,遐想神驰。她们艳丽的藏族服装、耀眼的粉红色围巾,同刚吐新绿的草地,同方显雄姿的森林,同辽阔高远的蓝天形成鲜明的对比。大自然静态的美,同微笑着、喋喋不休的姑娘们融为一体,似鲜活的艺术画卷。这是雪山的情,这是高原上的诗,这是岷江的情谊……我和小马的话就从川主寺谈起。他告诉我,当年的红军就是从这里会师,又兵分两路爬雪山过草地北上抗日的,这是历史。在前面的山头上建立了红军纪念塔,还有 10 组艺术雕塑,纪念当年红军经过此地的壮举。

快进松潘县时,因公路路况不好,汽车停下了。我同小马唠嗑闲聊,知道了他的身世和经历。他告诉我,每年旅游季节,他在川主寺搭设帐棚旅店,是与几个哥儿们合伙干的,床位约有 100 张,三个合伙人每年的人均收入在 5 万—7 万元之间。其实他搞旅游业有个原因,最早他是小车司机,是汽校毕业的。"为什么又改行了呢?"我问。他讲述了童年的经历,八岁时他和邻居的小伙伴发生争吵,邻家孩子找来比他大四岁的大男孩子把他揍了一顿，他从此记了仇。总想寻机会报仇，毕竟那个孩子比他大四岁，而且越长越大，身强力壮，他打不过人家。这个仇报不了，他的心里憋着一股说不出的劲儿，后来报仇的想法上升到他的精神领域，在他的心中成了一个难解的情结。他痛下决心，一定要比那小子混得好，生活一定比他家更像样子。那小子最先开上汽车，小马也立志开汽车，汽校毕业后他开了一阵子汽车，同那小子拉平了。不久，他由开大车变为开小车，这在气势上就明显超过那小子了。当时他要复仇的冲劲儿已经刹不住车了，继续往前狂奔着。他的一个亲戚在海南岛开了一个公司，亲属招他去海南，目的明确，让小马给他开小轿车。在那个风景秀丽的海岛上，小伙子玩了几天，思考后还是回家乡了。这趟南方之行，引发了小马搞旅游业的想法。那时松潘人羡慕开汽车的，但在小马眼里开汽车已算不上什么了，他同朋友合伙与岷江宾馆联营，在川主寺办起大棚旅游宾馆……我问他报仇的事，他说："报了，我找了几个哥们，把那小子找来，当着大伙儿的面，当年他怎么揍我的，我也以同样的方式教训了他！现在那小子还在开汽车，我却当上了经理，哪方面他都不能同我相比，早已不是我的对手了。"

我问小马想没想过，离开高原上的松潘，去更适合他的开放地区去搞旅游业。他说："我每次出去，回来后信心就更坚定了。这里最适合我发展，这儿是我的家乡，人熟悉，我在这里长大，在这里干事最容易成功。再说，我总得为家乡人干些实事。九寨沟开放后，我觉得我们更有干头了，谁也比不上我们，年轻，有干劲儿，对这里的环境如数家珍，这是谁也不能和我们比的优势。"

在大山的夹缝中生活，他却有不同一般人的想法，他由过去的单独想报仇，思想渐渐上升为为家乡办实事，让家乡脱离贫困走向富饶，这是个巨大的精神变化。他告诉我，他的父亲是个石匠，和石头打了一辈子交道，他小时候总在父亲的采石场玩儿，别人总以为他会子承父业，他却没有"近墨者黑"，靠实干闯出了一条自己的生路，这一条路是光明的，也是反传统的生路。

马宗权现在所在的阿坝州松潘县旅行服务总公司第三分公司，他是创始人之一。他告诉我，一到旅游季节他们的工作相当忙，但却充实、开心。他结婚几年了，为事业晚当了几年父亲，他认为这是值得的，他的脸上现出一丝自豪、欣慰。这是一种进取的人生。

本来还有许多问题要问，但路已修好，我们上车后，就顾不得谈话了。我想到松潘再找机会同他谈，想不到却没有机会了，下车后我再也没见到小马。第二天早晨，我们很早就上路了。看着车窗外连绵的群山和湍急的岷江，我想了很多，感到小马的人生态度很值得回味，于是就把他的故事记录下来了。

秋日符市组曲

已是十月的中旬,珲春海关两侧的柞树林、桦树林已染金色,伴着我们去俄罗斯符拉迪沃斯托克（后文简称"符市"）的主色彩是绿、红、黄相间的秋色,还有日本海的碧蓝色。

男孩和姑娘

旅游汽车在俄罗斯的土地上驰骋,旷野上柏油马路不断地延伸,只有我们十余个踏上异国土地的中国人。秋天的原野明朗、开阔,平缓的丘陵地貌上满是连成片的黄色的柞树林,透过右侧的林木我们看到了海岸线和一处静静的海湾。

40分钟后,汽车进入了俄罗斯小城科拉基诺,导游小姜告诉大家,这是离珲春最近的俄罗斯城市,20世纪60年代这里几乎没有老百姓,主要是驻军,而且是针对中国的,现在两国关系好了,大批军人撤了,这里的老百姓多是军人的后裔。小城幽静得像乡村,木房子多,砖瓦房少,结构样式精美。汽车停在路边，我看到三五个男孩飞也似的跑到车窗前，他们中大一点的男孩，一身又脏又旧的牛仔装，一路跑来，一边喘着气，一边对我们说着俄语。还未等我弄明白怎么回事，他又从兜里掏出一枚俄罗斯硬币，举到我的眼前，嘴里一连串的俄语又急又快，极为好听。我明白了，他是想换人民币，忙摸兜里，没有硬币，又马上找钱包，还是没有硬币。那男孩的眼睛变得十分急切、渴求，一只手不断挠自己的头，轻松的外表下掩饰不住失望的沉重。我正不知怎么办好，汽车开了，男孩呆呆地站在那里，似乎天真和美好都和他擦肩而过，兴奋而活跃的神情不见了，眼里闪出一片极不情愿的茫然。我的心里变得有些沉重，好像自己做了一件对不起俄罗斯男孩的事。

汽车沿着海岸线行进，又进入丘陵山地，穿过一片柞树林，走下山坡，我们的眼前立刻出现了浩瀚的大海——斯拉夫扬卡港——是我们去符市的必经之路，这个城市相当于中国的县城。换车的汽车站残破不堪，陈旧报废的俄式汽车堆放得乱七八糟，来接我们的俄国汽车卷起一片尘土。我上车坐稳后，发现车前部坐着一个近二十岁的金发披肩的俄罗斯姑娘，她此刻正用那双蓝色大眼睛端量着我们中的每个人。车开动了，我注视窗外，丘陵漫坡上是挺拔、隽秀的白桦林，林中探出的一条沙石小路上走出一位面容和身材娇美的俄国少妇，推着童摇车；一个静悄悄的校园，听不到朗朗的读书声，操场上有三五个孩子在玩耍，街上几乎没有行人。车停在一小饭店门前，导游小姜指着门上的俄文说："这是哈尔滨餐厅，在这吃午饭。"此时是北京时间上午的十点多，却是俄国午后一点多了。一进入餐馆，那个领大家来的金发姑娘立刻活跃起来，她和另外几个姑娘飞快地往餐桌上端饭菜，其风风火火的神态立刻吸引了我们，大家拿出相机即兴为她拍照。姑娘笑了，并有意识地配合着。一个小伙子指指靠自己的座位，她马上会意，微笑着坐在他身边，头向中国男孩一歪——等待合影啦。有人喊："这姑娘真大方！"另一人道："这是俄罗斯！"我们中一位年近五十的中年人也示意要同金发女孩合个影，没想到姑娘坐在此兄身边，顺势搂住了他的脖子，那亲昵劲儿俨然一对有情人！把此兄弄个大红脸……又有人说，斯拉夫扬卡的姑娘，厉害！

三原色符市

在斯拉夫扬卡码头等待我们的是一艘白色快艇。艇内空间较大，舱里坐满旅客，多数是中国人。快艇离港了，小城斯拉夫扬卡渐渐远了，海的氛围来临，先嗅到咸腥味儿，接着便是清凉的海风，一转头眼前就是碧蓝的大海了——这是我首次见到的新海域——日本海。快艇像是在蓝色的原野上驰骋，两侧是时断时续的陆地、岛屿，快艇似乎一直在海峡中穿行，一直在俄罗斯的怀抱中畅游。这里的海和天自然、纯正、奇特，眺望海天顿时有一种被佳酿浑然陶醉的感觉升起，天蓝海蓝相融相会，谁也分不清哪里是天，哪里是海，似乎我们的心都被大海染得碧蓝碧蓝——这是我见过的最北端、最美丽的海岸线了。

海上行程只一小时，我一直站在快艇的后甲板上，刚才拍照留影的兴致已过，望着这片起伏、澄碧的海域，我陷入了沉思，海的那一边的城市现在却叫符拉迪沃斯托克，俄语译过来的意思是"守护东方"，是俄罗斯人在守护属于他们的土地，而中国人却成了曾经是自己家乡的客人。我不能不说这是历史的错误，作为后来人没有理由埋怨我们的先人，但不能不说这是个让后人感到痛心的遗憾。1858 年以前，这片海域，还有半小时后就要到达的符市，都曾是中国的疆域，清朝的皇帝尴尬地苦笑着，乖乖拱手把她送给了野心勃勃、贪欲遮天的沙皇，这片欧亚大陆最东方的海域和土地，真是比金子还珍贵啊。对于吉林的对外开放和经济发展而言，这里是不可多得的"金口子"，这里对整个东北经济发展都起着至关重要的作用。从军事战略角度看，这里是紧锁欧亚大陆的咽喉要塞，是天然的不冻良港，俄罗斯的太平洋舰队海军基地就驻扎在这里，可见其军事战略地位的重要。面对今天的历史，我们怨恨祖先，埋怨历史，就有点向后看的味道了。不纠缠过去，我们须振作精神向前看，向未来看。现在，中国的旅游者是来取经的，我们更应关注俄邻邦身上优秀的、文明的、向上的东西，总之要思考从俄罗斯民族身上发现新的积极的因素，这才是我们的真实目的。

越过大海，符市就在眼前——一座白色的城市，靠海而建，依山而建，层层叠叠，白褐相间。楼房是白色的，蜿蜒的群山是褐色的。这个城市最炫目的是码头和老火车站，雄伟兀立的码头，像一张巨大的嘴。一进入海港，我们的快艇就变成了小舢板，眼前巨轮林立，商船和军舰相交，码头和火车站相融，密集的吊车伸臂挺首，岸上流动的车辆和海湾静泊的轮船相映成趣。这里像钢铁的密林，所有的视线在这里被搁浅了。符市是滨海边疆区的省会，是俄罗斯远东地区最大的城市。我们看到城市马路上跑着的都是日本轿车，据说这个仅有78万人的城市，私家轿车就有32万辆。从街道上行走的人们，可以看出他们的穿着打扮并不落后于时代，西装革履比比皆是，穿海军服的水兵随处可见，尤其俄罗斯女人的打扮极为漂亮，多穿不系扣的狐领呢子大衣，中短腰皮靴，露出一截修长的大腿，个个身材高挑、步履匆匆，是大街上一道亮丽迷人的风景线。从我踏上符市土地的那一刻起，就把个别人的"俄罗斯穷透了"的说法抛弃了。我相信自己的眼睛。

符市的主体特色是白色楼房，灰色船舶，蓝色大海，这是秋天符市的三原色。

逛商店市场

在符市我们的第一项活动是逛商店和市场。第一天到达后，安排完住宿，已经午后三点多钟，是俄罗斯当地的五点多钟了。还不到吃晚饭时间，我和一位朋友走出宾馆，在一条靠海滨的马路边散步。因好奇我俩走进一个私人小商店，里面有一位五十多岁老太太、一位年轻的姑娘。小店里干净整洁，商品高档，主要售烟酒糖和日用品，其商品摆放之讲究，布置之合理，是中国的同类小商店无法比拟的。这些商品的包装都很精良，尤其是酒类，瓶装艺术，商标精美，品种多样，价格多在120卢布以上。俄国老太太极热情，连说带比画地向我们推荐酒，

个别单词我们明白了大概，有意大利的、法兰西的，还有 USA
的。老太太叽里咕噜说着，掰着手指数着二百、三百，执意要
我们买。看那价钱高得吓人，不能让一个俄国老大妈"涮"我俩，
但又不能不买任何东西就出来，那不是太丢中国人的脸吗？于
是便掏出刚兑换的 20 卢布，买了两个巧克力雪糕。这时俄国
大妈的脸上才有一点点笑意，我俩逃也似的出了小商店，朋友
说："谁说俄罗斯人没有商业意识，一个老太太把我们都打败
了嘛！"

　　第二天，我们又逛了符市的二道河自由贸易市场。这里与
中国市场的最大不同是极幽静，听不到嘈杂说话声，卖主和买
主交易似乎用耳语就可以进行了。在露天的市场内主要商品是
狐狸皮毛衣领、小套人、望远镜和玻璃酒具等，价格不低。一
套领袖小套人要 600 卢布！俄国人卖货，中国人买货，侃来讲去，
我们一行谁也没有买到一件称心的东西。于是大家又进了大棚
菜市场，看来这里的蔬菜都是从中国进口的，西红柿、圆白菜
（东北俗称大头菜）、茄子、土豆居多，卖肉和卖鱼的只有三两份，
听不见一个货主吆喝。他们看着在柜台前来往的人，一副愿者
上钩的态度。只有卖货的，看不见买货的，大棚里的生意冷清，
没有一点市场的气氛，好像一个蔬菜保鲜大窖，给我一种阴冷
的感觉。我臆想：可能以食肉为主的俄罗斯人对蔬菜不感兴趣？
细细回味，这两天我们吃的俄式餐里，顿顿少不了西红柿和土豆，
尽管俄罗斯人以肉为主，却也是离不开蔬菜的，也许菜市场的
冷清正反映市民生活的真实一面。在菜市场的出口处我还遇到
一位端着碗乞讨的老太太。

最后大家进了一个规模较大的百货大楼。楼里的商品走两个极端，一类是俄国货，比如衣服、毛料、呢子等货真价实，就是款式太老，色调单一；还有俄国香水，中低档的味道不好，高档一点的，价格却高得离谱。大家转了一大圈在楼梯处碰头，不光男士们两手空空，同来的女士们也什么都没买，大家相互瞅瞅都忍不住笑了。继续转吧，在另一楼层里，突然见到了高档货，潇洒的皮大衣、精致的皮靴、新颖的手提包、华丽的披肩等等，见此情景，我们男士笑了，女士们的眼睛也闪闪发光，一问站在一旁卖货的漂亮的捷乌什卡（俄语"姑娘"），全傻眼了，清一色的法国货、美国货、意大利货，价格高得吓人，平平常常 1000 卢布，高一点的 8000 到 10000 卢布，还是买不了哇！来一次俄罗斯，总得买点东西给家人带回去吧。最后大家又折回一楼，买俄国巧克力、伏特加，甚至黑列巴（俄式面包）。当大家再次聚在一起的时候，相互看看，忍不住全笑了，不管男女，买的货物几乎一模一样！

媚"美"情结

在符市的四天活动安排得很满，想不到第二天下午又遇到一件意外的事，由此我们可以更近一步看到俄国人对待世界强国又是自己对手美国的心态。

我们参观完二战潜艇博物馆出来，发现靠海边码头的马路上排了几百名男男女女、老老少少的俄罗斯人，队伍很长，足有 200 米，往海里看，一艘美国海军的驱逐舰停在那里。经导游一问才知道，这艘军舰对俄国人开放三天，今天是参观的最后一天，直到此时，俄国人还对老美的军舰抱有极大的热情。这是个难得的机会啊，我们马上请俄方导游伊丽娜出面协调，争取也能登上美国军舰看看。在没联系通之前，我们也只有乖乖地排在长长的参观队伍的末尾。这时，我才能静静地观察这些以急切心情等待登上美舰的俄罗斯人。这里的气氛俨然节日一般，虽然参观的队伍已经排得很长，而俄罗斯人还是源源不断地涌来。队伍中各种年龄段的人，穿着都很整洁得体。我身边的一对夫妇带着一对四五岁的孪生姊妹，两个娇媚的金发女孩也正看着我，她们对我天真地笑着，我指指停在海边的美国军舰，两个女孩会意，用极好听的童声说："哈拉绍（俄语"好"）！哈拉绍！"

这时，伊丽娜回来了，她沮丧地说："把门的警察不给我们开绿灯，我们只好排队，看来到天黑也等不到……"在俄罗斯，不管干什么都得排队，这是约定俗成的规矩。我看到参观的入口处站了许多警察，一副森严壁垒的架势，还有几个身材高大的美国水兵也站在那里。俄罗斯人崇拜美国人，并不把中国人看得很重。我看到参观的人一次只能进去五六个，队伍往前推进的速度很慢，看来我们想参观美舰的想法要泡汤。我们中一位扛着摄像机的朋友自告奋勇地说他去试试。这时三个身材高挑，穿着华丽、摩登的俄罗斯姑娘的行为引起了排队参观人的不满，她们不排队，直奔入口处走去，直插入参观队伍人前。后面的人开始反感，人们议论纷纷，甚至有人向她们直喊，看表情能猜出这是在抗议她们"加塞儿"，而那三个姑娘对这一切置若罔闻，根本不在乎众人的喝止，把两个美国大兵围住，用纯熟的英语同那个黑水兵对话。很快两个美国水兵就把三个姑娘领进了参观口，俄罗斯警察毕恭毕敬地把她们放进去，这时参观的人群中爆发出一阵极大的起哄声："噢——噢——"三个姑娘充耳不闻，其中一人冲人群嘲讽地一笑，还眨巴眨巴眼睛，一副调皮的样子。

我们那位扛摄像机的朋友和伊丽娜联手，终于打通了参观入口处的一位警官，朋友先把这位警官的形象录上，又在不同角度录了他的几个特写，然后放给他看，加上伊丽娜"他们是外宾"等一串好听的话，警官笑了，我们也拥有了特权，享受了"先进参观待遇"。在美国军舰上，我们看见了俄罗斯青年对美舰的狂热，一群一群的年轻人欣喜若狂，不断地照相，每个人的手指都打着"V"字形。看着这一切，我真的有些费解：俄罗斯的年轻人，这是怎么啦？这个问号在我的心中延续了许久。

俄罗斯毕竟是诞生过彼得大帝、库图佐夫、托尔斯泰、巴甫洛夫、罗蒙索诺夫、朱可夫、加加林的伟大国家，她拥有自己的光荣历史和不可战胜性，然而今天的俄罗斯正面对一个崭新的世界，这个民族的许多传统的观念和做法正面临来自世界各方面的挑战。自己的路将怎样走下去，这是摆在现任总统普京面前的极其严肃的课题。我相信今天的俄罗斯一切问题都会随着世界大潮发展逐步得到解决，俄罗斯一定会有一个光明的未来。作为近邻这也是我们的美好期待。

在符市我们看到许多俄罗斯人的优秀品质，文明、礼貌、尊重朋友、爱护环境等等。秋天的符市，给我留下的深刻印象是一种沉重的沧桑感，在碧蓝的大海边，深秋中的这座海滨城市正在发生着一个历史上从没有过的巨大变化。

金秋过长白

出延吉市约二十分钟，车队经过著名的苹果梨产地龙井市。右侧是平缓的山坡，棕红色的苹果梨树布满山坡，一眼望去没有边际，树边路边，农民们用纸箱装满苹果梨，成堆成垛，都在等待路人的购销。今年是苹果梨的丰收年。这里的苹果梨闻名全国，水分大，又脆又甜，这种水果与此地的独特环境有极大的关系。听说大连也产苹果梨，但和长白山的相比，味道品质差异极大。

从地图上看，我们今天的行程，要通过长白山腹地。汽车过龙井不久，低矮的朝鲜族民房渐少，朝鲜族村落亦由多渐少，眼前的森林茂密起来，脚下变成了砂石路。车队过了一个叫八家子的小村，林区的气氛渐浓渐深，有运载着大圆木的汽车经过。我们经过的自然村落，家家都有柴火垛，行人们的穿衣款式老旧，且色彩单调，黄，黑，灰，看上去有些土气，似乎与我们的时代不同步。由于刚刚下过雨，路面潮湿，无尘土飞扬。车窗外，扑面而来的空气很清凉。眼前的椴树、柞树、桦树、松树密集起来，色彩呈黑、白、黄、绿，大树下常有一株株小树，叶子全是红色，像开在大森林里的鲜花，看一眼亦有一丝喜爱充盈心间。

从地图上知道，我们现在应该在长白山的甄峰和南岗山之间，这里是实实在在的林区了。东北的林区我已多年未涉足，但因自己从小在林区长大，一进入大山的森林里就有种超乎寻常的亲切感、新鲜感，这是我的同车人体会不到的。童年的许多趣事、欢乐和这大森林有着割舍不断的联系，这是我与大山的天然缘分，其魅力将影响我的一生，且绵长不绝。

山野中独特的气味儿，总能最先引起我的冲动，自然的、生理的和精神的愉悦一起摇荡着我，让我如入梦境般美妙，于是我情不自禁地激动起来，这种感觉在我的人生长河中实属不多见。这种发自心灵的，带有强烈情绪化的冲击，让我不能自已。细想想，只有青年时期我对爱情的渴望，才有过这类不顾一切的冲动。

这种热烈、新奇、甜蜜、按捺不住的感觉，像身上瞬间充足了电流，似乎身上的每一块肌肉都在蓬勃地跳动，身上的每条血管儿都在荡起波涛……眼前清晰的溪水，尽管听不到它的声音，可那亮亮的影子终让我在自己的感觉中产生了清脆的音响。大森林渐深渐幽，路边不时出现运载大圆木的汽车和圆木堆，尽管大多数树木，已变金发黄，甚至于开始渐变得干枯，可我仍看到了树下一片片绿蓬蓬的小树和青苔。秋天是不能扼杀生命的，生命只能在秋天变得更顽强……我对大自然的认识，有了种人生况味儿的升华。

不知不觉中，我们的车队已经越上高山之巅，眼下是莽莽苍苍的森林，鸭绿江映着乌云刚刚散尽的蓝天，眼前就是一幅"金染长白山"的彩画。于是我想到了版画家笔下的艺术作品《金风》和《桦林夕照》，眼前是诗画难分的景观和秋色。于是我又想到了写《林中水滴》的俄罗斯著名散文作家普里什文，他写森林的文章，没有一篇是孤立写景的。一个作家若总去寄情山水，而冷漠人生和社会，即踏上文人的末路。

在大自然中找到的感悟，即人是万物的灵长，人才能赋予大森林以精神，这是"物我"的统一，或可曰为对生命解读的极致。我还想到了俄国作家屠格涅夫，他留给世界的那本既是散文又是小说的《猎人笔记》，第一次震撼我的就是他描写森林的文字。尽管我的童年是在山林里度过的，但若真正从精神上认知森林、理解森林，却都是在这位大师写森林的文字中得到启示的……大森林高深莫测，大森林色彩变幻，大森林充满生机。人类靠近大山和森林，才能葆有生机活力，人类在大森林的护佑下就会越发灵秀。

汽车走过长白山，黑土地和大森林无声地承载着我们，感觉我抑或在巨舟中航行，抑或在海洋中游泳……山峦起起伏伏，命运升升降降，这样的旅行饱含哲学的启示。我很久没有直面大山了，很久没有直面大森林了。在大自然怀抱里，我感到自己灵魂深处蓄满鲜活的张力……

秋日的记忆

　　做记者多年我有了属于自己的习惯，过分劳累的时候，让自己精神放松的方法就是去看昔日的照片，家人的，朋友的，旅游的，还有新闻的……每张照片都是人生，每张照片都是世界，这种"隐私"带给我的愉悦，无异于细细品味属于自己的生活秘史。

　　现在我的眼前是一张 1997 年秋天的照片，画面极富感染力：叶子通红的白桦树，像一朵超大的红玫瑰，光艳而浓烈，长白山之秋的背景倒变得迷迷离离了……蓦然间我的心颤抖起来，享受的感觉变成了撕裂似的疼痛，这秋日火红的白桦，让我想起一位年仅二十八岁的矿工早逝的生命。

　　那次遭遇瓦斯矿难的共有 16 人，年龄最小的两人加起来仅三十岁，最长的六十二岁，最让人难以接受的是，这其中竟有杨家两兄弟同时遇难，哥哥杨学恩，弟弟杨金臣。正是这种偶然中的个别，抑或是记者的职业习惯驱使，我首先走进了杨家，这平凡矿工人家的悲痛时刻，如电火灼刺我的心：鬓发苍白的杨妈妈卧于炕上，睁不开的双眼桃子般红肿，医生正为她注射葡萄糖，她已两天米水未进，虚弱如絮。知道上面的领导来家了，她以轻似呼吸的哑音说："把俺老二调到井上……"老人的三个儿子都是矿工！痛失二子的现实，把眼前这位慈祥母亲的心撕碎了。

窗外，西斜的秋阳映照着瘦削女人苍白的脸，从李艳的悲泣话语中，我知道了学恩和他女人的故事：别看学恩外表高大粗猛，心里却细致得出奇，最知道疼媳妇了，大到担水，小到给满周岁女儿洗尿布，累活脏活从不让媳妇干。这年到九月松树煤矿已五个月没开工资了，家里生活十分艰难，到18日事故这天，离小夫妻结婚两周年纪念日仅差四天了。这之前为能让丈夫在纪念日这天高兴，感受爱情幸福，妻子16日到商店在熟人那里为学恩赊购一双"西力雅"牌皮鞋。丈夫穿上新鞋在自家小屋里试走一圈马上脱下来，小心翼翼放在炕头，又足足看了几秒钟后，才无声笑了，又立刻撸胳膊挽袖子下厨做饭，为这双新鞋高兴，为这份情意感动，他就以干家务来挥发一下自己喜悦的情绪。17日他上夜班，白天他特意穿上新皮鞋，到街上走一趟，逢熟人便说："看我老婆多好，给我买的新鞋！"

晚上，他把新鞋又脱下，郑重地放在炕头，仔细地端详起来。女儿杨贺扑上去，使出吃奶的劲儿抱起一只鞋。学恩神采飞扬地乐着喊："媳妇，快来看，咱闺女能给我看着鞋啦！"女儿虽小，却知道叫"爸爸"啦。每天上班，他都对女儿说："爸爸上班——"女孩儿瞪圆眼睛乖乖地看着，似懂非懂；每天下班，他先在屋外玻璃轻轻敲一下："哎，爸爸下班啦——"女孩儿马上扑到窗前，隔着玻璃送给爸爸甜甜的笑，好像刚满周岁的小丫头什么都懂了……尽管矿工贫穷，尽管生活极度困难，回到家中他感到了妻子的甜蜜，感到了女儿的可爱，这样的日子，在他的心中是幸福的。那天，他留给女儿的最后一句话是："给爸爸看着鞋啊！"是玩笑，又似告别。

那些天采访，我的情绪一直在郁郁中。离开煤矿不久，我们的汽车在长白山的枫叶岭上停下。秋日的崇山峻岭五色满目，我意外地被路边一棵叶子全红了的白桦树吸引，它浓烈得像一朵绽放的玫瑰……今天，这张五年前的照片摆在眼前，我似乎看到叶子通红的白桦树下闪出那个蹒跚学步，一脸纯真的小姑娘，还有那双放在炕头的，仅穿过两次的黑皮鞋——这是一个矿工和生命的故事。

山的遐想与逸闻

　　吉普车载着我进入长白山深处，路弯弯绕山转，有了层层叠上楼台的感觉，眼前皑皑白雪，挺拔的美人松比比皆是，墨绿色显得生机勃勃，在它的心目中一定没有冬天。

　　柞树干秋叶仍在，其中红色让我想起火，让我感到亲切温暖。细高的白桦树直视苍天，笔直的躯干像是向寒冷示威、挑战，它们给我以力量。生机勃勃的群山中，不时涌出缕缕炊烟。白雪深处的人家，看似宁静并不宁静，院内门前的苞米"塔"儿，金黄灿灿，形如童话大师安徒生故事中的尖顶小房子，似乎那里装满绮丽的梦幻，还有许多讲也讲不完的故事……

　　我被这生命的杰作陶醉了，眼前闪现自己的童年：我仍然没长大，小小的我正从那金色的房子里走出来，雪地下留下了稚嫩的脚印儿。走着走着，我滑倒了，顺势在大雪地中翻滚儿起来，我像个圆圆的球儿，脸颊、鼻子、眼睛粘着雪，与洁白融为一体，分不出你我，看不出上下。待我睁开眼睛时，眼前的农家小房子和金色的苞米塔，旋转起来，跃动起来，正闪着五彩斑斓的光。我看到了童年的我，沉浸在迷离的梦中，那家的苞米塔全变成了古埃及的金字塔，那个小小的拇指姑娘仰头看不见塔尖儿，急得跺脚拍手，惊奇地高声喊："长白山，你怎么会有这么多金字塔！这里真是热闹极啦！我要在这里安家，尽享人间火热的感情，冬天不再寒冷！"蓦地车身一颠，我在梦境中醒来，忍不住笑了。我知道自己是思维健全的成人，肉体不会再有童年，然而我的精神可以自由自在地回到童年和童话中去。这是长白山和它怀抱中的人家给我的一双隐形翅膀，让我感受了自然与生命的美好……雪中的长白山，你知道我此刻的爱恋吗？

车到鸭绿江边，已是午后三点。朋友老齐和司机小张指着冰雪覆盖的江对岸，告诉我那里是邻国朝鲜，远处的一座座村庄，白墙青顶的小房子依稀可见，还有雪地上行走的人像移动的小黑点儿。

鸭绿江，我童年就知道你，今天才见你的真容。冰雪没封住你的热情，我看到流动的江水，<u>丝丝升起的水汽</u>，像生命血管的江流涌动着……老齐为我讲了一个让人深思而惋惜的爱情故事：二十世纪七十年代，一个二十七岁的中国矿工小伙子，夏天他每天沿着江边行走上班，见江对岸总有一个漂亮的朝鲜姑娘在洗衣服。他看她时，她也在看他，他觉得她的样子很美便向她笑，她也向他甜甜地笑着，之后她走进一个低矮草盖儿房中，留给他一个美丽的倩影……日久天长，两个异国男女有了感情。冬天，冰封大江，小矿工忍不住，怀揣两瓶老白干偷偷滑过了江面，等在那里的朝鲜姑娘，拉着他的手，把他拽进草盖儿房的家。小伙子忙把两瓶白酒送给朝鲜姑娘的老阿爸吉。朝鲜人家里暖意洋洋。自此之后，小伙子每周要滑过江面一两次，很快胆大的中国小伙子与痴情的朝鲜姑娘双双坠入了爱河。尝到爱情甜蜜的小伙子已不能自已，贪情的他以上班为名，每天来单位挂完"牌"（记工用），就偷偷溜出来，过江去和姑娘幽会……不久，他的劣迹被单位的班长发现。矿上派人过江核查此事，调查人员见到的事实是，那个年轻的朝鲜姑娘已到了不能离开小伙子的地步了。矿领导认为这个问题极其严重，就开除了小伙子。这男孩没了工作，又被强行押回中国。分手那天，两个恋人紧紧抱在一起，被押送人员强行拉开，这对异国恋人的泪水和喊声，让围观的人们纷纷落泪……朝鲜老阿爸吉对女儿说："你不能跟他好了，他没工作怎么养活你啊！"那时，朝鲜姑娘已怀上了他们爱情的结晶。这段爱情最终以悲剧告终了。

听着这让人动容的故事，我为这对年轻人的异国恋情深深感动着……车里的三个人全无声息，听得见汽车轮胎碾压雪路的"嘎嘎"声。

雨韵红叶谷

这是一个热烈而又极富诗意的名字：红叶谷。

未进红叶谷之前，我犹如初恋的小伙子，内心涌动着速睹伊人的急切感。我想那山谷一定神秘而秀美，那森林一定挺拔而苍翠，那红叶映着秋阳一定格外艳丽、耀眼……

本该相约朗朗秋日，9月26日这天却事与愿违，我们的旅行汽车刚下庆岭，天上就下起了蒙蒙细雨。吃罢午饭，没人到宾馆午休，大家都急着要去山谷里看红叶。雨雾伴游，雨意绵绵，这情调正是我们来庆岭山谷看红叶的独特韵味儿。

我们撑着伞前行，脚下的石板路干干净净，峡谷里的空气湿漉漉的，眼前的奇石、秀林、溪水组成一道迷人的风景线，方圆五十公里，平缓的山坡，陡峭的崖壁，峰谷相连，山回路转，形成了庆岭起伏的音符；浪漫的枫树，沉稳的柞树，诗意的桦树，挺拔的松树，平凡的杨树，雅致的水曲柳等十几种林木共生于此，高低不等，参差错落。看上去每棵树都像神采奕奕的艺术家，它们或藏身谷底，或立足岭巅，呈现着动感极强的舞蹈之韵律。

白桦树是姑娘之舞，红枫树是少妇之舞，黑柞树是男子汉之舞，不管是单人舞，双人舞，还是男女混舞、集体群舞，所有舞者的姿态向游人传递着一个相同的信息：唯独庆岭的肥沃，才能把这方山林养育得如此秀美，唯独庆岭的秋天，才能滋润红叶谷的缤纷灿烂……红叶谷美在自然。

陪伴着山谷间的小路，一条蜿蜒的小溪，像一缕银丝带，曲曲弯弯，波光闪闪。欢畅流淌的溪水，发出银铃般清脆的声音，好像竖琴弹奏出的乐章，悦耳、清纯，让人陶醉。我看到满谷的溪水，早被满山的红叶映染得五彩缤纷，连秋天的庆岭也被兴奋得神采飞扬，特别在秋雨蒙蒙中，红叶早已主动跃出丛林，像朝霞装点山林，像姑娘的红纱巾俏挂树梢儿，像耀眼的星光点燃了幽静的山谷。峡谷漫步的游人情不自禁被带进了绮丽的梦幻境界，此刻游人的心正同山谷的韵律相吻合，若是有情两相知……我正沉迷地走着，忽然被一棵松树上欢快跳动的一只大松鼠吸引。它拖着硕大的尾巴，在树枝间轻盈跳跃着。我发现这个小精灵不是在玩耍，它在树间奔跑，每次嘴里都叼着一棵细细的干树枝，在那大松树的顶部安有它的家。原来它在修整自己的家园，准备迎接严冬的到来，怪不得它浑身有使不完的劲儿和抑制不住的好心情呢！这乖巧的小动物，流连于庆岭，沉醉于红叶谷，也许它心中早就知道，为了明天生活的美好，不管谁都应该以乐观的心情对待艰辛的劳动……红叶谷美在热烈。

金秋时节，红叶谷是一幅色彩斑斓的油画，我们和游人都是这画卷的一份色彩，庆岭是体魄健壮的男子汉，水草丰沛，林木葱茏，山势俊秀，韵味无穷。在我的眼中，如果庆岭是一个健壮兄长，红叶谷就是哥哥臂膀呵护下的小妹妹，如果松花湖是庆岭隽秀的母亲，红叶谷就是待嫁的女儿，如今她作为新娘的面纱尚未撩开，但她的神韵已传到了山外，其隐蔽、神秘、幽深和秀美正诱惑着我们去探寻，去揣摩，去遐想。此刻，只要我们来到这里，便与大自然相交融，眼前的山水感悟会顿生灵气，只要我们来到红叶谷，山川吸纳人气会增辉，就连冰冷的石头里也跃动起奔腾的生命。雨中红叶谷美在神韵无穷……

附　录

师友评说

脚下没有荒原

玛拉沁夫

大约二十年前吧，一个身居呼伦贝尔草原，正在读书的年轻人给我写来了一封对文学充满真诚，并渴望学习创作的来信，还同寄一篇习作让我"批评"。我为这个小老乡对文学的一腔执着而感动，于是提笔给他写了一封肯定和鼓励其坚持文学创作的回信，没想到这个韧劲儿十足的年轻人就这样一路写下来了，近日就要出版一本散文随笔专集了。他从千里之外的东北长春给我送来书稿，请我为这本书作序，这篇序文我是非写不可了。

这位与我有缘的年轻人，初识的时候，还是一个刚刚走完四年半矿工人生旅途的稚气未脱的蒙古族小伙子，而今他已进入不惑之年，成为一名记者，一位靠业余创作而小有名气的作家了。二十年如一日，始终对文学情有独钟的这个人，就是陈晓雷。

散文的宇宙广袤无垠，是文学之鹰必须敢于在散文的世界翱翔，这是验证一个作家的"童子功"。当年我曾写信告诉晓雷，写散文比较难，提议让他试试其他文种，他遵照我的意见做了，写了小说、评论甚至电视文学剧本，有一部反映蒙古族青年牧民当矿工的电视剧《唤醒草原》也公映了，然而，纵观他的文学作品，写得最多的还是散文。当年他的来信和习作，最先打动我的就是他的感情和激情。就文学创作的先质条件而言，他是具备了一点天资的，更关键的是他有鹰的情感，必须找到坚硬的翅膀。他找到了散文——可以自由搏击的翅膀，于是他首先开始抒发对故乡对亲人的深情和爱恋，这便有了《灯语》《雪路》《啄木鸟》《心中的灼热》《哦，大森林里的歌》《在海滨，我想故乡》等散文，情意绵绵、余音萦绕便是这类散文的特点。我在一篇文章中曾说过散文"以抒情的笔调，在恍如漫不经心的叙事中，浸透出一番使人发思的哲理"，我在晓雷的散文中也看到了这类的雏形，通过《生活的位置》《心醉高原》《渤海奇观》《南海月夜行》《博尔塔拉秋思》《北方与白桦林的恋歌》等散文，就可以看出作者在这点上是下了一番功夫的，不但写得认真，而且还很凝重，文中开掘出的哲理也确实值得回味，当然在其中也贯穿着很足的情感底蕴，就散文作者来说能保持这样的激情是十分难能可贵的。

一个对世界充满爱的人，不管走到哪里，都会用爱的秤杆来衡量生活，晓雷的散文用心来感受土地，用情来触摸自然，用爱来编织恋歌，《回眸》《听涛声》《秋江绿岸》《喀什留言》《茶香满狮峰》《遥远的巴音布鲁克草原》等篇章就是这类情感的真实写照。他还把爱的深情倾注在亲人、师长和朋友身上，但他不是直白地去写爱，而是找到一个较艺术化的"契机"：《远隔重洋的思念》，他把鸽子作为连接兄弟情，乃至祖国情的艺术

"触点"；《黄河儿女的情思》，他找到了明信片上的黄河这个"切入点"，从写兄弟的离别之情升华到对祖国的热爱之情，其跨度之大是需要精致构思的；写剧作家颂扬的《海情》，他找到了大海这个"载体"，把作家的人生和艺术道路表述得极为恰当；还有《四十岁的梦仍年轻》，作者用一筐葡萄来做"引子"，其实是写朋友的命运和人类的生生不息精神。每个人都有一腔情感要倾诉，而艺术家所不同的是找到了最佳视角和最佳的表现形式，这就是写作艺术的"眼"。我觉得这就是晓雷的散文产生一定艺术感染力的因由。

在这里还应提到作者的另两类散文，一类是两次去新疆写的两组"短歌"，其主要特点是关注人的生存状态和大自然的绚丽美好，如果作者不是生活的有心人，不是以艺术家的视角去观察世界，就不会有这么多新的发现，说穿了若作者不是一个对生活充满挚爱的人，他是不会一口气写上十几篇低吟浓唱，悠扬悦耳的西部风情散文的。另一类是他两次去俄罗斯所写的中国人感受"阵痛"中的托尔斯泰的后代们的现实生活状态，作者怀着深厚的感情描述了俄罗斯民族的真善美，同时也从中发现了俄罗斯的忧患，其情之切，其意之明，都能引发回味，细细思考，其寓意尽在所言中。

读作者的这些散文，让我再次想起来当年的年轻人在呼伦贝尔草原上孕育文学之梦的情景：一个面对大自然的年轻人，是怎样战胜自己，怎样穿越时空，怎样实现了精神的跨越，乃至怎样圆了文学的梦的呢？我觉得他的心中有一盏不灭的灯，即文学的精神。是这种精神使他无惧荒凉，是这种精神使他焕发了自由飞翔的翅膀，是这种精神让他通过文学创作而达到了梦寐以求的境界：歌颂生命，歌颂自然，歌颂真善美，才是最有价值的生活。

作为一个散文创作初见端倪的年轻作者，晓雷的散文也有着明显的缺点，比如感情过于直露，缺少弹性和多层次的回味，还有的文笔不够精练，语言不够轻灵等。不过，我相信只要作者加强艺术修养，把每一篇散文创作都当作生命和事业一样来对待，并永葆创作激情，就一定会写出更完美更艺术化的散文来。

愿作者心中的文学之灯永不熄灭，脚下的路就永远没有荒原。

2001 年 11 月 22 日夜

注：玛拉沁夫，著名蒙古族作家，著有小说《茫茫的草原》《草原上的人们》、散文《想念青春》、电影《祖国啊，母亲！》等。

最难得字里行间那份真
——陈晓雷散文艺术特色释析

任林举

　　在所有的文学体裁中，没有什么比散文更在乎这个真字了。特别是情感的真实，如果说在其他文体那里，只是做一般性的原则的要求，那么到了散文这里，便不仅仅是一个原则问题，它已经落实到了技巧层面。也就是说，情感的真实已经成了最大的技巧。它是基础，只有这一条成立，其他要素、其他技巧才有成立的根据，否则的话，一切都失去了存在的必要和意义。

　　说到这里，我自己也感觉有一些偏颇。因为我知道，世上有多少种人，就对应着多少种文，连那些虚伪的人都已经获得了生存权利，那么虚情假意的文章为什么就不能存在呢？它们一定也有它们存在的理由，但是千万别让我看到，看到了我会忍不住要说不喜欢，也忍不住会骂的，就算嘴上骂不出来，心里也会骂。我说这些的时候，相信陈晓雷一定会同意并赞赏，因为在我断断续续地阅读他的《生命的河流》过程中，从没有察觉他在任何一篇文章里说了假话，用了虚情。这个真挚、诚实的蒙古人，尽管他豪情的烈酒中每一滴都透着一种直扑愣登的干辣，但每一滴都是真实的没有兑过水的。读他的文章，感觉就是这个人坐在自己的面前在娓娓而谈或情绪高昂地抒发，每一字每一句都回荡着他自己真实的声音。这首先就给人提供了一种信任感和亲切感，接下来的事情自然好办，我很愿意陪着这样的兄弟聊下去，关于人情，关于人性，关于人生。

其实，人世间有什么是值得文学深切关注或表现的呢？无非也就是上面提到的那几样了。而那几样，在陈晓雷的文章里已经全了。不但全了，而且还别具特色，别有风格。也就是说，在大的背景和主题下，陈晓雷自觉地保持了一份独立的警觉，并没在纷乱的叙事中丢失自己，并没有被那些谁写都行的字、谁说都行的句子、谁用都行的文本消解掉他的个性。当我打开那本《生命的河流》，一下子就看见他那张热情洋溢的笑脸闪耀在字里行间，我就知道他没有虚夸我是文学的情夫，就想给他打个电话告诉他，因为那份不灭的真情，你有理由坚持这样写下去。

现在我们先说说他文章里的人情。我想这是晓雷文章中最炫目的要素。不管亲情、友情、爱情和乡情，在他的笔下，都是一种自然本真的流露，也都是文本中最真挚、感人的看点。如果把文章比作一个可吃可嚼之物，那么文章的语言便构成其质地和口感，而情感和韵致则构成其口味或味道。

很显然，陈晓雷的爱情有一点偏甜。集子中的《高原流水》《幸福高原》《初别十日》《爱之信札》等篇什大都是为妻子所作。一般来说，这种文字是不太好把握的，因为太私密化，浅则淡而无味，不如不公开示人得好；深则容易过分甜腻，成分单一，营养不全，不但缺少丰富的美感，而且会把读者搞得很不自在。在这些篇章中，尽管他对妻子的爱意表达得比较"满"，忘情处赞美之冲动溢于言表，但可嘉的是，到底没有忘记在关键处加一些悠远、含蓄的成分以作调适，使甜中多了几分复杂的韵味。

如《野杏花山岗》的结尾："走在返回去的山岗上，我们看见了土豆地里的人们，甜儿边走边折采着野杏花花枝，呼伦贝尔草原的清风拥着她，像在花海中畅游，如诗如画。我们感到眼前的草原舞动起来，广阔起来……"都这个时候了还能把头抬起来，抽出一点心思，关注一下广阔的草原和生存背景，也算晓雷对读者不薄。这相当于在一杯糖浆里搅进了巧克力粉，因为那一层难得的芬芳，从此糖球将不再是糖球，那将是更加高雅的巧克力板。

而他的亲情和乡情，则是偏苦的。尽管《雪歌》《灯语》《珍藏草原》《饥饿的回味》等文章关于童年、往事、家乡的叙述看似陶醉中带有梦幻色彩，但却更多地隐含了一个草原之子告别了草原、告别童年和故乡之后的灵魂上的牵扯与隐痛。在某种意义上讲，对往事的种种追忆的动力，正是来自对现实种种缺憾的不满或某种强烈的弥补意愿。在他的那些关于雪、奶茶、狍子肉、松树籽、蘑菇、灯笼杆、一盖帘儿一盖帘的饺子，关于小镇甘河的男人女人们、姥姥、父亲、母亲、师长、乡亲，关于额尔古纳河、莫和尔图草原、矿山和嘎洛图（蒙语"大雁"）的追忆中，无不让我感到了一种温暖、一种力量、一种情感和一种生活体验在生命里被抽离之后的虚空与落寞。正如他自己在《珍藏草原》中所言："会让我的生活和精神有如放飞风筝的感觉，飞翔的风筝是我，长长的牵线是融入我灵魂的奶茶……"往昔的奶茶和一切业已失去的外物，如今全部化成了一种内心里渴望的精神雨露。

在这个集子中，最见本性的，还是那篇写父亲的《心中的灼热》。特别是关于父亲突然辞世当天的那场争吵，虽然只有寥寥数言，却反映出他面对真实的坦诚与勇气。此前作者用洋洋数千言的篇幅举证了父亲的正直、倔强、勤劳、诚实、坚毅和宽厚，崇敬之情溢于言表，但恰恰就在人生最关键的转弯处，因为工作的事情与父亲发生了不愉快的争吵。也许这样的不愉快一生也没有过几次，偶尔的出现，却被钉到了父子关系的结尾处，这不能不是说人生最不愿意提及的遗憾。这件事如果放在其他人的身上，也许就会不被提起，因为这是一处很痛的伤口，什么时候提及，什么时候都会流出血来，不提，是因为那份难以言说和不能忍受的痛，也在情理之中。但陈晓雷不同，他的血管里流的是蒙古人的血，他的脚是习惯于向前迈的，在回避与面对之间，他定然要选择勇敢地面对。也正是借助这种情感上的落差与张力，晓雷向我们很直接地呈现了他内心的疼痛，同时也向我们昭示了他自己灵魂的强度。从为文的角度讲，也许这并不能算是什么技巧，但因为这个不经意的细节，却使他的这篇文章获得了意想不到的感人力量。

事情往往就是这样：最直接的，才是最有力的。

陈晓雷的散文，另一个比较突出的特点是，很多的作品，都闪射出人性的光芒。

《黑土老屋》中的郭爷爷，如弥勒佛一样善良的心地，如冬夜里的一盆炭火。他的火炕，如人生的一处多情的驿站，不仅温暖了雅鲁河畔的小村庄、小村里临时借住的孩子、含冤受屈的劳改犯瘦高李、瘦高李年轻美丽的妻子，同时也温暖了那个冷漠的世道和那个少情寡义的年代，给少年陈晓雷，也给后来的读者留下了一份珍贵的精神标本。

而《吹口琴的铁匠和他的俄罗斯母亲》则引领着读者进入了人性的幽深处。时光流逝，日月轮转，而晓雷仿佛再一次为我们开启了一扇往昔的窗，明明灭灭的光，照亮了虚拟的窗棂，以及窗棂背后那些明暗分明的脸孔。一切都是富有感性的、真实的、可信的、栩栩如生的。我们看到了夏奶奶"站在早晨的晨曦中，站在晚霞的映照下，甚至站在冬日洁白的雪地里，痴痴地望着远方，她的蓝眼睛闪闪发光，有时还有一行泪水，沿着她的脸颊流下来……"，我们还看到她"一撩她紫红色长裙，站到屋的中央，接着一个潇洒的亮相后，便轻盈地舞动起来，裙子像一朵盛开的睡莲花，她的神情如火般闪耀……"，通过夏奶奶的苦乐年华、忧喜人生以及无奈的苦中求乐的人生策略，我们仿佛看到了人类共同的梦想与幻灭，也看到了幻灭来临之前每一个生者眼中那坚毅的光芒。

夏奶奶终于还是客死于异国的土地，她的吹口琴的铁匠儿子也随后而去。这是人生的必然结局，这是不可选择的，悲凉与否，只是与人们的主观想法或认识有关，而与事物的本质并无关系。人在偶然与必然之间，只是活着一种精神或态度，因为这个态度的不同，我们所看到的状态似乎也就不同了。

　　其实，不仅仅是生死大局我们无法选择，就是生命过程中的很多事情，我们同样也无法选择。比如说，陈晓雷的热情奔放与真诚坦率以及他对文学的痴情与迷恋，尽管他在《文学，我的痛哟》中也对自己发出这样的诘问"到底值与不值"，但到头来又有哪一样能够放下而另起炉灶呢？既然什么都无法改变，那就只能继续热情奔放，只能继续如痴如狂地去追求文学，或者说，只能继续做他的陈晓雷。

　　也许在创作风格上，陈晓雷永远也不可能成为那种委婉细腻的技巧派，因为他的生命是一个激情沸腾的火山，而不是一波三折的小桥流水。他的热情将以风暴的形态、喷涌的形式向四周辐射，容不得他揣度和沉吟，这就决定了他的文章多将以直抒胸臆的方式呈现在读者面前，这是他的长处，同时也是他的短处。也正是因为这种无法调和的"长""短"并存，才确立了他独特的风格和个性。

　　我无法断言，哪一种植物的存在对春天的贡献最大，最有意义，到底是树是草是庄稼，是高大的还是低矮的，是开花的还是不开花的，是有毒的还是无毒的。同样，我也无法断言，陈晓雷及其真情书写在吉林省文学创作群落中的位置和意义，因为到目前为止，对于文学及其存在意义的评判，我还找不到一个接近真理的标准。我觉得，这里边有一个思维向度的问题，因为出发点和角度不同，所以秉持的标准也往往不同。如果从文学生态的高度看，无疑，陈晓雷的创作以其独特的状态和风格为吉林文学生态的多样性和丰富性做出一个书写者应该做到的和所能做到的。因为他的存在，使我们这个"坛"或"圈子"

多了一份生机和活力。这就是贡献。

注:任林举,著名作家、评论家,著有散文《玉米大地》,报告文学《粮道》荣获第六届鲁迅文学奖。

有梦人生不觉寒

——评陈晓雷散文

赵　朔

晓雷是个有梦的人，这梦便是文学。从一名矿工到新华社的新闻工作者，他痴心于文学，孜孜不倦地坚持写作，历经风雨，从不轻言放弃，于是就有了摆在我们面前的这本散文集——《生活的位置》。这是一个文学爱好者四十余载生命体验的真实写照，从中我们可以看到文学精神是怎样顽强地烛照了一个普通人的人生之旅。

晓雷的文学梦起程于大雁，在那个有着诗一般名字的大兴安岭一侧的小镇，在那阴冷、潮湿的地下，他度过了四年半的矿工生涯，也正是此时，文学创作成了他生命中的阳光。对于矿工生活，普希金曾在长诗——《致西伯利亚矿工》里这样写道："在西伯利亚矿坑的深处，保持你们那高贵的耐心。"诗中表达的是苦难至极也不可以消失希望的坚强信念，而这恰是晓雷彼时状态的最佳写照。可以说，是文学给了他快乐、宁静、安慰和寄托，支撑他挨过了生活的贫乏与艰辛，挨过了高原的寒冷与孤寂。从此，与文学相伴，他胸中燃烧着火一样的激情，笔下流淌出掬不尽的情思、抒不完的爱恋、掘不竭的人生哲理。他用手中的笔去歌颂自然、歌颂生命、歌颂真善美，呈现出生存的坚毅与为文的真诚，让人深感生活、执着和热爱实在是艺术创作最基本最重要的条件。

罗丹曾说："艺术就是感情。"读晓雷的散文给人最大冲击的正是感情，它深沉凝重如月夜下的海，它情意绵绵如涌动的浪，它激荡澎湃如惊涛拍岸卷起千堆雪。在《灯语》《心醉高原》《啄木鸟》《哦，大森林里的歌》《远方》等散文中，通过对自然的咏叹、对乡土人情的描绘，艺术地抒发了他爱恋家乡的情怀，呈现出一种自然之美与人情之美，赤子之心跃然纸上，如此，一草一木才凝聚天地真情，一景一物才饱蘸人生感悟。

在《心中的灼热》《远隔重洋的思念》《雪路》《母亲的心》《精神的支点》等篇什中，荡漾着回忆的温馨与人生的怀恋，其中的亲情、友情感人至深。随着他的笔触，我们仿佛看到了师友的鼓励、父母的教诲、兄弟的互勉互助；我们仿佛看到了头发银白的老外婆正在用雪球搓揉着刚出生的晓雷，用爱与希冀塑造着一个刚毅、宽厚、热情的北方男子汉。阅读至此，你会由衷地感慨，文学是离不开爱的，爱是文学的源泉，是爱使晓雷的文学梦有了根须和血脉，是爱使他追索文学的脚步迈得坚实而有力，是爱使他对文学的拥抱情深意长、不绝如缕。

在他的笔下，我们欣喜地看到，无论面对怎样的泥泞与艰难，他对生活从无牢骚和抱怨，有的只是对美的执着追求与发现。他总能于平淡的日子中发现生活的乐趣，让心保持湿润和新鲜。他深情的目光总是情不自禁地投向底层的民众、普通的小人物，毫不吝啬地把他的同情、关爱和礼赞献给他们。

《哦，奥依古丽》写作家新疆之行中偶遇一维吾尔族少女，在为她拍照的过程中感受到一种对美好生活的向往、渴求。作家十分珍视这种情感，字里行间热切地表达了他对女孩的真诚牵系；《库尔勒人》讲的是旅途中路遇筑路人夫妇的爱情故事，虽平凡却不乏炽热，虽苦涩却更见真情，素朴的叙述于不经意间道出了爱情的真谛；《人道精神的火花》记叙了在俄罗斯旅游途中，几位俄乡女性无私救助中国游客的感人情景，赞美了救死扶伤的人道主义精神，流露出作家对人性中美好一面的赞颂与向往。可见，作家始终把关注人的情感、人的精神放在自己的审美视野之内，执着于专注地追寻美好的人性世界。因此，于一件小事之中、一个卑微的小人物身上，他都能寻出人性的光辉，并让它散发开来，从而在对人性的观照、发现中，让正直、信任、理解、友爱、善良带给读者美的感动，唤起人们对真善美的渴望与眷恋。

真情和真知是紧密相连的，只有对生活深刻体会、感受和深思的人，才会在此基础上产生真情，也唯有这种真情才能真正打动人心。我们发现，晓雷正是一个爱思考的人，从他知道"生活不仅仅是活着"这个至关重要的问题时起，思考就如影随形地伴随着他。他在生活中思索，在思索与生活中求证文学和生命。《与生活对话》《生活的位置》《跨越仕途》《追求"平静"境界》等文字就是他思考的结晶，是他对人生对生命的形而上的浓缩，是对生活本质的深刻体悟。若说写作是他心灵的记录、思想的燃烧，文学则是他"追求生活质量的支撑点"。诚如他坦言的那样:"不改初衷,以文字为乐也是经多次过滤、沉淀而逐渐明晰、安定的",与文学为伴,他"才能拥有自己人生的最佳着陆点",诚哉斯言!于是,我们也了然顿悟此书名为《生活的位置》之奥秘:文学真的在晓雷的生命中占有太重的位置,文学是推撑他飞翔的风,是延伸他精神生命的最佳载体;同时,文学也在不断地校正着他在生活中的位置,让他不断"摆正自己",最终有勇气、有力量去"做一点点有益于社会文明的事"。

无论如何,晓雷,有文学做伴,相信你会一路走好,毕竟"有梦人生不觉寒"。

注:赵 朔,文艺美学硕士,评论家。

陈晓雷呼伦贝尔乡愁美文赏评

桑永海

感觉文学作品的好坏（特别是散文），不论传统的还是新锐的，长篇抑或短制，依我看，也挺简单，就是看它能不能让你感动，引起你的审美愉悦，并且激发你对往昔的回忆，以至触及你内心深处某种情愫的，或启迪隐微悟性、智性的，往往就是应当认真读下去的好作品。蒙古族作家陈晓雷的散文，就是这样的好作品。

现在，我就以陈晓雷的《缺失苹果的高原》《外祖母和高原香酱》《野菜谣》《白桦谣》和《沉默山脉》等优秀散文为例，鉴赏陈晓雷乡愁散文的艺术特点。

一

在陈晓雷散文中，我读到了伏笔深藏，爱意绵长。

我为什么念兹在兹喜欢这篇 2800 字的《缺失苹果的高原》呢？最首要一点，是他真切朴实地写出了刚刚步入青春萌动期的少年那种隐约朦胧羞涩的爱。用大译家柳鸣九先生的比喻，那是"正在孵化而出的爱"——像小鸡雏刚刚出壳那样，睁开眼睛天真地看着这陌生的世界。那个刚刚十八岁高中毕业的小男孩"我"，和邻家姑娘之间不知不觉生发出来的朦胧、惧怕又甜蜜的情愫，不就是正在"孵化而出的爱"吗？他们都在"文革"浩劫中度过了童年、少年和青春前期，都是学校文艺骨干，连"下乡"也都在矿上办的"农场"里，节日期间每晚排练节目，都是他拉二胡她跳蒙古舞，回家又同走七八里夜路，直到把女孩送到家门口。这样年复一年，月复一月，直到1978年春节的大年初二，一群在农场下乡的男孩们到女孩家去拜年被家长留下吃晚饭，女孩把邻居男孩"我"也找来了。席间那些孩子喝得脸红心跳，每人得到个大雪糕解酒。此时，女孩在众目睽睽之下，掏出了一个珍藏多时的大红苹果送给邻居男孩，这让"我"心里终于涌起了爱的潮水！

人们的审美心态也真是怪，和完美相比，受众的艺术欣赏更动情于欠缺。男孩得到苹果只兴奋了两三个月，邻居女孩准备高考，要离开这里了，前来男孩家道别，男孩已有预感却也无奈，她父亲是小镇的领导，他不敢对她说出那句心里话。已当矿工的他第二天到火车站送她，却被女孩的妈妈拦在铁路线另侧，她妈朝"我"喊道："别过来啦，去上班吧！"情况急转直下，文章写道：

> 那个要面子又傻气的我，竟然被一句话拦在了铁路的另一侧。我心里上下翻腾着，双腿沉重，举头眺望，远方刚见绿的草原，也好像沉在离别的伤感中，对面的姑娘说不出话来，远远地看着我……

下面，陡然出现了英国田园诗人彭斯著名的诗句：“我的心呀在高原，不管我走到哪里。”散文就此戛然而止了，我的心情却久久不能平静。人生初年，正孵化的元初爱情，落下了沉沉的帷幕，如此撼动你的情思，其艺术秘密究竟何在？读到本文近一半的时候，其笔调仍不徐不疾，读到“我”和二林子偷摘老人的小黄瓜纽儿，我想作者究竟要表达什么呢？忽然，女孩送给“我”的大苹果出现了，如一缕雷电在眼前闪烁，这个高潮真是神来之笔，原来前面的千余字都是艺术铺垫的伏笔啊！这悄然推出的红苹果，让人拍案叫绝！

彭斯的诗句，如电影画外歌声骤然响起，我恍然大悟：女孩无可奈何离去了，我的心啊，还思念着她，不管我走到哪里！这诗句奏响了感伤忧郁的长调，把远方苏格兰高地和中国内蒙古高原浑然融为一体……这爱的回响让人心灵震颤。

二

在陈晓雷散文中，我看到了时代嬗变、美善坚守。

在二十世纪七十年代中国发生“千年未有之历史大变局”的前夜，即残暴黑暗的十年“文革”刚刚结束，顽固僵化的思想坚冰正在一点点打破的解冻期，是全民经济生活几乎全面崩溃的穷苦期。作者在“苹果文”中一语破的地写道：“那段精神匮乏和物资短缺的生活，也不同程度地影响了我们这一代人的情感世界。”所以他告诉读者，那时山里孩子们最盼望的是绿色和水果，在那漫长岁月里人们吃的只有白菜、萝卜、土豆，而孩子们唯一盼望的就是能吃上水果。于是，他散文中的那个红苹果就成了一个时代的心灵标识，亦非自然属性的苹果了，这就是艺术魅力的不同凡响。如在当今以一个苹果来说事儿，"80后"和"90后"孩子们是难以理解的吧？这篇精短散文深入到了如此复杂、细微的历史和人性的深处，等于带领读者在透视那个晦气重重的时代。

这里我要提到《外祖母和高原香酱》这篇以细致描写见长的六千余字的散文，它恭列中国当代散文精品毫不逊色。它像画工笔画般细微，描述外祖母制作大酱和盘酱的一道道工序，写的人热情充沛、不厌其烦，读的人津津有味、终至惊叹叫绝。这篇文章许多重要段落文字的背面，隐藏着灼人的魔力，这些"巧构"的秘密藏于艺术创造的超凡与超越中。文中熔于一炉的是小孩子眼睛里欢乐女神般的外祖母，是洒满高原的阳光雨露，是一粒粒生灵活现、闪闪发光、香气诱人的黄豆粒儿，是外祖母劳作酿酱时的"波尔卡"节奏律动之美，是她在欢快的辛劳中焕发出至善至美的人性。这光彩夺目、可亲可爱的外祖母形象，浓缩了北方妇女美丽善良、乐观智慧、平凡伟大的优秀品格，这是陈晓雷的一个浓墨重彩的独特创造，也是他给当代中国散文百花园的一个倾情奉献。我敢说这篇内涵丰厚的散文，一定能经受住时间的淘洗。这位高原深山里不畏生活艰苦、善美兼容、坚韧不屈、乐观开朗的外祖母形象，让我想起了高尔基《童年》里那位平凡伟大的外祖母。谁都知道带有经典性的文章，在解读上皆有较大自然伸缩空间和主题扩充张力。这篇散文注定要成为一篇经典，当然它也是陈晓雷的代表作。

三

在陈晓雷散文中，我体验了自然大美、人性至上。

二十世纪二十年代，作家周作人有篇小短文《故乡的野菜》影响深远，到 80 年代又被人们重新提起与发现，于是写野菜者亦多矣。陈晓雷的《野菜谣》自发表之后，即被收入多种选本，我也多次读此文，感到这的确是一篇厚重的美文，它不同于泛泛之回忆。从童年天真的视角，回思了 1972 年前后那个艰难多多的年代，那是在呼伦贝尔高原甘河流域的故土往事，采猪菜的孩子们忙碌了一整天，晚归时外祖母迎来孩子们的欣悦神态，还有小猪崽们吃野菜时带给家人的欢乐，以及后来孩子们能吃到自家生产的蛋类和猪肉，那种简单的填饱肚子的幸福感……这些细节描述，都透视着一种民俗之美，人性之美，这一切让读者愉悦，让读者不忘，让读者赞颂，还让读者心酸。这类反映历史真实，紧贴时代，有厚重感的艺术作品，是有望被后人和时间奉为经典的。

如果说《缺失苹果的高原》是篇忧郁的散文体抒情小说，那么《白桦谣》简直就是一首抒情叙事诗了！这篇散文充满浪漫主义色彩，两个故事都发生在深山里，发生在美丽的白桦林里。

第一个故事是作家童年听外祖母讲述的，大雪封山的时候，年迈的老丑婆夫妇，在猎人枪口下救了一只怀孕的母狼和产下的两只狼崽儿，后来得到母狼的感恩善报。更动人的是第二个故事，即"我" 10 岁那年亲历的，邻家猎人卓格图 7 岁的小女儿乌娜与小梅花鹿的故事。此前乌娜爸爸进山打猎吓跑了小鹿父母，猎人把小鹿抱回家拟把它卖给公家，小鹿忧伤不吃不喝，乌娜割草喂它，还唱起鄂温克族的古老歌谣安抚它，它终于吃草了，小女孩感动得掉下泪来。第二天人们听到个惊人的消息，乌娜和小鹿都不见了！猎人父亲和全村人找到夕阳西下，终于在桦林茂盛的河边青草地上，找到为金霞润染、酣眠草丛的小女孩。被叫醒的乌娜告诉父亲，她放归小鹿走远路太累了就睡着了，她还说小鹿穿过这片白桦林就能找到爸爸妈妈了……这些人与大自然、与动物的故事，如梦如幻，虚虚实实，焕发出现实生活之上的理想主义、浪漫主义的诗意，闪烁着令人神往迷幻的色彩，让我想起阅读俄罗斯大作家屠格涅夫笔下的草原和森林所饱纳的原生态气息和强烈的生命意识。当今这类脚踏大地、大自然气息浓烈，且又仰望苍穹、高天流云、洁净清新的诗意化散文，实在是太缺少、太难得啦！

　　陈晓雷还以崇高优美的情愫描绘了艰难困苦年代，呼伦贝尔淳朴乡民乐观顽强勇敢面对严峻生活，那些生动多彩的人物群像。如《沉默山脉》里的父亲，面对死亡，凭年轻的一身正气和智慧，震住了刁民，父亲真就像眼前沉默的群山啊！还有那篇《黑土老屋》，在政治生活极"左"的年代，老信差主动把自己的小屋让出来，给远道赶来的妻子和正在劳改的右派丈夫团聚，每读至此我都抑制不住泪水，为可敬的好人老信差，也为那个像俄罗斯"十二月党人"妻子般的山东姑娘。

　　作家陈晓雷还以诗性抒情的浓重笔墨，织就一幅幅呼伦贝尔自然风物与人类和谐相处、共生共荣的习俗风情画，如《卜留克高原》描述的土豆和"卜留克"，它们不仅是漫长冬季最重要的菜蔬，山民们还乐观地把土豆叫作"太阳"，把卜留克称作"月亮"。就阅读经验而言，我还是第一次看到这样新奇的描写与比喻。还有在《大地童谣》的系列散文中，作家怀着感恩和敬畏，放声歌颂遍野的灰菜和山间的草莓，如梦如幻，真乃是大自然与人类与动物合而为一的浪漫主义抒情诗篇。

陈晓雷描写故乡人物的散文，渗入了明显的小说笔法，描写故乡风物散文如诗如画，又具有哲性内涵。两者结合，在天下散文滔滔的时代，这组朴实的系列散文，显示了不同凡响之处，那就是它的"经典性"。

无论是土豆、卜留克、懈粮糖，还是酸母姜、红苹果、小梅花鹿，无论是会唱古老歌谣的小乌娜、长着一双弯弯月眼的外祖母，还是映着太阳的高原香酱、广袤长调草原和洁美茂密的白桦林……陈晓雷笔下的人物、乡俗、乡风、乡情构成了富有乐感的兴安草原"组曲"，那就是他终生不敢忘却的故乡大美，这些早已是刻入他生命年轮的基因密码，即绵绵不尽的文化乡愁！

我感到陈晓雷用激情和生命创作的《缺失苹果的高原》等乡土系列散文，都是他对青少年时代生活了二十年的故乡的一腔挚情，都是他对苦难相随、丰饶美丽、广远博大的呼伦贝尔故乡的终生爱恋。我相信，在北方文学的画廊里，在作家地理视域中，那个令人神往的名字"呼伦贝尔"，将凭借陈晓雷散文篇章的炙热火焰，再一次熠熠生辉，荣光无限。

注：桑永海，作家、评论家，出版论著《风景说不尽》《仰望文学的星空》。

回不去的故乡是一杯纯粮佳酿
——读陈晓雷《大地童谣》

王桂妹

　　中国现当代作家中，描写故乡山水风情的比比皆是，唯有对沈从文的"恋乡梦"，人们是用"醉心""沉酣"一类的字眼，来形容一种近乎"痴"和"病"的状态，这就不仅关乎精神和心灵，还直接关联着生命和肉身。久不见故乡的风、故乡的云，故乡的山、故乡的水，灵魂会感到饥渴，会有一种身心缺氧的痛感，正所谓"久居异乡，心似煮"。我们在陈晓雷的《大地童谣》中同样找到了一种热烈深沉的"恋乡病"。

　　《大地童谣》中最令人着迷的地方，莫过于描摹大兴安岭和呼伦贝尔草原的文字。大山深处的小木屋，儿时的一颗橘瓣糖，黑土地滋养的卜留克，外婆的秘密盘酱，还有质朴善良的老信差，身姿矫健的父亲，含泪放生小鹿的女孩……这一切的一切，都散发着缕缕的馨香，就像作家儿时和伙伴们自制的"懒粮糖"一样，香味从舌尖飘过，沁人心脾，直达骨髓，通体舒坦。无疑，陈晓雷的这一切体验都是属于他自己的，和别人的生活毫不搭界，但文字间却自有一种魔力，引人同醉，同游，同歌，同哭，秘密即在于作者浓烈到"痴"的恋乡病激活了我们每个人心底的乡愁。

故乡是用来离开的,因而也是用来思念的。当我们一旦离开故土,就成了永远的游子,故乡已经不再是一个简单的地理概念,而成了一个魂牵梦萦的精神概念,即便我们不断地回望故乡,返回故里,也依旧是游子。故乡是属于童年的,属于我们心灵中最纯真最纯净的部分,一尘不染。这种洁净不仅仅指那种未被现代工业污染的大岭、草原和大河,更有洁净的人心和醇美的人性。老信差郭爷爷本着善良之心,甘冒风险,安排劳改犯瘦高李和千里迢迢来探亲的妻子住在自己的暖炕上,让他们过几天"人"的日子。生活与爱情的滋润融化了苦难的冰霜,瘦高李的归楞号子变得愈发高亢有力,女人脸上的红晕则犹如山头的朝霞……(《黑土老屋》)这仅有的三天幸福生活,正是岁月风雪中的暖冬,是能让他们享受一生的温暖。还有那位活在"我"十八岁青春中的姑娘二燕,"我"因为做了"煤黑子"而极度自卑,可姑娘并没有弃我如敝履,当她两颊挂汗,脸色通红的给我家送来一大车萝卜的时候,"她"照亮了我的黯淡人生,温暖了"我"生命的寒冬。(《温暖草原》)小女孩乌娜不忍小花鹿离开父母,竟兀自把父亲的小猎物放归了白桦林,然后在夕阳的草丛中安然入梦……(《白桦谣》)沈从文在《美和爱》中说:"一个人过于爱有生一切时,必因为在一切有生中发现了'美',亦即发现了'神'……生命之最高意义,即此种'神在生命中'的认识。"与沈从文笔下充满"神性"的湘西世界一样,陈晓雷也是以一种对"自然与神明的深深敬畏",以一种"朝圣状态"

来写大兴安岭和呼伦贝尔草原的每一根草、每一棵树、每一个人和每一个传说。这些活在作家童真年代、青春岁月中的人与事，穿透了岁月的苦难，最终提酿成了爱与美，这是《大地童谣》的精髓，是至高意义上的文学，也是人类心灵故乡的终点。

回故乡，连带着少年的躁动，青春的苦涩，母亲的青丝，外婆的慈祥……都随着岁月的流逝渐渐损毁了，消失了。即便山还在，水还在，林间木屋还在，但是外婆已经不在了，那个"我"愿意为她折一夜纸飞机的女孩已经没有了，十八岁少年心中的姑娘，今生再也没有了表白机会。于是，故乡成了一个永恒的梦，成了一个永远回不去的地方。这份经过生命淬沥的乡思、乡情、乡恋、乡愁是一杯纯粮陈酿，而绝非心灵鸡汤。用粮食的精华蒸馏出的纯酿不同于化学勾兑，它是出于大地的馈赠，蒸腾着兴安岭的泥土气息，浸润着外婆盘酱的馨香。因此，陈晓雷笔下的一切不是用工笔素描绘制出来的山水花鸟画，而是用一颗赤子之心氤氲出来的心灵画卷，你能感到心血的热度和浓度。情到深处是不需要技巧的。

陈晓雷称"呼伦贝尔故乡是我的精神牧场"，这里不但养育了他的童年、他的青春，还熔铸了他的心灵和人格。艾青常说："为什么我的眼里常含泪水？因为我对这土地爱得深沉……"这就是陈晓雷充满诗意的《大地童谣》。

2016 年 8 月 2 日

注：王桂妹，吉林大学文学院教授、评论家，著有《现代作家的人格意义》等。